КАПСУЛА ДУШИ

АЛЕКСЕЙ КРАСНОВ

Perpetual
ISBN: **9780692989036**

Моей дочери. Каждый раз, когда я смотрю на неё, я вижу своё отражение... Только лучше.

ОТ АВТОРА

В детстве я любил играть со старым круглым зеркалом в бронзовой оправе. Давно потускневшее от времени, оно набрасывало на отражённые в нём предметы вуаль таинственности, вызывая ощущение чего-то потустороннего. По рассказам моих родителей, оно было работой известных венецианских мастеров. Как-то раз я уронил его, и зеркало разбилось. Больше всего на свете мне хотелось тогда или склеить эту семейную реликвию, или сделать новую, такую же.

Склеить зеркало, конечно же, не удалось, но я начал интересоваться зеркалами, изучать, как они изготавливаются, читать легенды об отражениях.

Это увлечение привело меня к работам Леонардо да Винчи; мифам древнего Египта и цивилизации майя; историям о расцвете и закате кристалло — знаменитого венецианского стекла, которое, по преданиям, делало отражения в зеркалах лучше, чем действительность. На этом пути я повстречал немало интересных людей: учёных, стеклодувов, писателей, ювелиров, астрологов. Такие общения научили меня создавать аналогии, проводить параллели, находить скрытые связи.

С тех пор минуло много лет. Я занялся прикладной наукой, опубликовал множество работ, получил десятки патентов, сделал немало зеркал с необычными эффектами и мировой известностью. Их можно найти в кабинах пилотов современных самолётов, в преобразователях солнечной энергии, в экранах телевизоров, на фасадах самых известных небоскрёбов. Одно из моих зеркал, «чёрное зеркало», используется астронавтами НАСА в специальных приборах при выходе в открытый космос.

Мне довелось посетить многие места, так или иначе связанные с зеркалами: побывать на легендарном острове зеркальных мастеров Мурано, созерцать небесное отражение христианского креста в звёздном небе Южного полушария, стоять на вершине легендарной «зеркальной» пирамиды Кукулькана. Но всегда мои мысли возвращались к тому круглому зеркалу в бронзовой оправе из моего далёкого детства. Оно и побудило меня к написанию этого романа.

«Капсула души» впервые увидела свет в США в 2016 году под названием «CapSoul». Книга написана в стиле реалистичной фантастики: её действия происходят на грани между реальным и воображаемым, на той самой границе, которой часто и является зеркальная поверхность. В романе собраны мои наблюдения, большие и маленькие открытия, относящиеся к зеркалам и отражениям, прослеживаются зеркальные совпадения в известных архитектурных и религиозных символах, исторических датах, структурах драгоценных камней и природных явлениях. Особое место в нём отведено «зеркальному» числу 1666 и его составляющим, цифрам-антагонистам 1 и 6. В «Капсуле души» также переплетены судьбы героев — выходцев из государств моей родины, многих других стран, а также американского штата Мичиган, хорошо известного по рассказам Фенимора Купера.

Русский вариант книги дополнен штрихами, обеспечивающими наиболее гармоничный резонанс с душой русскоязычного читателя. Для целостности повествования все даты в романе приведены в принятой в США форме: месяц/день/год.

Приятного вам путешествия в мир отражённой реальности!

Автор
Алексей Краснов

ПРОЛОГ

Рейс номер 6 Аэрофлота только что получил разрешение на посадку в международном аэропорту Санкт-Петербурга — города, расположенного в 6,6 градусах к югу от параллели 66,6, более известной как «полярный круг».

Командир экипажа начал снижение, и стюардессы прохаживались по салону, напоминая пассажирам пристегнуть ремни. В 16-ом ряду сидели двое мужчин с американскими паспортами. Один из них с любопытством рассматривал приближающийся по курсу мегаполис, второй дремал. Его глаза быстро двигались под сомкнутыми ве́ками. Внезапно подсознательные видения приобрели ясность реальности, и он увидел маленькую женщину и высокого мужчину в роскошных хоромах. Спящий человек видел их лица впервые, но он почему-то знал их имена и кто они.

xxx

Ханна внимательно посмотрела на хозяина дома. Его плоское лицо казалось спокойным, а карие глаза непроницаемыми. Даже она, со своими почти сверхестественными оккультными способностями, не могла разглядеть его душу.

— Никто не должен знать, что я была здесь, — голос Ханны был непреклонен.

Никита Минин кивнул. Он был одет в простую белую тунику. Его безымянный палец был унизан сапфировым перстнем с белой астерией — натуральной шестиконечной звездой, символизирующей духовное прозрение.

Ханна вынула из своей холщёвой сумки круглое венецианское зеркало в изящной бронзовой оправе, свечу и два маленьких вышитых мешочка — зелёный и красный.

— Сядь в кресло! — приказала она, и мужчина повиновался.

Более шести футов роста, он вдруг почувствовал себя во власти хриплого голоса и духовного превосходства этой хрупкой женщины. Шевеля губами, Ханна воздела руки в молчаливом призыве к небесным силам. Затем она зажгла свечу перед зеркалом и бросила в пламя щепотку сухих трав из красного мешочка.

Ханна жестом пригласила хозяина дома понюхать небольшое облако густого дыма, повисшего над свечой.

Когда Никита нехотя втянул носом туман витавших в воздухе частиц, его ноздри и горло пронзила резкая боль, вызвав в голове лавину неясных видений. Прошла долгая минута, прежде чем он перестал кашлять. В сердце притаилась обида, а ощущения вмиг обострились; Никите вдруг показалось, что за дверью их кто-то подслушивает.

— Посмотри в зеркало, — голос Ханны развеял его растущее подозрение.

Коснувшись висков Никиты, она сосредоточилась. Через минуту тот почувствовал, как будто невидимые пальцы пробежали по струнам его души.

Всё глубже впадая в транс под молчаливыми заклинаниями, он видел перед собой лишь круглое зеркало, которое теперь казалось кондуитом в иной мир. Никита вздрогнул: странное видение появилось и быстро исчезло в тусклом отражении стекла.

— Он здесь! — прошипела женщина. — Я вижу в тебе его тень.

Сквозь пелену гипноза Никита с трудом заставил себя взглянуть на отражение Ханны. Её глаза были закрыты!

«Неужели она может мысленно читать мою судьбу?»

Да как он только смел сомневаться в оккультной силе этой женщины?! Ведь не кто иная, как она, в точности предсказала Михаилу I, первому царю дома Романовых, что его сын, Алексей, взойдёт на престол в возрасте 16 лет. Мать Ханны была не кто иная, как Агриппина, которая удивительно точно подсчитала, что сам Михаил умрёт в день и месяц своего рождения. К несчастью, Агриппина, поскользнувшись, упала с крутого берега Москвы-реки и утонула на следующий день после этого пророчества.

Сидя в своей удалённой резиденции Новоиерусалимского монастыря, Никита Минин, более известный как «патриарх Никон», ощутил глубокий страх. Он основал этот монастырь восемь лет назад, всё ещё будучи могущественным другом Алексея Михайловича. Однако постоянные интриги Никона и его неутолимая жажда власти вывели в конце концов монарха из себя. Всё больше и больше людей из царской свиты твердили, что у Романова появился «зеркальный двойник», который оскорбил не только монархию в самой её сущности, но и священные традиции Православной церкви. Почувствовав холодность в отношении к нему царя, обидчивый Никон самовольно покинул патриарший престол и уехал из Москвы. Он был убеждён, что все новые беды — это происки одного из его скрытых врагов.

Теперь патриарх сидел в кресле, опьянённый гипнозом известной пророчицы, которую охотно зазывали в богатые столичные дома для получения ценных советов о реальности потусторонней в обмен на звонкие кругляшки реальности земной.

«Если Ханна действительно так прозорлива, как о ней говорят, — думал Никон, — она поможет мне раскрыть имя моего врага. И тогда...»

Внезапно он очнулся. Дым над свечой рассеялся, и зеркало прояснилось. И снова предстало перед ним его плоское лицо, обрамлённое усами и бородой того же оттенка, что и бронзовая зеркальная оправа.

— Я знаю, ты видела его, — промолвил Никон, сбрасывая с себя кисею гипноза. — Кто он?

Прежде чем ответить, пророчица пристально посмотрела на него, от чего ноздри патриарха затрепетали.

— Твой враг невидим,.. — сказала она.

— Но я заметил чью-то тень,..

— Не будь глупцом! — бирюзовые глаза Ханны, казалось, горели огнём. — Твой враг — утончённый знаток интриги, искусный и изворотливый, как дьявол. Быть может, он и есть дьявол. Никто не способен видеть бездушного в зеркале, но я осязаю его. Я чувствую в тебе его присутствие.

Никон почувствовал, как у него стынет кровь. Его мысли разлетелись, словно белый пух одуванчика на ветру.

— Я видела тебя в этом круглом зеркале, — пророчица стала говорить медленнее, и патриарха снова окутали её чары. — Но я также видела твоё отражение в зеркальном кубе.

Она развязала зелёный мешочек и высыпала его содержимое — семь маленьких костей — на стол. Шесть из них легли друг подле друга, тогда как седьмая остановилась чуть дальше. Ханна безмолвно изучала их расположение; затем взяла со стола гусиное перо, окунула его в чернильницу и написала на листе бумаги два числа, 1 и 666. Рядом с ними она приписала имя патриарха.

Никон нервно наблюдал за её действиями.

— Сейчас идёт год 1666, — сказала Ханна. — Божественное 1 находится в зыбком равновесии в борьбе за твою душу с 666, силой дьявола. Если ты в этом году не раскроешь имени своего врага, ты навсегда лишишься власти.

Под каждой буквой в слове «Никон» Ханна написала её порядковый номер в алфавите; сумма дала 68. Пророчица провела вертикальную линию по обеим сторонам этого числа и передала написанное патриарху. Тот с растущей тревогой приблизил лист к свече.

— 1681 год? — последовал вопрос, и Ханна кивнула.

Никону вдруг пришло на ум, что каждый штрих изображал не только «1», но и «зеркало» сбоку.

«Это я между двумя зеркалами! — мелькнула мысль в его голове. Прежде чем чернила на бумаге высохли, на лбу патриарха проступили бусинки холодного пота. — Неужели я умру в 1681 году, если так и не найду своего врага?»

Читая его мысли, Ханна снова кивнула.

— Ты не сможешь узнать своего врага в обычном зеркале. Может помочь лишь зеркальный куб, что я видела в твоём будущем. Мне больше нечего добавить.

Она пристально посмотрела в глаза Никона и повторила:

— Никто не должен знать, что я была здесь.

Патриарх подтвердил уже данное им обещание, только на сей раз едва заметная дьявольская улыбка затаилась в его устах. «Не волнуйся, — подумал он. — Об этом никто не узнает».

Получив щедрое вознаграждение, Ханна уселась в одну из роскошных карет. Ей вдруг показалось, что патриарх обменялся с кучером недвусмысленным взглядом.

Вернувшись в свою резиденцию, Никон запер дверь и уставился на два числа, таких же божественных и дьявольских одновременно, каким был его противоречивый характер. Затем он смял лист бумаги и поднёс к пламени ещё не погасшей свечи.

На следующее утро тело Ханны было обнаружено местным рыбаком в водах Москвы-реки. Как и её мать много лет назад, она, по слухам, поскользнулась и утонула.

Лицо этой маленькой и хрупкой женщины было припухшим, но спокойным. И только её широко открытые бирюзовые глаза были преисполнены молчаливого недоумения, что кто-то осмелился толкнуть её через порог в другой мир, тот, который она и так часто посещала, и откуда могла с лёгкостью дотянуться до своего обидчика.

Ветер над рекой усилился, и глаза Ханны постепенно исчезли под водной рябью.

xxx

Сильная встряска разбудила спящего в кресле мужчину, прервав его сон. Самолёт только что совершил посадку.

Глава I

Стояли морозные дни длинной мичиганской зимы. Насыщенный электричеством воздух был настолько сухим, что, казалось, мог загореться в любой момент. Всё, что потребовалось для этого, была лишь одна-единственная «искра», медленно падающая из облаков в причудливом танце. Затем вспышка... и хлопья пушистого белого «пепла» посыпались на город.

Стоя на деревянном мостике, Майкл Греблов разглядывал тонкую вуаль, набрасываемую слоем снежинок на зеркальную поверхность пруда. Каждая из них напоминала белую астерию — природную шестиконечную звезду в сапфировом перстне, полученном им этим утром от родителей в подарок на 16-ый день рождения. Майкл знал, что сапфир это камень Астерии, богини звёзд и сновидений. Надев его на палец, он сразу ощутил лёгкое эфемерное прикосновение. А сейчас, стоя на мостике позади своего дома, Майкл чувствовал, словно кто-то смотрит на него из-под замёрзшей поверхности пруда. Мысли мальчика сразу перенесли его в детство.

Часто, спрятавшись за зеркальной дверью своего гардероба, Майкл чувствовал себя уединённым в другом, одному ему знакомом мире. Шесть граней гардероба — четыре стенки, пол и потолок — всегда напоминали ему, что он родился 6 января 1966 года в доме номер 1666 по Лунному переулку. Хотя эти числовые комбинации не имели никакого очевидного значения, мальчик был уверен, что у них была какая-то глубокая связь с его прошлым, связь, которую он должен был разгадать рано или поздно.

— Майкл, — голос матери вернул его к зимней реальности. — Гости будут здесь через час. Мне нужна твоя помощь.

Мальчик снова взглянул на зеркальную поверхность пруда и вспомнил сон, в котором он случайно захлопнул зеркальную дверь, превратив гардероб в западню. В панике ему показалось, что он видел своё отражение на обратной поверхности зеркала в полной темноте. Плача, он колотил по двери, пока страх не вырвал его из цепких когтей кошмарного сна.

Пытаясь отвлечься от этих мрачных воспоминаний, Майкл направился в дом, чтобы помочь матери с приготовлениями к празднованию дня рождения.

xxx

В двадцати километрах от дома Гребловых Лэнс Браунлих завёл свой серый «кадиллак».

— Начинается снегопад; может, переждём? — раздался женский голос.

— Не волнуйся, Юля. Это пустяки.

Женщина повернулась к дому.

— Анна, мы выезжаем!

В дверях появилась высокая девушка, одетая в короткую шубку и шарф из кашемира.

Через десять минут автомобиль был на 96-ом шоссе, беря курс на восток.

— Не могу дождаться встречи с твоими друзьями, — сказала Юлия. Бывшая учительница английского языка одной из московских средних школ, она вышла замуж за Лэнса и переехала с дочерью в Мичиган всего месяц назад. — А именинник выглядит очень даже симпатичным парнем на фотографии. Надеюсь, ему понравится наш подарок.

Быстро проверив свой макияж в крохотном карманном зеркальце, она посмотрела на отражение дочери. Анна слушала с большим вниманием.

— Мало того, что Майкл — это милый молодой человек, — поддержал Лэнс. — Я недавно прочитал его заметки о зеркальной симметрии Вселенной. Несмотря на небольшие вольности в рассуждениях, — это исключительно зрелый труд!

Анна не пропустила ни единого слова. Второе по значимости качество, которое она ценила в молодых людях после внешности, был ум.

Между тем снегопад усиливался. Стеклоочистители рьяно мели по лобовому стеклу. Двигаясь по правой полосе, Лэнс заметил белый минивэн, входящий на шоссе параллельно его автомобилю. Длинный хвост сеяного с крыши снега делал минивэн похожим на зловещую комету в надвигающейся темноте.

Вместо того, чтобы замедлить ход и пропустить «кадиллак», водитель минивэна ускорился. Лэнс сбросил скорость, но в то же время минивэн вильнул, выбросив из-под колёс смесь мокрого снега и грязи. Лэнс ударил по тормозам, но «кадиллак» повело, и он чуть не задел «тойоту» в центральном ряду. Юлия вскрикнула. Если бы она увидела в этот момент отражение своего перекошенного ужасом лица, она испугалась бы ещё больше. Её муж, вцепившись в руль, отчаянно маневрировал среди создавшегося на дороге хаоса. Ещё мгновение, и столкновение казалось неизбежным.

И только Анна, сидящая на заднем сидении, оставалась спокойной. Быстро оценив обстановку, она впилась взглядом в затылок Лэнса. В следующий момент тот резко повернул руль влево и выжал газ до предела. Взревев, «кадиллак» рванулся вперёд, обогнул минивэн и буквально втиснулся в узкое пространство между двумя автомобилями в средней полосе. В зеркале заднего вида белый минивэн, повиляв ещё немного на скользком полотне дороги, наконец, выравнялся и продолжил движение.

Пятнадцать минут спустя Лэнс Браунлих припарковал свой автомобиль по адресу: Лунный переулок, дом номер 1666, Новаи.

— Сегодня нам, похоже, крупно повезло, — пробормотал он дрожащим голосом.

За его спиной Юлия одарила свою дочь тревожным, но благодарным взглядом.

xxx

Профессор космологии Лэнс Браунлих, постепенно отходя от потрясения на дороге, представил свою новую жену и её дочь Борису и Полине Гребловым, хозяевам вечеринки. Пожав Анне руку, Полина почувствовала нечто странное, как бы исходящее из души девушки. Хозяйка дома посмотрела на молодую брюнетку с некоторым подозрением.

Когда Анна знакомилась с Майклом Гребловым, её ресницы затрепетали: именинник действительно был очень красивым молодым человеком. Он тоже, казалось, был в восторге от встречи, и всё же в данную минуту ему гораздо больше льстили взгляды, которые гости мужского пола то и дело бросали на его мать. Одетая в стильное красное платье, Полина выглядела сегодня просто бесподобно.

Майкл знал совсем немного о своей родословной. Его дед, Джозеф, и жена Джозефа Дженнифер погибли в автокатастрофе на 66-ом шоссе, также известном как «Главная улица Америки», во время поездки из своего дома в Сент-Луисе в Детройт, где жили родители Дженнифер. Тогда ещё совсем маленький отец Майкла Борис был единственным выжившим в аварии. Его воспитали родственники Дженнифер. По документам, найденным в их доме, Джозеф Греблов эмигрировал из Советской Украины в США, где женился и где впоследствии родился Борис. Остальное было весьма туманным.

Мать Майкла выросла в семье потомков старообрядцев, которые во второй половине 17-го века откололись от Русской церкви после скандальных религиозных реформ патриарха Никона.

Если Борис был килем и парусом той шхуны, что звалась «семьёй», Полина была духовным ветром, благодаря которому эта шхуна уверенно скользила по волнам жизни. Она была преданной женой и замечательной матерью.

Единственное, чего Майкл боялся, глядя на свою мать, было то, что ему никогда не удастся найти такую же женщину для себя.

xxx

В этот вечер дом Гребловых был полон веселёлых голосов, фортепианной музыки и тонких ароматов изысканной кухни. В середине главного зала, светлого и просторного, длинный дубовый стол ломился от всяческих деликатесов.

Высокий мужчина смотрел сквозь большое незашторенное окно на утихающую пургу. К нему подошёл хозяин дома и слегка коснулся плеча рукой.

— Я очень рад видеть тебя, Геннадий. Для меня твой неожиданный визит — это лучший сюрприз. Как тебе и Алексею нравится в Штатах?

— Мы только что из Чикаго, и Алекс — теперь мой сын требует величать его только так — просто влюблён в этот город! Он даже серьёзно подумывает когда-нибудь покинуть свой родной Ленинград и податься в нейронауку в один из иллинойских университетов.

— Прекрасная идея! Ты поведаешь мне о его планах завтра, а сегодня, мой дорогой друг, я хочу услышать от тебя тост.

Гости уже выпили за именинника. Чуть позже они выпили за старое Рождество. Теперь, с вновь наполненными бокалами, они слушали тост Геннадия Бонина. Тот старался изо всех сил, но его ломаный английский в корне менял смысл сказанного.

— За родителей именинника! — помог ему выйти из этого словесного лимбо Лэнс Браунлих.

— За родителей! — дружно подхватили остальные.

Борис Греблов, тронутый до глубины души неожиданным визитом своего старого друга из России, молча утирал влажные глаза. А Полина, невнимательно слушая тост, с ревностью матери наблюдала, как эта молодая кокетка Анна Браунлих ухаживает за Майклом.

В перерыве между блюдами гости разбрелись по дому. На уютном диване в тускло освещённой гостиной Майкл слушал журчание Анны, аккомпанируемое тихим потрескиванием дров в сланцевом камине. Танец пламени отражался в пляске чёрно-белых теней в противоположном углу, откуда Алекс, сын Геннадия Бонина, с любопытством поглядывал на этих двух молодых людей.

Тем временем в комнату вошли ещё двое мужчин. Это были соседи Гребловых.

— Джеймс Кернер, — старший из них представился Анне. — А это мой сын Марк.

Кернер-младший чинно поцеловал Анне руку. Его пальцы показались ей тёплыми, но в глазах девушка уловила исключительное хладнокровие и расчёт. Отец и сын поздравили Майкла с днём рождения и прошли в угол, где сидел Алекс. Вскоре трое мужчин, уже ничего вокруг не замечая, оживлённо беседовали. «Зеркало» и «сознание» были единственными словами, которые Майкл мог разобрать из своего угла.

На кухне Лэнс Браунлих взял Бориса Греблова об руку и отвёл его в сторонку.

— Я ознакомился с докладом Майкла. Поразительнейшие выводы! Я уверен, что этот «рыцарь науки» будет замечательным пополнением нашей кафедре через несколько лет.

— Я не могу поверить, — отвечал Греблов-старший, — что в подростковом возрасте мой сын мечтал не о звёздах, а о профессии ювелира. Он описывал золотые украшения и драгоценные камни в таких деталях, будто это ремесло у него в роду.

Браунлих улыбнулся, но Гребов оставался задумчивым. Что-то внутри подсказывало ему, что оборотная сторона души Майкла может проявить себя без предупреждения в любой момент.

В гостиной Анна неожиданно взяла именинника за руку.

— Покажи мне свою комнату.

Её глаза блестели.

Следуя за девушкой в собственную спальню, Майкл чувствовал себя кроликом, парализованным взглядом змеи. Когда они вошли, Анна заперла дверь.

— Не боишься? — спросила она игриво.

— Что ты имеешь в виду?

Вид у молодого человека был растерянный. Влекомый необъяснимым чувством, он медленно перевёл свой взгляд на зеркальную дверь гардероба. Оттуда, будто из-под ледяной поверхности пруда, на него смотрело отражение бирюзовых глаз Анны. Майкл отшатнулся: девушка была необыкновенно красива, и всё же что-то было в ней такое, что заставило его сердце сжаться.

Анна подошла к нему. Майкл ждал этого момента в своих фантазиях уже несколько лет, всегда задаваясь вопросом, как именно будет действовать, когда он наступит. Но сейчас момент, казалось, настал слишком неожиданно и при слишком странных обстоятельствах.

— О чём ты думаешь? — голос девушки прервал его мысли. Прежде чем он успел ответить, Анна приложила палец к его губам. — Шшш. С Днём Рождения, Майкл!

Она обняла его за талию и быстро притянула к себе. Его ладони невольно ощутили упругость её тела. Майклу стало не по себе, у него подкосились ноги. Между тем Анна выключила настольную лампу. Хотя в комнате было темно, именинник зажмурил глаза, отчаянно пытаясь думать о чём-то приятном. Вместо этого ему показалось, что и в темноте он видит зеркальное отражение глаз Анны, и что оно превращается в номер его дома 1666, который медленно распадается на 1 и 666.

Сознание Майкла помутилось. Последним, что запомнил этот отважный «рыцарь науки», было то, что за́мок его бытия подвергся атаке, и тяжёлым тараном какая-то грубая сила сотрясает стены его души и тела.

xxx

Майкл Греблов медленно пробуждался. Шлейф того, что показалось очень долгим сном, постепенно рассеивался. Его сознание прояснялось.

Анна лежала рядом. На фоне бежевых атласных простыней она выглядела ещё прекрасней, чем вчера. Стараясь не разбудить её, Майкл встал и, подойдя на цыпочках к зеркалу гардероба, всмотрелся в него. Его поразила необычайная чистота стекла. Удивительным было и то, что его собственное отражение не было перевёрнуто, как обычно, справа налево.

С растущей тревогой Майкл наблюдал, как зеркало становилось всё более прозрачным, обнажая зеркальный куб внутри гардероба. Поборов страх, он шагнул внутрь и тут же был ослеплён бесконечностью своих отражений. За одной из стен он увидел длинный туннель, по которому скользила быстрая тень. В мгновение ока она достигла огромных пропорций; путь ей освещал бирюзовый свет. Вибрация, резонирующая с душой и телом, заставила Майкла закричать, но крик моментально застрял в горле.

Раздался невероятно громкий рёв, чуть было не разорвавший его барабанные перепонки, и зеркало гардероба прогнулось под давлением ударной волны, сделав отражение Майкла исривлённым и уродливым. Затем, утратив целостность, оно разлетелось на миллионы острых осколков.

Пронзённый иглами невыносимой боли, мальчик видел только бесконечные отражения. Удаляясь, каждый кусочек зеркала уносил с собой частичку его сознания. В одном из осколков Майкл увидел сердитого монаха, размахивающего деревянным посохом. В другом — горящую свечу и золотое кольцо рядом с ней. В третьем он узнал себя с блестящим шлемом на голове. Несколько мгновений спустя всё, что осталось от него самого, было втянуто неведомой силой в пропасть туннеля. Весь мир, быстро сжавшись позади, превратился в точку. И только его душа кричала из тёмной пустоты небытия, тщетно призывая вернуться: «Майкл, Майкл!»

xxx

Майкл Греблов медленно приходил в сознание. Он лежал на полу своей спальни в холодном поту, совершенно не понимая, что с ним произошло. Правая сторона его лба сильно ныла.

— Майкл, Майкл! — голос Анны раздавался откуда-то сверху. Её силуэт постепенно прояснялся. — Слава Богу, Майкл! Слава Богу! Ты жив!

Глава II

Над старым одесским кладбищем, по океану звёзд неторопливо плыло одинокое серое облако, похожее на корабль-призрак. Сухость воздуха подчёркивала поразительный контраст между полной луной и чёрным бархатом неба. Знакомые очертания ночного светила напоминали отражение оканемелого лица в круглом зеркале.

Когда облако коснулось лунного диска, на извилистую гравиевую дорожку легли две продолговатые тени. Целую минуту они лежали неподвижно, словно решая, стоит ли вторгаться в мрачные владения этого царства мёртвых. Наконец, осторожно скользя по земле, они приблизились к могиле в самом первом ряду.

— Нечего забираться вглубь, Андрей. Вот неплохое надгробие, — прошептала первая тень.

— Верно, — дрожащим голосом ответила тень, принадлежавшая Андрею. — Доставай зеркало, Ваня.

Сеяные лучи осветили лица ночных пришельцев — двух мальчиков-подростков. Серая куртка Андрея делала его похожим на добродушное привидение. Иван был одет во всё чёрное. В темноте было видно только его бледное лицо, выражение которого поразительно походило на очертания «лица» луны.

Иван вытащил из небольшого мешка круглое зеркало в бронзовой оправе. Оно было старым, очень старым и, возможно, могло бы поведать какую-нибудь историю о предках Андрея, если бы несколько дней назад он случайно не уронил его. Знаменитое венецианское стекло дало трещину.

Андрей знал, что разбитое зеркало чревато семью годами неудачи. Он знал также, что его родители расстроятся, узнав о порче семейной реликвии. Зеркало было куплено пра-прадедом Андрея на блошином рынке, причём продавец утверждал, что оно когда-то принадлежало русскому патриарху. Хоть зеркало и нельзя было склеить, Андрей решил спросить совета у своего лучшего друга Ивана Шевчука.

— Поговорим с моей двоюродной тёткой, Ингой, — предложил Иван. — Она гадалка и наверняка знает, что делать.

xxx

Инга жила одна в крошечной квартире возле Привоза. Её входная дверь редко была заперта, чтобы добрый дух в любое время мог свободно пожаловать внутрь.

После кратких объяснений Иван и Андрей оказались в тесной комнатке. Над ветхим столом, заваленном книгами по гаданию, колодами карт и пустыми коробками, висели два небольших портрета — Нострадамуса и Леонардо да Винчи.

Когда Андрей протянул вознаграждение за визит, губы женщины растянулись в сострадательной улыбке; знаком она дала понять, что не возьмёт платы. Потом приняла из рук мальчика зеркало.

— Надо же, — молвила гадалка, пережёвывая слова своими потемневшими от табачного дыма зубами. — Только очень-очень богатые могли позволить себе венецианские зеркала, которые, по преданию, отражали действительность лучше, чем она была на самом деле. Ты должен просить прощения у зеркала за свою небрежность, иначе неудача будет преследовать тебя все семь лет.

Несколько минут она молчала, уставившись своими голубыми глазами в верхний угол комнаты. Проследив её взгляд, мальчики заметили огромную паутину, в которой, казалось, было закодировано что-то понятное только Инге.

Внезапно гадалка повернулась и посмотрела на Андрея. Его спина сразу покрылась мурашками, как будто под кожу заползли сотни маленьких жучков.

— Трещина в стекле — это врата в иной мир, и твоя душа сейчас стоит на его пороге. В ясную, полнолунную ночь снеси зеркало на кладбище и постучи им семь раз по одному из надгробных камней. Посмотри на лунное отражение, а затем закопай зеркало. Только тогда эти врата запрутся снова, и неприятности минуют тебя. — Инга помедлила немного и добавила: — Но что бы то ни было, не смей смотреть на своё отражение в разбитом зеркале.

Андрею вдруг захотелось побыстрее покинуть эту квартиру, но гадалка упредила его.

— Да, чуть не забыла, — сказала она, покачивая в воздухе морщинистым пальцем, словно гремучая змея кончиком хвоста. — Не вздумай бросить разбитое зеркало, не закопав его... Твоих родителей оштрафуют за сор в общественном месте.

И она захохотала, оставив обоих мальчиков в полной растерянности.

xxx

Стоя напротив могилы под чёрным ночным небом, Андрей пытался стряхнуть с себя неприятные воспоминания о том разговоре.

Вдруг он обмер; это Ваня дотронулся до его плеча.

— Ты что-то совсем раскис, приятель. На-ка, глотни для храбрости.

— Что это? — спросил Андрей, принимая из рук Ивана фляжку.

— Пей, это то, что доктор прописал.

Сердце Андрея бешено колотилось. Ещё десять минут назад он наивно полагал, что этот ночной поход не только избавит его от связанных с разбитым зеркалом неприятностей, но, возможно, даже станет предметом восхищения одноклассников. Вместо этого Андрей убедился, что он трус. Его эйфория и бравада разлетелись вдребезги, точно проклятое зеркало, ещё у ворот кладбища. Чтобы залить горечь разочарования, он открыл фляжку и, морщась, сделал несколько глотков жидкости, оказавшейся коньяком. До этого момента Андрей никогда не пробовал алкоголя и, впрочем, никогда не собирался этого делать.

Сильная доза «того, что доктор прописал» сразу бросилась в голову, моментально разогнав терзавший Андрея страх. Воодушевлённый, он глотнул ещё, совершенно уже не обращая внимания на восклицания друга: «Легче, чувак, легче!» Слова Ивана теперь, казалось, доносились откуда-то издалека.

Несколько секунд Андрей наблюдал, будто в замедленном кино, как зеркало в его руке неспеша отмеряло удары по надгробному камню. Четыре, пять, шесть раз; каждый удар громко отдавался в ушах, как звон колокола. Внезапно странный блеск привлёк внимание его затуманенных глаз.

Андрей так и не завершил седьмого удара.

Он осторожно повернул зеркало, стараясь не глядеть на себя, и увидел отражение знакомых очертаний лунного лица. Перевёрнутое вверх ногами, оно бесстрастно смотрело на него.

Гальваническое действие коньяка прошло так же внезапно, как и началось, оставив лишь тяжесть в голове. Кто-то тряс Андрея за плечо, пытаясь вырвать его из оцепенения.

— Что ты делаешь, мужик? Очнись!

Андрей почувствовал странное ощущение невесомости и неприятные покалывания, словно слабые разряды электрического тока, в середине спины. Как заколдованный, он не мог и не хотел отрывать взгляда от зеркала. Отражение лунного лица было размытым, цвета менялись, словно оно тоже хлебнуло изрядную порцию коньяку. Оно, казалось, одновременно и смеялось, и плакало. Андрею померещился звон колоколов; из трещины разбитого стекла проступили очертания недостроенной пирамиды и нависший над ней золотой глаз. Осознание того, что душа вот-вот соскользнёт во временно́й провал было и ужасающим, и захватывающим. Возникло непреодолимое желание взглянуть на своё собственное отражение.

Совсем позабыв о предостережениях Инги, Андрей слегка повернул зеркало и уставился на себя. Тусклые контуры отражения его продолговатого лица нехотя прояснились в полумраке. В глубине разбитого зеркала он мог теперь различить свои высокие скулы, прямой нос и полные губы. Это, несомненно, было его отражение, правда в более старшем возрасте, но оно было также отражением больного и измученного человека. Андрей зашевелил губами, и зеркало завто́рило его движениям. Он остановился, но губы двойника продолжали двигаться. Из треснувшего стекла, будто бы из окна в другой мир, на мальчика смотрел кто-то очень похожий на него, но с глазами, преисполненными молчаливой безысходности.

Беззвучный крик ужаса застыл на губах Андрея, резонируя с его сознанием; страх мгновенно сорвал пелену транса. Его обострённые теперь чувства воспринимали окружающие предметы с невероятной чёткостью. В тусклом лунном свете он смотрел на надгробную надпись прямо перед ним:

«Профессор Евгений Минин. 1-6-16 — 1-6-66».

В довершение этой ужасной ночи дьявольское число 666 впилось в душу Андрея и погнало его прочь.

Сбитый с толку бегством друга, Иван уставился на ту же надпись, медленно вникая в её скрытый числовой смысл. Мгновение спустя он тоже помчался во всю прыть, прочь от зловещего лунного света, под спасительный покров кромешной тьмы; его душа неслась впереди тела.

Подгоняемые самым сильным страхом — страхом перед неизвестным — мальчики бежали молча, снова дематериализуясь в размытые тени. Яркий лунный диск над ними теперь казался круглым зеркалом, расколотым, словно трещиной, тонким слоем облаков.

Несколько минут примыкающая к кладбищу роща откликалась на топот криками и визгами её потревоженных обитателей. Затем эти звуки уступили место привычной тишине. И только разбитое венецианское зеркало в бронзовой оправе, брошенное на извилистой гравиевой дорожке, осталось лежать немым свидетелем того, что здесь что-то случилось этой ночью.

Глава III

Две кирпичные трубы стекольной компании «Глобал Гласс» напоминали гигантский бинокль, наведенный в бесконечное пространство Вселенной. На флагштоках у проходной завода прохладный ветерок трепал три флага: США, штата Мичиган и корпоративный, на котором аббревиатура названия компании GG напоминала число 66.

Груды кварца и другого сырья, доставленные ночным поездом, были окрашены ранним солнцем в палитру цветов извергающегося вулкана. Сырьё уже загружали конвейером в массивные железобетонные шахты. Начав свой путь в сухом «раю» отсека взвешивания, ингредиенты отправлялись во влажное «чистилище» смесителя, а затем в раскалённый «ад» плавильной печи.

Напротив завода, в одноэтажном здании с вывеской «Исследовательский Центр Глобал Гласс» сидел, склонившись над своим рабочим столом, мужчина. Табличка на двери его кабинета гласила: «Андрей Серов». Овал лица мужчины дополняли прямой нос, тёмно-карие глаза и полные губы. Его каштановые волосы были слегка присыпаны серебром вокруг висков.

Рабочий телефон зазвонил. Это была администратор из приёмной.

— Андрей, шеф сегодня утром принимает особого гостя. Он спрашивает, не могли бы вы после встречи показать посетителю производственную линию? Это будет в районе одиннадцати часов.

Андрей взглянул на свой график.

— Сделаем, Терри. Дайте мне знать, когда он освободится.

Текущим проектом Серова была разработка нового поколения бытовых зеркал; один из образцов был только что оставлен технологом на его столе. Первый же взгляд на этот предмет вернул Андрею горькие воспоминания той далёкой ночи детства, когда он и Иван отправились на кладбище избавляться от злых духов, якобы застрявших в трещине разбитого венецианского зеркала.

xxx

Той лунной ночью Андрей вернулся домой измученным физически и морально. Он разбудил своих родителей и, стоя понурясь, честно поведал им мрачную историю зеркала и видений на кладбище. После рассказа Людмила крепко обняла сына и провела рукой по его взъерошенным волосам. Отец тоже старался как мог поддержать Андрея.

— С твоим отражением, сынок, всё в порядке, — пробормотал он. — Проблема в этом старом и ненужном зеркале, которое давно пора было выбросить.

Андрей еле-еле смог уснуть. Во сне на него смотрела луна, похожая на огромный жёлтый глаз. Он просыпался несколько раз, мокрый от пота и с колотящимся сердцем. Людмиле так и не удалось вздремнуть. Когда, наконец, настало утро, она отвела сына в поликлинику.

Пожилой доктор, казалось, с вниманием выслушал рассказ мальчика.

— Галлюцинации, мой юный друг, это продукт перевозбуждённого разума, — резюмировал он. — А поскольку перевозбуждённый разум так или иначе связан с головой, давай сначала осмотрим тебя сверху. Ну-ка, открой рот и скажи «а-а-а».

Андрей широко раскрыл рот, недоумевая, каким образом цвет его горла может помочь доктору докопаться до причины ночных видений.

— Вот видишь, твоё горло в полном порядке. Ступай домой, попей горячего чаю с ромашкой, а ночью постарайся хорошенько выспаться. Через две недели приходи снова на приём.

— А как же насчёт тех уродливых отражений моего лица, что я видел в зеркале на кладбище?

— Понятия уродства и красоты, мой дорогой друг, весьма относительны, — философски ответил на это доктор. — Часто это именно то, что мы сами хотим увидеть в зеркале делает нас красивыми или, наоборот, непривлекательными. Я бы охарактеризовал твой случай как лёгкую катоптрофобию — боязнь зеркал.

ххх

Словно сговорившись, Андрей и Иван несколько дней даже не заикались в своих разговорах о происшедшем с ними на кладбище. В субботу они отправились в музей; там демонстрировались привезенные из Киева редкие коллекции. Кроме того, друзья планировали найти в музее дополнительную информацию для их домашнего задания по истории. Тема касалась царя Алексея Михайловича Романова, патриарха Никона и Великого религиозного раскола на Руси.

— Интересно, — отметил Иван, — что Никон, которого после раскола многие считали антихристом, был разжалован и сослан в монастырь в 1666 году, а это число состоит из 1 и 666, числа дьявола.

— Цифровая комбинация 1-6-66 была и на кладбище, на надгробии профессора Минина, — припомнил Андрей.

Внезапно на ум ему пришло и другое совпадение, но прежде, чем он успел открыть рот, послышались слова Ивана; тот буквально снял эту мысль у Андрея с языка.

— А ведь фамилия патриарха Никона в миру тоже была Минин. Помнишь?

В голове Андрея завертелись мысли. Он остановился, присел на бордюр и устремил свой взор в облачное небо.

Андрей любил смотреть на облака и, как многие, часто находил подобия человеческих лиц и контуры животных в их причудливых очертаниях.

Иван тихо подошёл и сел рядом. Эти два закадычных друга могли часто обмениваться мыслями, не проронив ни слова.

Иван тоже любил наблюдать облака, хотя он никогда и не видел в них лиц или фигур. Вместо этого он улавливал мельчайшие нюансы в переходах их тонов. И всякий раз, когда он смотрел на растворяющиеся друг в друге пушистые облачные массы, он приписывал их формам определённые числовые значения.

— В тот вечер на кладбище, — прервал молчание Андрей, — мне показалось, что я смотрю на самого себя из другого времени.

Иван взглянул на него скептически.

— Не будь суеверным. В ту ночь я просто напрасно дал тебе коньяка. Он-то и вызвал твои галлюцинации, из-за которых началась вся эта паника. Чем раньше мы забудем об этом, тем будет лучше для нас обоих.

— А ты не думаешь, что души могут путешествовать? — спросил вдруг Андрей. — И что они иногда являются свидетелями иных жизней... наших или других людей?

— Каждый человек рождён с душой, — возразил Иван. — Когда его тело умирает, душа следует за ним. Они, как пара носков: если один пропадает, он может найтись после следующей стирки, в противном случае первый носок становится бесполезной вещью.

Впервые за несколько дней Андрей рассмеялся: необычная аналогия моментально рассеяла его тревогу.

Друзья вошли в музей.

Первый зал ослепил их блеском знаменитой коллекции золота скифов. Внимание Ивана сразу же привлекла миниатюрная статуэтка двух лучников; у одного голова была отколота.

— Жаль, что статуэтка сломана, — промолвил он.

— А вдруг скифы верили в независимое существование души и тела, — съязвил Андрей, намекая на их философскую дискуссию.

Уловив иронию, Иван скривил губы.

Во втором зале находилась коллекция зеркал. Здесь были и эзоптрон — древнегреческий диск полированного металла, — и невероятно дорогое венецианское зеркало, и кусок чёрного зеркального обсидиана. Центральным экспонатом коллекции являлось египетское бронзовое зеркало с головой Ра, богом Солнца. Друзья прочли на стенде, что древние египтяне считали душу обычных смертных состоящей из двух частей: Ка и Ба. После смерти Ка жила своей физической загробной жизнью; Ба была духовным двойником умершего. А самые достойные были наделены ещё и Акх, которая соединяла их души с высшими силами.

— Помнишь тот надгробный камень? — спросил Иван. — На нём значилась дата смерти профессора Минина 1-6-66. Это число теперь напоминает мне три части человеческой души: Ка, Ба и Акх. Так что профессор, очевидно, был связан с высшими силами.

На этот раз губы скривил Андрей.

В третьем зале располагалась уникальная коллекция монет, изготовленных из электрума, или электрона, — сплава золота и серебра. Со временем, из-за человеческой алчности, монеты были существенно обесценены: в них стали добавлять вместо 60 процентов золота 60 процентов более дешёвого серебра.

— Если разделить 100 процентов на 60 и округлить, получится 1,666, — заметил Иван.

В ответ Андрей громко чихнул.

— У меня, кажется, аллергия на это число, — сказал он тихо.

Одним из экспонатов коллекции был редкий серебряный шекель, сделанный в 66 году н. э., в период восстания евреев против Нерона Цезаря.

В той же витрине лежала древнегреческая драхма — эквивалент шести оболов. Согласно убеждению, один обол требовался Аидом от умерших в качестве входной платы для их душ в подземный мир. Иван заметил про себя, что, глядя на 66 и 6, Андрей интенсивно потёр переносицу, чтобы снова не чихнуть.

Золотистый цвет зеркальной поверхности монет, походивший на цвет луны в ту злополучную ночь, вызвал в Андрее чувство дежавю. Позабытые видения снова медленно поползли перед его глазами, как вязкие капли ртути по наклонной поверхности. Огромный золотой глаз неспеша расплывался в кавалькаде цветов над недостроенной пирамидой. Искажённое отражение Андрея снова смотрело на него с другой стороны разбитого венецианского зеркала, и далёкий звон невидимых колоколов снова заставил его замереть. Боясь полностью поддаться этому обволакивающему обману, Андрей усилием воли отвёл взгляд от сверкающих монет и сразу же восстановил контроль над своими чувствами.

После этого случая он уже не смел глядеть на отражающие поверхности. Даже зеркальные глаза его кота, блестевшие в темноте, заставляли его кожу покрываться мурашками. Через две недели, потеряв всякую надежду избавиться самостоятельно от преследующего его зеркального страха, он снова отправился к Инге. Её дверь, как всегда, не была заперта. Андрей постучал и, не услышав ответа, переступил через порог.

Маленькая комната была тускло освещена неровным светом свечи. Сделав несколько шагов, Андрей отпрянул: что-то чёрное неслышно кралось за ним по стене. Он резко повернулся, чувствуя, как его сердце остановилось, и увидел собственную тень, дрожащую в паутине.

На старой чёрно-белой фотографии в деревянной рамке была изображена молодая женщина, позирующая с большим питоном в руках. Что-то варилось в чугунке на медленном огне, наполняя жилище странным запахом. Маленький торт и букет цветов на столе выдавали, что сегодня у Инги был день рождения. В зависимости от того, с какой стороны он смотрел на надпись на торте, Андрей мог прочесть 66 или 99.

— Мне 66, а не 99, — раздался знакомый голос, заставив его обернуться.

Только теперь он заметил Ингу. Она сидела в дальнем углу комнаты и расчёсывала свои седые пряди. Андрею показалось, что лицо гадалки ещё больше осунулось, и что она выглядит намного старше, чем в прошлый раз. Исключением были её ясные, голубые глаза, всё ещё хранящие задор девушки, которой он только что любовался на фотографии.

— Той ночью ты всё-таки посмотрел на своё отражение в разбитом зеркале, не так ли?

Андрей кивнул и проглотил горький комок воспоминаний, застрявший в горле.

Инга коснулась пальцами своего ожерелья из костей летучих мышей.

— Галилео Галилей тоже жил беззаботно, пока однажды не посмотрел на луну в телескоп и не осмелился выступить публично со своими открытиями, — сказала она; затем хлопнула по столу ладонью и добавила с насмешливым тоном: — Даже комару не дадут подзатыльника, пока он не начнёт раздражать окружающих.

И она задребезжала своим мелким смешком, быстро перешедшим в глубокий кашель.

— С Днём Рождения, — вспомнил Андрей.

— Спасибо, — ответила гадалка равнодушно, изучая своё лицо в маленьком вогнутом зеркале. — Разве не странно? С годами зеркала становятся всё лучше и лучше, а наши отражения в них всё хуже и хуже... Так что же случилось с тобой в ту ночь?

Мальчик нехотя поведал свою историю похода на кладбище.

Профессор Евгений Минин... Дата его смерти 1-6-66. Когда Андрей повторил надпись, увиденную на надгробном камне, Инга, казалось, напрягла память.

— В 1966 году ко мне на сеанс пришла пожилая женщина, Мария Минина, — сказала она после долгой паузы. — Её сын, Евгений, умер при очень странных обстоятельствах. Незадолго до смерти, путём каких-то вычислений, он пришёл к выводу, что может достичь бессмертия, но только в свой 50-й юбилей. Он оставил короткую записку: «Мама, я чувствую, что моя душа принадлежит зеркалу. Сегодня, или никогда. Люблю тебя. Твой Женя». Внизу листа стояла дата, 1-6-66. После смерти сына число 1666 преследовало Марию в кошмарных снах. В то время эта история показалась мне просто странной…

Гадалка вдруг перевела взгляд на два портрета средневековых знаменитостей, висящих над её столом. Под изображением Нострадамуса находилось описание его потрясающего пророчества о Великом пожаре Лондона в 1666 году. Под портретом Леонардо да Винчи был изображён один из его самых знаменитых рисунков, «Витрувианский человек» — обнажённый мужчина, стоящий с распростёртыми руками одновременно в круге и квадрате.

Сначала Инга посмотрела на даты жизни Нострадамуса. Знаменитый предсказатель 16-го века умер в 1566 году. Сложив вместе две первые цифры, гадалка переписала это число как 666. Затем она посмотрела на дату смерти Леонардо да Винчи, 1519 год. Все цифры в сумме дали 16. Его дата рождения была 1452. Сумма двух половин, 14 и 52, равнялась 66. Инга написала 16 и 66. В течение нескольких долгих минут она и Андрей рассматривали знакомые числа, 666 и 1666.

— Я постучал зеркалом по надгробию Минина только шесть раз, — прервал молчание Андрей.

— Только шесть, а не семь? — переспросила Инга, нахмурившись. Она даже не пыталась скрыть своего беспокойства. — 6 — это «число зеркала».

— Почему? — удивился мальчик.

— Все квадратные зеркала имеют шесть граней: переднюю, заднюю и четыре боковых. Шесть круглых зеркал могут быть расположены по кругу так, чтобы они касались своих соседей только в одной точке. Если соединить их центры, получится самая загадочная геометрическая фигура — шестиугольник, или гексагон.

Инга указала жестом на кресло перед столом.

— Садись. Приходит время, когда луна входит в Зимний шестиугольник. Это лучшая пора, чтобы познавать души.

Инга посмотрела на свечу, и пламя шевельнулось, словно на него подули. Она бросила в него щепотку сухой травы, и небольшое туманное облако повисло в воздухе.

Минуты текли медленной чередой. Вскоре в сознании Андрея пламя свечи приняло форму золотого глаза, виденного им в ту злополучную ночь. Знакомый звон колоколов донёсся до него, словно набат из другого мира, к которому, как казалось, он теперь принадлежал.

— Сейчас мы узнаем, смогу ли я чем-нибудь тебе помочь, — голос Инги доносился теперь отовсюду.

Медленно раскачивая своё тело в завораживающем ритме, она начала твердить слова непонятной мантры, от которой Андрею стало жутко. Гадалка поставила вогнутое зеркало перед свечой. Как бы после небольшого раздумья оно сфокусировало отражение пламени — тусклое световое пятно — на висящем над свечой облаке.

Завороженный, Андрей не мог оторвать взгляда от этого дрожащего зелёно-серого призрака. Тяжелея с каждой секундой, его тело всё глубже и глубже погружалось в кресло, словно находясь в плену сыпучих песков. Мысли Инги проникали в самые дальние уголки его сознания, оттаивая оледенелые воспоминания и воскрешая в памяти забытые события.

Время замедлилось для Андрея, затем остановилось совсем и, наконец, начало скользить назад в прошлое. Перед его глазами поплыла последовательность уже знакомых фрагментов: золотой глаз, незавершённая пирамида и зеркала, зеркала, зеркала. В одном из них он снова увидел себя больным и разбитым. Другое, в форме огромной капли жидкого металла, отражало мужчину в зелёном костюме и синеглазую женщину. В третьем зеркале Андрей смотрел сквозь замочную скважину на богато убранные хоромы.

Сознание вернулось к нему внезапно, словно после глубокого сна, хотя он точно знал, что не спал. Свеча вспыхнула в последний раз. С погасшим пламенем исчез и фантом её отражения в облаке дыма.

— Разбитое зеркало оставило трещину в твоей душе, — голос гадалки заставил его прийти в себя. — Что-то произошло в твоём прошлом; я это чувствую, но не вижу.

— В каком прошлом?

— Твоя душа, похоже, проникла в зеркальную трещину и познала нечто такое, что теперь не даёт ей покоя. Только приняв своё прошлое, ты обретёшь мир с самим собой.

Гадалка помолчала минуту-другую и добавила:

— А что касается твоего страха перед отражениями, есть только один способ побороть его: бросить зеркалу вызов.

У Андрея защемило сердце. Ничто не могло быть для него в эту минуту хуже, чем осознание бессилия и неопределённости.

— В этом мире всё взаимосвязано, — подбодрила Инга. — Однажды ты сам будешь делать зеркала, и одно из них, быть может, поможет тебе найти ответ на вопрос, что именно случилось в ту ночь на кладбище.

xxx

Рабочий телефон в кабинете Серова снова зазвонил. Это была приёмная.

— Андрей. Это Терри. Наш посетитель уже здесь.

Глава IV

В приёмной Андрей Серов пожал руку и представился Майклу Греблову. Старший консультант компании «Кернер Солюшнс» был высоким человеком с ясным и быстрым взглядом. Его безымянный палец был унизан сапфировым перстнем, в середине которого красовалась натуральная астерия — белая шестиконечная звезда. В левой руке Греблов вертел ручку «монтбланк». Его голова иногда странно склонялась вправо. Услышав фамилию Андрея, он улыбнулся.

— Мой дед был выходцем из Советского Союза, — пояснил он. — Я, к сожалению, практически не говорю по-русски.

Исследовательский центр компании «Глобал Гласс» напомнил Греблову уменьшённую сцену из кинофильма «Вилли Вонка и шоколадная фабрика». Погружённые в глубокие мысли, десятки «умпа лумпа», правда, все размером с обычного взрослого человека, сновали взад-вперёд по лабораториям. Они взвешивали загадочные ингредиенты, смешивали их в специальных сосудах и проверяли результат, как казалось Греблову, буквально на вкус.

Зеркала присутствовали в здании повсеместно. Даже на стене каждого рабочего места было подвешено крошечное зеркальце, своего рода система оповещения, позволяющая сотрудникам быстро изменить информацию на экранах компьютеров при приближении начальника.

После экскурсии по исследовательскому центру Серов и Греблов прошли на завод, где каждый получил по комплекту защитных очков. В конце длинного коридора, за автоматической дверью перед ними предстала линия по производству стекла.

Стекольный завод — это целый город под одной крышей. Его сердцем является плавильная печь. Здесь энергия окаменелых деревьев, пролежавших миллионы лет под землёй, вдувает жизнь в мёртвый песок. Расплавленные ингредиенты, с вязкостью густого мёда, выливаются в гигантский кирпичный бассейн, заполненный жидким оловом, что позволяет сформировать непрерывную стеклянную ленту с идеально ровной поверхностью. С помощью специальных валов она с постоянной скоростью вытягивается в зону охлаждения.

Серов открыл затворку маленького кварцевого окошка и пригласил гостя взглянуть внутрь. Странное чувство охватило Греблова. Плывущий между раскалёнными металлом и воздухом слой расплавленного стекла заставил его почему-то подумать о жидком зеркале невероятных размеров. Зловеще-красный оттенок стен печи навевал мысли о палящем аде.

Греблов отступил назад и растерянно оглянулся вокруг, подавленный огромным производственным пространством. Зеркальный шкаф для хранения запасных частей сразу же напомнил ему о гардеробе в его спальне.

— Охлаждение — это один из самых важных технологических процессов, — услышал он голос Серова. — Неправильно охлаждённое стекло может в любой момент проявить свой скверный характер.

Андрей указал на образец, лежащий на столе оператора. При тщательном осмотре через поляризованные очки Греблов заметил на стекле паутину тонких линий.

— Мы называем их «нервами», — пояснил Серов. — Если стекло «разгневано», оно легко может разлететься вдребезги.

Греблов впал в глубокую задумчивость. Медленно, словно река расплавленного стекла, воспоминания потекли в глубину времени. Знакомые видения, навсегда запавшие в его память, воскресали вновь: зеркальный куб за дверью гардероба; зеркало, разлетевшееся на миллионы крошечных осколков; отражение разгневанного монаха.

Пронзительный скрежет битого стекла в углу заводского помещения вывел его из оцепенения.

— Впечатляет, — произнёс Греблов, глядя с ностальгией на выход. — Только здесь очень жарко.

Серов провёл посетителя в центральную часть завода. Здесь стеклянная лента проверялась на наличие изъянов, проходя через инспекционные кабины. Далее, по ходу конвейера стекло разрезалось на огромные листы и укладывалось роботом в ящики разных размеров. Некоторые из них затем сгружались на склад и, впоследствии, отправлялись потребителям.

Остальные листы транспортировались в соседнюю часть завода, где мощный конвейер направлял их в серию вакуумных камер для нанесения покрытий. К крышкам камерных отсеков были привинчены цилиндры специально подобранных металлических сплавов.

— Здесь начинается самое интересное, — заметил Серов, указывая на стальной корпус огромной машины. — Когда зажигается плазма, сплав металлов тонким слоем осаждается на стекле.

Майкл Греблов подошёл к окошку и взглянул на ярко-синее свечение вокруг длинного цилиндра. По цвету оно походило на свечение стен туннеля в давно виденном им кошмарном сне.

— Сейчас они напыляют алюминивые зеркала, — сообщил Серов. — Давайте взглянем поближе.

В этот момент открылась затворка последней вакуумной камеры, с шумом впустив воздух и вытолкнув наружу одно из самых больших зеркал когда либо созданных человеком.

Глядя на это чудо, Греблов решил, что настал момент прозондировать почву насчёт странных видений и снов, в которых его зеркальное отражение никогда не было перевёрнутым.

— Удивительно, — начал он, — что зеркало переворачивает отражение слева направо.

Серов окинул гостя оценивающим взглядом, как бы решая, с какой целью Греблов задал этот вопрос, и в какую именно часть его тела стоит ввести философскую иглу.

— С чисто технической точки зрения, — ответил он, — зеркало не переворачивает отражение слева направо. Оно переворачивает его сзаду наперёд.

У Греблова странно хлопнули веки.

— Я не уверен, что понял ваше объяснение.

— Посмотрите вот сюда, — Серов указал на вертикально расположенное зеркало прямо перед ними.

Взглянув на собственное отражение, Греблов заметил, что его рот был открыт от изумления. Он быстро закрыл его, надув губы в смущении.

— Мы используем термины «левый» и «правый» только лишь из-за удобства, — прокомментировал Серов.

— Но разве этот человек, или «другой я», не перевёрнут в зеркале на сто восемьдесят градусов? — не унимался гость.

Вместо ответа Серов взял фломастер со стола и, написав на куске стекла имя «ГРЕБЛОВ», поднёс его к зеркалу. Гость прочёл: «ВОЛБЕРГ».

— Я был прав! — воскликнул он. — Зеркало перевернуло моё имя слева направо.

— Это не совсем так. Буква «Г» находится справа и на стекле, и в зеркале. То, что вам представляется как трансформация изображения справа налево, это иллюзия, связанная с так называемой «инвариантностью направления». Отражение кажется перевёрнутым только потому, что я перевернул ваше имя прежде, чем показать зеркалу.

Греблов был всё ещё озадачен, но уже начинал понимать объяснение.

— Зеркало «видит» вещи так же, как и мы с вами, — добавил Серов. — Относитесь к нему как к самому себе, и оно никогда не солжёт вам.

Греблов стал подозревать, что у стоящего перед ним человека тоже есть какая-то зеркальная история. Кроме того, он мысленно потирал руки; у него уже было достаточно материала для следующего доклада своему боссу, Марку Кернеру.

— Весьма признателен за интереснейшую экскурсию, Андрей. Мне уж точно теперь будет о чём поразмышлять.

Прощаясь, Серов почувствовал, что посетитель вложил в рукопожатие намного больше энтузиазма, чем того требовала ситуация.

— Вот мой телефон, — сказал Греблов, протягивая визитную карточку. — Я живу меньше часа езды отсюда. Если вы найдёте немного времени, я бы очень хотел продолжить нашу беседу где-нибудь за ужином.

Серов вернулся в свой кабинет и, охваченный странным чувством, уселся в кресло. Ему вдруг показалось, что у него с Гребловым есть что-то общее.

xxx

Созерцание стекла навеяло на Андрея воспоминания детства и разбитого венецианского зеркала.

Чтобы побыстрее забыть тот неприятный жизненный эпизод, доктор посоветовал мальчику записаться на уроки плавания. И действительно, вода самым чудесным образом помогла Андрею снять стресс и избавиться от преследовавших его по ночам кошмаров. Ныряя, он часто смотрел на своё размытое отражение от внутренней поверхности воды, которую он теперь воспринимал как жидкое зеркало. Странным было только то, что он теперь чувствовал себя неотъемлемой частью этого зеркала. Ощущая его вязкость, он легко мог искажать своё отражение, проводя по воде ладонью.

Вскоре после того как страх перед зеркалами исчез, Андрея начало разбирать любопытство, что же всё-таки случилось с ним в ту полнолунную ночь. В поисках ответа он изучал попадавшиеся под руку материалы о зеркалах и отражениях. Большинство научных книг и статей были для него слишком сложны, но мальчик старался понять лишь общие идеи и выводы. Это помогло ему лаконично и ясно излагать свои мысли, и вскоре он стал одним из лучших учеников школы.

Однако, несмотря на все его старания, Андрей так и не смог найти чёткого ответа на то, что послужило причиной пересечения реального и воображаемого в том странном эпизоде его жизни.

xxx

— Привет, Андрей, — мысли Серова были прерваны Патриком Брауном, новым сотрудником «Глобал Гласс».

Этот инженер до недавнего времени работал в «Синтрокс», той же калифорнийской компании, в которой сейчас работал закадычный друг Серова, Иван Шевчук.

— Привет, Патрик. Вчера Иван звонил мне.

— Я знаю. Он мне тоже звонил. «Синтрокс», по его мнению, скоро уволит ещё как минимум половину своих сотрудников. В этой фирме действительно происходит что-то неладное.

— Тебе известно нечто большее? — спросил Андрей с любопытством в голосе, но Браун только покачал головой.

Вернувшись в свой кабинет, Серов внимательно рассмотрел визитную карточку Майкла Греблова. На ней был изображён человек с распростёртыми руками, стоящий одновременно в сфере и полупрозрачном кубе. В адресе значилось: Лунный переулок, дом номер 1666, Новаи, Мичиган.

Эти две геометрические фигуры сразу же воскресили воспоминания Андрея о первом курсе университета.

Глава V

В середине сентября все годные по состоянию здоровья студенты факультета были отправлены на месяц в помощь местному колхозу для сбора урожая.

Один за другим автобусы остановились перед студенческим лагерем, недалеко от деревни Беляевка. Окружающий ландшафт доминировал необъятным океаном золотых степей, слегка задымлённым пыхтящим вдали трактором. Студентов поселили в однокомнатных домиках, по восемь человек в каждом. Восемь кроватей, восемь ночных тумбочек и небольшой столик составляли аскетическую меблировку каждого домика. Кровать Андрея Серова стояла рядом с большим настенным зеркалом.

По давней традиции в первую ночь студенты шли в деревню, чтобы познакомиться с местным активом и выпить на брудершафт. Деревенские обычно приносили самогон и закуску. Студенты подносили к столу «продукты», выращенные в городских условиях, — деньги.

Не желая осквернять сам дух традиции, непьющий Серов, сославшись на усталость, отправился спать пораньше. Кроме того, тяжёлые грозовые облака, словно огромный рот, уже проглотили каравай луны и теперь жадно слизывали рассыпанные по чёрно-синей скатерти неба сияющие крошки. Чувствовалось, что намеченная вечеринка будет подпорчена дождём.

xxx

Когда Андрей начал погружаться в сон, входная дверь скрипнула. Приоткрыв глаза, он увидел в зеркале, как семь его товарищей по комнате растворяются в ночи, словно семь сказочных гномов.

Во сне Андрей блуждал в пространстве и времени, разговаривал с Ингой и вновь увидел ту таинственную голубоглазую женщину, которую в реальной жизни никогда не встречал.

Ржавые дверные петли снова заскрипели, разбудив Андрея. Приоткрыв глаза, он увидел в зеркале отражение семи гномов, вплывающих обратно в комнату. Они были сонными и ворчливыми. И, странное дело, теперь они больше походили на снежных королев: их длинные волосы сливались с окружающим полумраком.

«Зеркало, неужели ты меня обманываешь?» — подумал Андрей, снова погружаясь в сон.

Внезапно он был окончательно разбужен хором рассерженных голосов. Кто-то включил свет.

После долгой минуты зловещей тишины воздух наполнился криками, словно на месте преступления поймали вора. Бесцеремонно стянутый за ногу с кровати, Андрей оказался сидящим на полу в окружении восьми студенток. Они напоминали разъярённых русалок, что-то кричавших и строящих гримасы из глубины своих потревоженных вод.

Основательно накаченные алкоголем женщины требовали объяснений.

Одна из них была особенно возмущена тем, что этот «наглый молодой человек устроился в её постели». Сходство эпизода со сценой из кинофильма «Ирония судьбы...», только в более крупном масштабе, было очевидным.

Андрей Серов терпеть не мог несправедливости, но силы были явно неравными. Сквозь хор голосов он начал терпеливо втолковывать, что это был его домик и его кровать. Старания возымели успех. Понемногу умолкая и даже изрекая невнятные извинения, смущённые студентки попятились к двери и, выключив за собой свет, быстро исчезли в темноте.

Все кроме одной — той, чьи обвинения звучали громче всех.

xxx

— Я бы хотела извиниться, — произнесла девушка.

Только после того как его глаза снова привыкли к темноте и пыл битвы угас, Андрей понял, насколько она красива. Её протянутая рука всё ещё висела в воздухе в ожидании миротворного рукопожатия.

— Меня зовут Ольга. В нашем домике точно такая же обстановка. Моя кровать тоже стоит у зеркала. Ты не против, если я посижу здесь немного? На улице, похоже, сейчас начнётся дождь.

— Конечно, — ответил Андрей. По крайней мере ему показалось, что он ответил.

Последовала долгая пауза. Где-то недалеко заухала сова.

Андрей всячески пытался расслабиться, но не мог. Чтобы чем-то занять руки, он от волнения стал мять простынь. Близость этой опьянённой и невероятно красивой молодой женщины заставила его забыть обо всём на свете.

— О чём ты думаешь? — спросила Ольга и тут же заговорила белым стихом. — Рассвет это время размышлений, время, когда свет, целуя темноту, раскрывает истинную красоту вещей.

«Откуда у неё всё это?» — подумал Андрей.

— От моего отца, — сказала Ольга, словно читая его мысли. — Он поклонник Леонардо да Винчи, который рисовал свои лучшие картины именно на рассвете. Да Винчи использовал приём «сфумато» — нанесение размытых переходов между светом и тенью — для шифрования мыслей, предоставляя другим раскодировать их скрытый смысл.

Ольга взглянула на своё тусклое отражение в настенном зеркале.

— В одном из своих дневников да Винчи оставил запись, сделанную наоборот: «Почему картины выглядят лучше в зеркале, чем на самом деле?» Он, вероятно, был одержим идеей создания иллюзии более привлекательной, чем реальность.

Андрея внезапно осенила мысль, что каждая картина это двумерная проекция трёхмерного мира. Может быть, да Винчи считал, что размерность плоского объекта на холсте мысленно восстанавливается, когда на него смотрят через зеркало?

Маленькая, но сильная рука трясла Андрея за плечо; Ольга спросила что-то и теперь требовала полного внимания.

— Ты меня слушаешь? Я говорю, что Леонардо любил вкладывать в свои картины также и неопределённость. Например его «Витрувианский человек».

— Я знаю этот рисунок! — воскликнул Андрей, вспоминая плакат, виденный им в квартире Инги. Ольга пристально посмотрела на него; это был первый звук, изданный молодым человеком за сравнительно долгое время. — Он изображает обнажённого мужчину с распростёртыми руками, стоящего одновременно в круге и квадрате. «Витрувианский человек» — дань божественным пропорциям человеческого тела. Какая же здесь может быть неопределённость?!

Даже в темноте Андрей увидел, как Ольга насмешливо улыбнулась.

— Ты действительно веришь в то, что Леонардо, гениальный мастер закодированных наследий, мог оставить своим потомкам такое примитивное послание в одном из своих лучших шедевров? Да Винчи, который шифровал свои мысли с помощью зеркал, нарисовал два тела и, тем не менее, назвал эту картину в единственном числе: «Витрувианский человек». Тебе не кажется, что человек в круге и человек в квадрате — это отражения в двух разных зеркалах? Его картина — дань Зеркалу!

Андрей чуть не подскочил на кровати. Такая простая и логичная, эта мысль моментально возродила его жажду разгадать зеркальную тайну собственной жизни.

— Круг это священная фигура, — продолжала Ольга, делая вид, что не замечает эмоций собеседника. — В нём нет углов, где могли бы прятаться злые духи. Да Винчи нарисовал человека в круглом зеркале слегка по-иному, чем в квадратном.

— У каждого зеркала есть два лица, — прошептал Андрей слова поговорки.

Ольга, казалось, ловила каждое его слово.

— В данном случае, — возразила она, — есть только одно лицо, но два разных тела. Никто, кроме моего отца, никогда не придавал особого значения этому факту. На этом рисунке квадрат — это обычное зеркало, тогда как круг — зеркало духовное. В нём человек отражён по образу и подобию Божию!

Лавина мыслей захлестнула Андрея, но Ольга не дала ему возможности передохнуть.

— Мой отец измерил размеры этих двух «зеркал». Отношение стороны квадрата к радиусу круга в «Витрувианском человеке» равно 1,656.

Комок в горле Андрея был слишком большим, чтобы его проглотить.

— Почти 1,666, — еле выцедил он.

Ольга пристально посмотрела на молодого человека. Нет, серьёзно, как часто обычные люди обращают внимание на число 1666?

— 1666 год, кстати, был знаменательным для науки, — продолжала она, время от времени поглядывая на собеседника. — Исаак Ньютон положил начало теории гравитации; затем он разложил призмой солнечный свет на составляющие цвета; в том же году Роберт Гук...

— ...объявил, что свет ведёт себя, как волна, — подхватил Андрей её мысль, — в Париже была основана Академия наук, патриарха Никона сослали в монастырь и зеркала были запрещены Русской церковью.

— Почему ты так интересуешься зеркалами? — спросила Ольга осторожно.

Андрей колебался. Ему не очень-то хотелось делиться своей неприятной тайной.

— У меня когда-то произошёл инцидент с зеркалом, — ответил он расплывчато; при этом дата смерти профессора Минина, 1-6-66, выгравированная на надгробном камне, снова засветилась в темноте перед его глазами.

— Ты уверен, что это был просто инцидент? — голос Ольги казался равнодушным, но Андрей почувствовал, что она была крайне заинтригована. Он также испытал мимолётное ощущение, как будто опытный зонд проникает в его мозг.

— Я сам всё ещё ищу ответ на этот вопрос, — ответил он уклончиво.

— Хочешь поговорить с моим отцом? — спросила Ольга, подумав. — Он эксперт по отражениям. Зеркала — удивительные предвестники судьбы. Даже легендарный Нострадамус смог предсказать дату своей смерти с помощью зеркала, ошибившись лишь на год.

— Вот видишь, его зеркало солгало ему! — воскликнул Андрей, пытаясь разбавить шуткой прозаичность их слишком уж серьёзной беседы.

— Не смей так говорить, — резко отсекла Ольга. Затем зевнула, и её голос стал мягче. — Зеркала никогда не лгут.

xxx

Громко забарабанили первые капли дождя. Вскоре Андрей понял, что Ольга, ровно дыша, спит у него на плече. Её изящный стан, обтянутый тонким спортивным костюмом, являл собой образец ноктюрной красоты, а сквозь слегка откинутые назад длинные волосы проступали контуры нежной шеи и женственных плеч.

«Да, — подумал Андрей, — я очень бы хотел поговорить с твоим отцом!»

Сверкнула молния, и небеса разверзлись. Начался ливень. Грохот был такой, как будто на крыше плясали сотни развесёлых гномов.

Вскоре Андрей тоже заснул.

Было почти пять утра, когда семь «гномов» — его соседей по комнате — вернулись с вечеринки. Вымокшие до нитки и уставшие как собаки, они стояли, застыв в молчании, с завистью глазея на своего соседа и спящую рядом с ним девушку. Обменявшись недоумёнными взглядами, они отправились по своим кроватям, чтобы успеть хоть немного вздремнуть до рассвета.

ххх

— Когда мне можно будет поговорить с твоим отцом? — напомнил Андрей, как только Ольга проснулась.

— Да когда угодно. Он почти каждый день бывает в университете, и его нетрудно найти на кафедре. Его зовут Сергей Иванович Колецкий.

— Профессор Колецкий — твой отец?! — воскликнул Андрей.

Конечно же! Как он мог не слышать о легендарном учёном и его удивительной научной карьере? Сторонник традиционной модели развития мира, Колецкий сравнительно недавно коренным образом изменил свои взгляды и разработал радикально новую теорию «Двойных зеркальных вселенных». Поговаривали даже, что он ранее принадлежал к какому-то тайному обществу, но никто не знал, какому именно. Кроме того, никто не имел понятия, что побудило профессора изменить свои научные взгляды, и как ему удалось развить свою теорию за столь короткий срок.

— Мой отец очень приятный собеседник, — сказала Ольга. — Я приглашаю тебя к нам на ужин.

— Спасибо, принято, — ответил Андрей. — Можно тебя проводить?

— Нет, не нужно, я сама.

Ольга подошла к зеркалу. Её красота казалась ещё более удивительной в отражённых лучах рассвета.

«Ты прекрасна, спору нет», — Андрей вспомнил слова поэта.

Девушка ушла, но в зеркале всё ещё оставалось свечение её сине-зелёных глаз.

Глядя на своё собственное отражение, Андрей не заметил ничего необычного; разве что уголки его рта были теперь чуть приподняты. Он понял вдруг, что никогда бы не встретил Ольгу, если бы пошёл на попойку со своими соседями по комнате. «Иногда трезвый образ жизни — это не так уж и плохо», — решил он и посмотрел в окно.

В квадратном стекле круг восходящего солнца знаменовал приход нового дня.

xxx

Перед глазами Андрея Серова эти квадрат и круг быстро превратились в куб и сферу, вернув его из воспоминаний в свой рабочий кабинет. Он глядел на визитную карточку Майкла Греблова. На ней был изображён человек с распростёртыми руками, стоящий одновременно в сфере и полупрозрачном кубе. Адрес гласил: Лунный переулок, дом номер 1666, Новаи, Мичиган.

Глава VI

Майкл Греблов возвращался домой. Экскурсия по заводу вернула его мысли в день празднования своего 16-летия.

В конце той злополучной вечеринки его родители услышали крики о помощи юной Анны Браунлих. Вбежав в спальню Майкла, Полина и Борис с ужасом увидели его лежащим на полу в полусознательном состоянии. Предметы одежды были разбросаны по комнате. Майкл беспомощно всхлипывал; к его влажному лбу прилипли несколько длинных чёрных волос, а на щеках была размазана женская помада.

Перед зеркальной дверью гардероба, обёрнутая простынёй, стояла Анна. Заикаясь, она тщетно пыталась объяснить произошедшее.

Позже Майкл смог вспомнить лишь отдельные детали того вечера. Он вернулся из своего кошмарного сна совершенно другим человеком.

Его сосед, Марк Кернер, был первым, кто заметил ссадину на лбу Греблова.

— Следующий раз брейся аккуратней, — поддразнил он.

Майкл не увидел ничего смешного в этой шутке. Более того, он совершил большую ошибку, рассказав Кернеру о своём происшествии, после чего Марк подсмеивался над ним в течение многих лет.

Только половина сознания молодого Греблова отдыхала теперь во время сна; вторая половина бодрствовала, созерцая невообразимое. Шагнув в зеркало своего гардероба, Майкл с ужасом наблюдал, как оно превращается в замёрзшую поверхность пруда, со дна которого на него пристально смотрят бирюзовые глаза Анны Браунлих. Очарованный их игривым огнём, он позволял своим желаниям проскользнуть под ледяной покров. В следующий момент обманчивая поверхность снова становилась зеркалом, запирая часть сознания Майкла в плен.

Эти ужасные ретроспективы преследовали парня только ночью. При свете дня страх стать зеркальным утопленником исчезал, оставляя за собой пустоту, которую нужно было чем-то заполнить. Один раз — случайность, два — привычка. У Майкла Греблова появилась странная привычка воссоединяться со своей утраченной половиной. Он часто не мог дождаться, когда снова сможет погрузиться в глубину зеркала, — своего лучшего друга и злейшего врага. Он обычно расслаблялся и ждал несколько минут, пока зеркало не поглотит его мысли, формируя на другой стороне стекла двойника. Это существо было совокупностью частиц его отражённого сознания, чувствующего себя с каждой секундой всё более независимым. И, наконец, наступал момент, когда сквозь затуманенный разум Майкл понимал, что он и его отражение смотрят друг на друга.

«Так где же всё-таки я? — задавался он вопросом. — Перед зеркалом или внутри него?»

Вскоре Полина Греблова заметила странные перемены в поведении сына: долгие взгляды на отражающие поверхности, резкие перепады настроения. Вдобавок, по прошествии нескольких недель Майкл превратился в левшу, его школьные оценки резко снизились, и он заметно охладел к наукам, включая любимую космологию. Когда Полина услышала, как он разговаривает с зеркалом, она решила, что фантазии сына зашли слишком далеко, и настояла на том, чтобы Майкл прошёл медицинский осмотр.

xxx

После длительной череды амбулаторных тестов и анализов мать и сын Гребловы сидели в кабинете семейного врача Гарри Зальцмана.

— Тесты не выявили ни единой абнормальности, — объявил доктор, тщательно изучив отчёты специалистов. — Ни кровоизлияния в мозг, ни каких-либо иных внутричерепных отклонений. Незначительное усиление активности правого полушария, но полностью в пределах нормы. С чисто анатомической точки зрения вам совершенно не о чем беспокоиться.

— Не о чем беспокоиться?! — сорвалась Полина, не в силах сдержать эмоции. — Мой сын из гения превратился в зеркально зависимого! И как вы объясните, что он всего за несколько недель сделался левшой?

Доктор Зальцман вынужден был признать самому себе, что метаморфоза правши в левшу была действительно странным феноменом, куда более странным, чем превращение гения в когнитивно-посредственного ученика, что случалось в его практике довольно часто.

— Я затрудняюсь сказать, почему именно Майкл стал левшой. У меня была одна пациентка, которую её строгие родители шлёпали линейкой всякий раз, когда она писала левой рукой. Это в конечном итоге сделало из неё правшу, но позже привело к тяжёлому психическому расстройству.

— Я своего сына ни разу в жизни не шлёпнула, — промолвила Полина, чуть не плача. — Может быть, я была слишком уж мягкой. Если бы не моя ослабшая бдительность, с ним вообще ничего бы не случилось.

Взгляд доктора Зальцмана заверил Полину, что он и не сомневался в мягкости её характера любящей матери.

— Я уверен, что причины расстройства в случае с вашим сыном носят сугубо психологический характер, — заключил он. — Вот направление к доктору Дорану Петрополосу, высококвалифицированному психиатру. Он определит, какие дальнейшие тесты и процедуры могут понадобится.

Через неделю Полина и Майкл сидели в кабинете доктора Петрополоса. Пробежав глазами по отчёту доктора Зальцмана, тот глубоко вздохнул и сказал:

— Зеркала таят в себе скрытую опасность. Люди часто слишком много фантазируют: перед зеркалами, за зеркалами... и даже, как в случае с Майклом, перед дверью зеркальных гардеробов.

— Из того, что я прочла в медицинской литературе, — вмешалась Полина, — состояние моего сына напоминает зеркальную шизофрению.

Петрополос посмотрел на неё поверх своих очков. Смысл, вложенный в этот взгляд, легко понял бы каждый, кто когда-либо осмелился навязывать врачу свою точку зрения.

— Прежде всего, я бы не стал делать никаких преждевременных выводов, — сказал он, стараясь оставаться вежливым. — В отличие от шизофреников Майкл прекрасно понимает, что он не идентичен своему отражению. Он просто чувствует, что часть его сознания проскользнуло в другую реальность. Это очень интересный случай, когда причина и следствие — сознание и его зеркальное отражение — меняются местами. В своём когнитивном диссонансе ваш сын уверен, что с той стороны его зовёт второе «я». Это то, что я назвал бы «навязчивым зеркальным расстройством».

Увязая в трясине медицинских терминов, Полина почувствовала себя наказанной за попытку оспаривать с доктором статус кво.

Удовлетворённый достигнутым эффектом, психиатр продолжал.

— В своей практике я никогда не встречал идентичных случаев, но я читал о кое чём подобном в одном из медицинских журналов.

Полина Греблова вся превратилась в слух.

— Одна молодая особа была так увлечена своим отражением, что часть её сознания в конце концов обосновалась в зеркале. В отличие от истории с Нарциссом, который умер от безответной любви к своему собственному отражению, личность этой женщины оказалась разделённой. Её день рождения, кстати, приходился на январь, месяц, названный в честь бога Януса, имевшего, как известно, два лица.

— У моего сына день рождения тоже в январе! — вскрикнула Полина.

Доктор невольно кашлянул.

— Вполне вероятно, что мы никогда не узнаем истинных причин происшедшего с Майклом, — продолжил он после натянутой паузы. — И это действительно очень странно, что такое... гмм, обычное событие, как поцелуй девушки, спровоцировало такую... гмм, необычную психическую реакцию.

Глаза Полины наполнились слезами. Она прочистила горло.

— Хочу повторить, — поспешил добавить Петрополос, прежде чем Полина смогла выдать очередное медицинское умозаключение, — что результаты всех анализов и тестов абсолютно нормальные. Тем не менее, учитывая обстоятельства, я бы хотел направить вашего сына на консультацию с клиническим гипнотизёром. Гипноз может удивительно легко обойти церебральную защиту и сгладить или даже стереть из памяти нежелательные воспоминания.

Доктор набросал на бланке направление и повернулся к мальчику.

— Перед тобой теперь стоит моральная дилемма, Майкл. Видишь ли, хорошо это или плохо, но встреча с Анной была твоим первым интимным опытом. Теперь тебе решать, останется этот опыт частью твоей жизни, либо будет стёрт из памяти навсегда, и только время покажет, был ли выбор правильным. Подумай над этим хорошенько, а пока вот тебе направление к гипнотизёру, доктору Ландаусу.

Несколькими фразами и щелчком пальцев доктор Ландаус отправил Майкла в гипнотический транс. Мальчик слышал и видел абсолютно всё, но его расплывчатое «я» находилось теперь в нескольких местах одновременно.

Путём регрессии гипнотизёр терпеливо погружал воспоминания Майкла всё дальше и дальше в глубину времени, надеясь точно определить момент его психической травмы. В случае успеха он смог бы удалить некоторые участки памяти с помощью наводящего гипноза; это помогло бы мальчику забыть то, о чём было больно вспоминать.

Через час дверь открылась, и Ландаус появился на пороге кабинета. Лицо его выглядело растерянным. Он жестом пригласил Полину Греблову сесть в кресло и указал на диаграмму человеческого мозга.

— Наш мозг по-прежнему недостаточно изучен, — начал он. Это было неутешительным вступлением. — Сознание — ещё более туманная область медицинской науки. Я полагаю, что у Майкла произошёл неизвестный доселе обмен функций левого и правого полушарий, как если бы они вдруг стали зеркальными отражениями друг друга. Я попытался восстановить точный момент этого перехода, но был весьма удивлён, обнаружив, что последовательность событий назад во времени оказалась несколько иной, чем вперёд.

— Это опасно для его здоровья? — тут же спросила заботливая мать.

Вместо ответа гипнотизёр пристально посмотрел на неё.

— Ваш сын помнит до мельчайших подробностей всё, кроме точного момента его интимной встречи с Анной; поэтому мне удалось стереть лишь некоторые моменты памяти. Ещё более странным является то, что связанные с тем днём воспоминания Майкла регрессировали на несколько столетий назад. Он упоминал число 1666, какую-то пирамиду, зеркальный куб и ещё одну женщину по имени Анна; по крайней мере, так мне послышалось из его рассказа. А когда он начал описывать круглое венецианское зеркало в бронзовой оправе, ваш сын совершил нечто неслыханное: он вывел сам себя из гипноза... Боюсь, что встреча с Анной Браунлих послужила лишь толчком в длинной цепочке этих странных событий. Реальная проблема, возможно, крылась в ком-то из его предшественников и сейчас лишь воскресла в памяти. Я хотел бы снова осмотреть его через месяц.

ххх

Стряхнув с себя эти воспоминания, Майкл Греблов припарковал автомобиль в гараже своего дома, номер 1666, в Лунном переулке.

Глава VII

Ольга Колецкая сдержала слово. В один из субботних вечеров Андрей Серов был приглашён на ужин побеседовать о зеркалах с её отцом.

Андрей прекрасно провёл вечер. Утка с черносливом и картошкой, запечённая в глиняных горшочках, показалась ему необыкновенно вкусной. После ужина Ольга ободряюще подмигнула Андрею и удалилась на кухню помочь матери, оставив гостя с отцом наедине.

Сидя на античном диване, Андрей рассматривал гексагональную шахматную доску, ожидая ответного хода своего противника. Блестящее шестигранное поле, с его 91-им квадратом, отражало каменные фигурки древних воинов. Профессор Колецкий был впечатлён. Лишь немногие из его знакомых умели играть в гексагональные шахматы, и только один — так же хорошо, как Серов. Профессор оказался опытным игроком. Его слоны, кони и ладьи были выровнены точно по центру клеток после каждого хода, нацелившись на противника с победоносной решимостью. Он применил утончённый гамбит — обманчивую стратегию, в которой, жертвуя малым, выиграл всю партию.

После окончания битвы Колецкий похвалил Серова за превосходный уровень игры и достал два хрустальных бокала и бутылку «метаксы».

— Немного коньяку? — предложил он.

— Нет, спасибо, — ответил Серов, припомнив свой неудачный опыт с коньяком на кладбище несколько лет назад.

— Вы совсем не пьёте?

— Я бросил.

Победитель налил немного жидкости в свой стакан, поболтал её мерными круговыми движениями и поводил под носом, прежде чем позволить первым каплям коснуться вкусовых рецепторов. Он, очевидно, привык наслаждаться напитком всеми своими чувствами.

— Ольга сказала, что вы очень любознательный молодой человек, которому, быть может, нужна помощь в разгадке тайны, — произнёс он, пристально глядя на гостя. — Она также сказала, что ваша тайна связана с зеркалом.

Серова охватило замешательство, и Колецкий, казалось, уловил его.

— Люди слишком часто и неоправданно усложняют свою жизнь, — добавил он, глядя в окно на свой сад, покрытый ковром из ярких осенних листьев. — Упавшее яблоко не всегда знаменует ньютоновский принцип действия силы тяжести. Оно может попросту означать приход осени.

Серов улыбнулся, оценив сравнение.

Космолог теперь смотрел на листья через свой бокал.

— Иногда мне кажется, что жизнь на Земле зародилась в коньяке, а не в воде.

Серов снова улыбнулся, но тут же стал серьёзным.

— А как всё в действительности началось, профессор?

Хозяин закурил сигару и выпустил в воздух кольца густого дыма. На мгновение он стал похожим на Зевса, окружённого облаками на вершине Олимпа. Колецкий подошёл к комоду, достал округлый камень — бразильский агат — и подал его молодому человеку для осмотра. Серов сразу же догадался, что камень был маленькой моделью Вселенной. Он внезапно ощутил вес всего необъятного мира, сжатого неведомой силой до объёма грейпфрута. Внешняя оболочка камня была матовой, а его плоский, хорошо отполированный срез, напротив, прозрачным; он открывал взгляду необыкновенно красивую картину огненно-малинового и сиреневого цветов. Длинные, радиально ориентированные гранулы сверкающего кварца имели форму игл, утончённых у полого центра камня и утолщённых у его поверхности. Причудливые отражения света создавали зачаровывающее восприятие взрыва, застывшего во времени.

«Это и есть момент творения! — сразу подумал Серов. — Это поперечное сечение Большого взрыва».

Колецкий был доволен впечатлением, произведенным его амулетом на гостя.

— Я должен разочаровать вас, молодой человек, — голос профессора, казалось, исходил из центра Вселенной, — но это как раз совсем не так, как всё началось.

То, как Серов моргнул, выдало если не его разочарование, то, по крайней мере, искреннее удивление. Хозяин снова взял свой бокал и сделал небольшой глоток. Янтарная амврозия, по-видимому, весьма благоприятствовала его красноречию; чёткая артикуляция профессора завораживала.

— В моей теории доказано, что начала у Вселенной вовсе не было. Вся энергия и вся материя, которыми в настоящий момент она располагает, всегда были в ней заложены.

— Так вы отрицаете сам акт сотворения мира?

Колецкий уклонился от прямого ответа.

— Согласно общепринятым понятиям, всё, что существовало до Большого взрыва, было чистой энергией, находящейся в абсолютном порядке в практически нулевом объёме. Большой взрыв превратил всю эту энергию во время, материю и четыре фундаментальные силы природы,.. ну и постоянно возрастающий хаос, конечно. Таким образом, всё расширяющаяся Вселенная была бы обречена на неизбежное замерзание, если бы не обменивалась энергией с другими мирами.

— Вы имеете в виду вашу теорию «Двойных вселенных?»

— «Двойных зеркальных вселенных», — не без гордости поправил Колецкий. — Мне удалось доказать, что наша Вселенная существовала всегда и, что крайне немаловажно, параллельно со своим зеркальным двойником.

Глаза профессора, как пара философских линз, казалось, проецировали его глубокие мысли на бесконечность. Настенные часы неистово тикали.

— Начало и эволюция одной вселенной всегда сопровождаются угасанием и концом её зеркального отражения, и эта цикличность вечна.

— А откуда взялась эта идея?

По взгляду Колецкого Андрей понял, что тот был явно не готов к этому вопросу.

— Мне повезло быть учеником великого космолога, Евгения Минина, — вымолвил профессор, немного подумав. — Вдохновение при работе над моей теорией во многом обязано его таланту.

Перед глазами Андрея воскресла та зловещая ночь и надгробный камень с выгравированным на нём именем профессора Минина и датами его жизни, 1-6-16 — 1-6-66. Однако молодой человек рассудительно решил не упоминать о том, как он стучал по надгробию учителя Колецкого разбитым зеркалом.

— Чем же он был знаменит? — спросил он вместо этого.

Ещё один глоток, ещё одна затяжка.

Профессор Минин был самородком, выдающимся учёным своего времени. Проводя аналогии и сложные вычисления, он пришёл к заключению, что Вселенная описывается определёнными числовыми комбинациями, в которых часто встречаются цифры 1 и 6. Модель Минина, однако, была неполной, пока он не ввёл в расчёты другую вселенную; это моментально восстановило недостающую симметрию.

— А почему 1 и 6 были настолько важны для этой зеркальной симметрии? — спросил Серов, чувствуя нарастающее напряжение в душе.

Минин всегда верил в скрытые связи между различными явлениями и историческими датами. Одна из таких связей была найдена им в «Книге Откровений». Папирус с её рукописью, пронумерованный как «свиток 66», был найден во время археологических раскопок в египетском городе Аль-Бахнаса, в 160 км к югу от Каира. Аль-Бахнаса имел у древних название Oxyrhynchus, происходящее от слова «окси», которое буквально переводится как «остроносый». Однако на греческом языке это слово означало «οξυγόνο» — «кислород».

Взгляд Серова вопрошал, что бы всё это значило.

— Это, конечно же, не было известно древним египтянам, — продолжал Колецкий, — но для последовательности умозаключений Минина имело большое значение. Дело в том, что атомная масса кислорода равна 16, числу, в котором цифры 1 и 6 сливаются воедино.

Андрей почувствовал себя вновь во власти этих двух цифр.

Колецкий продолжал.

— Свиток 66 упоминал, что Arithmos tou Thēriou — число зверя или, что то же самое, число дьявола — 616, а не 666. Объяснение этому противоречию состоит в том, что имя обидчика христиан, римского императора Нерона Цезаря, даёт различную сумму порядковых номеров букв после транслитерации на иврит с латыни и греческого: соответственно 616 и 666. Было это совпадением или нет, но в 616 году н. э., когда бо́льшая часть Испании находилась под властью вестготов, король Сизебут приказал евреям своего королевства обратиться в христианство и жестоко карал тех, кто отказывался.

Серов слушал все эти удивительные исторические факты с широко раскрытыми глазами.

Колецкий снова наполнил свой бокал и потянул янтарную жидкость.

— Примечательно, что Сизебут написал стихотворение «Лунное затмение», состоявшее из 61-го гексаметра — строк стихов, включающих шесть поэтических метрических футов. Как только Исидор, епископ Севильский, прочитал его, он объявил, что король страдает раздвоением личности.

Анализируя эти и другие, казалось бы, несвязанные между собой факты, Евгений Минин пришёл к выводу, что появление вместе цифр 1 и 6 несёт с собой двойственность, в которой 1 представляет божественную часть, а 6, её антагонист, знаменует неопределённость или, более того, опасность. Одним из его любимых примеров была молекула канцерогенного бензола, имеющая 6 атомов углерода, каждый из которых соединён с водородом, атомная масса которого 1. Другим примером был гексоген, смертельное взрывчатое вещество, в котором атомы водорода, азота и кислорода присутствуют в количествах 6-6-6. Со временем Минин убедился, что двойственность также является частью его личности.

— Так смог ли он разрешить тайну своей жизни?

— Смог, но очень странным образом. Во время всплесков интуиции профессор Минин часто страдал приступами чрезвычайной раздражённости, даже агрессии, что в конечном итоге привело к проблемам в его личной жизни. После того как жена назвала его «зверем», прежде чем уйти из дома навсегда, профессора поразила странная мысль. Он записал два числа зверя — 616 и 666 — и сразу же заметил, что 616 было частью его даты рождения. Для полной завершённости он приписал спереди него 1 и получил 1-6-16. Затем, подумав, он добавил 1 к другой версии числа зверя, 666, и получил 1-6-66. Минин решил, что ему осталось жить всего лишь год.

Примечательно, что в числе 616 Минин видел 1 как символ божественного зеркала. Добавление 1 к 6 на каждой из двух сторон этого зеркала приводило к тому, что число неопределённости превращалось в 7, число завершённости. Развивая эту идею дальше, Минин заключил, что на поверхности зеркала время останавливается, и конец одного мира становится началом мира другого.

— После смерти профессора, — сказал Колецкий, — я опирался на эту идею, чтобы построить свою собственную теорию «Двойных зеркальных вселенных». В этих параллельных мирах даже время течёт в противоположном порядке.

Андрей глубоко вздохнул. Всё это с трудом укладывалось в его голове.

— А как умер профессор?

Взгляд Колецкого снова сосредоточился на бокале.

— Я частично виню себя в смерти учителя. Во время одного из наших разговоров я упомянул, что алкоголь представляет собой концентрированную форму энергии, полученную из злаковых зёрен, которая, в свою очередь, поступает от солнечного света. Если мы научились хранить солнечную энергию в стекле бокала, почему бы не попробовать хранить нашу духовную энергию в стекле зеркала?

— Нашу душу?

— Именно!

Минину эта идея сразу понравилась. Глубоко в своих мыслях он надеялся, что отделение души от тела и заключение её в зеркало до естественной смерти позволит ему увековечить свою индивидуальность. Менее чем за год он разработал эксперимент, в котором его душа была бы скопирована в капсулу, названную им довольно просто, «Зеркало». Дополнительной подоплёкой этого эксперимента было то, что количество известных элементарных частиц на то время было 16, а субатомных кварков — 6. Минин рассуждал, что кварки, так же как душа и тело, существуют в па́рах, тогда как их электрические заряды всегда разделены в соотношениях 2:3 и 1:3.

Шесть месяцев спустя Минин объявил, что его эксперимент был готов к демонстрации.

— Но как 2:3 связано с 1 и 6? — спросил недоумённо Серов.

Колецкий посмотрел на него с удивлением и даже некоторым разочарованием.

— Отношение 2 к 3 равно 0,666 при округлении. Кроме того, 2 и 3 принадлежат к числам Фибоначчи, и отношение следующей пары чисел в этой последовательности, 5 к 3, равняется 1,666.

6 января 1966 года друзья профессора собрались в его квартире на 50-летний юбилей. Начали с тоста за здоровье Минина. Затем выпили за старое Рождество. Пили и за политических руководителей державы. Больше других пил сам юбиляр. Около полуночи Минин вдруг объявил, что чувствует себя неважно. Так и не продемонстрировав своего Зеркала, он попросил гостей оставить его одного. На следующий день мать Минина нашла его мёртвым в его собственной квартире. Зеркало, скорее всего продукт его воспалённого воображения, так и не было найдено.

Андрей Серов открыл рот, чтобы спросить, почему дата смерти профессора на его надгробии была 1-6-66, а не 1-7-66, но быстро передумал. Внутренний голос подсказал ему, что он должен будет найти ответ на этот вопрос без помощи Колецкого.

Глава VIII

Развалившись в глубоком кресле своего домашнего кабинета, Марк Кернер рассеянно слушал бой часов с кукушкой. Прошло уже несколько дней после его возвращения из курортного мексиканского города Канкун. Цвета Карибского моря — от бирюзового до тёмно-синего — всё ещё переливались перед его глазами. Хоть Марк и бывал в Мексике уже много раз, в эту поездку он впервые посетил Чичен-Ицу, знаменитый археологический осколок давно угасшей цивилизации северных майя. Теперь ему было о чём подумать.

С недавних пор старший консультант фирмы Кернера, его бывший сосед, Майкл Греблов, упорно твердил о своих видениях связи числа 1666 с зеркалами; эта связь, со слов Греблова, могла бы при правильном подходе положить начало какому-нибудь прибыльному предприятию. Вначале полностью игнорируя эту очевидную глупость, Кернер со временем стал более снисходительным к Греблову и даже начал финансировать его поездки в различные фирмы по производству зеркал. После отпуска в Мексику видения Греблова представились Кернеру в совершенно ином ракурсе.

В самом начале своего путешествия Кернер узнал о боге майя, К'авииле, у которого на голове находилось зеркало из обсидиана. У бога Тезкатлипоке соседнего с майя племени, ацтеков, вместо правой ноги тоже было зеркало. Для Кернера аллегория была очевидной: человеческие души связаны с небом и подземным миром через зеркальные «антенны».

Теперь, сидя в своём доме, Кернер буквально пыхтел, карабкаясь в воспоминаниях на пирамиду Кукулькана, одно из самых загадочных строений майя, да и, пожалуй, всего древнего мира.

На каждой из четырёх сторон пирамиды расположена каменная лестница из 91-й ступени; Кернер почему-то сразу перевернул в уме это число, получив 16. Пирамида увенчана храмом, высотой в 6 метров. В дни осеннего и весеннего равноденствия игра треугольных теней от рёбер пирамиды рисует на лестнице гигантскую змею, как бы сползающую с неба на землю. Кернер подумал об этих днях как о «зеркальных», поскольку именно в это время одна сторона пирамиды полностью освещена солнцем, тогда как другая находится в тени. Эти дни, как известно, разделены промежутком времени в 6 месяцев. За 16 дней до весеннего равноденствия и спустя 16 дней после осеннего равноденствия количество треугольных теней, создающих змею, равно 6. А 6-го апреля и 6-го сентября в теле змеи появляются тени углов всех девяти уровней пирамиды.

«Может быть, — думал Кернер, — мне просто передался азарт Греблова к числам, состоящим из 1 и 6?»

Кернер долго не мог заснуть в последнюю ночь своего отпуска. Размышляя о змее и зеркале пирамиды Кукулькана, он вытащил из ночной тумбочки своего гостиничного номера копию Библии. Открыв её на случайной странице, он прочёл: «Господь сказал Моисею: «Что это у тебя в руке?» Моисей ответил: «Посох». «Брось его на землю», — повелел Господь. Моисей бросил посох на землю, и он превратился в змею».

Прочитав эти строки, Кернер ясно вспомнил самое необычное видение, которым Греблов поделился с ним после того рокового дня рождения тридцать лет назад. В своём кошмарном сне Греблов видел, как его дом превратился в пирамиду, а номер дома, 1666, распался на 1 и 666. Он также запомнил отражение какого-то сердитого монаха, сжимающего деревянный посох в одной руке и круглое зеркало в другой.

Зеркало... числа 1 и 666... пирамида... змея. Кернер теперь почти заставлял себя оставаться скептиком. Он глубоко вздохнул, пытаясь припомнить любые дополнительные детали. Из самых дальних уголков его памяти медленно всплыл тот снежный вечер, когда он сидел в гостиной комнате дома Гребловых и слушал Алекса Бонина, заезжего молодого человека из России. Взгляды Алекса на природу человеческого сознания показались тогда Кернеру неординарными.

— Уникальность каждой души зашифрована в биоволновых кодах, — говорил Бонин. — Возьмите, к примеру, такой факт: аутичный человек всегда отводит свой взгляд от зеркала. По моей теории, он это делает потому, что не может раскодировать информацию о нём самом, заложенную в его же отражении. Точно так же он отводит глаза при взгляде на постороннего.

— То есть вы утверждаете, что после отражения от поверхности зеркала информация о субъекте меняется? — спросил тогда Марк Кернер, начиная смутно понимать концепцию.

— Вот именно! — воскликнул Бонин, искренне радуясь, что его поняли. — Даже взгляд мифологической Медузы не смог превратить Персея в камень после отражения от его зеркального щита. Да и бездушный граф Дракула не мог видеть собственного отражения в зеркалах своего замка.

Марк Кернер и его отец рассмеялись, оценив оба примера.

— А вы смогли найти практическое доказательство вашей теории?

— Думаю, что да, хотя это, конечно, очень спорный вопрос. Мне посчастливилось участвовать в медицинском эксперименте, в котором, по моему предложению, было использовано не одно зеркало, а два. Второе отражение, похоже, восстанавливало недостающую информацию, и шесть из десяти аутичных пациентов не отвели взгляда от зеркала. Возможно, каждый из них смог узнать самого себя по кодам души.

— Значит, вы, будучи учёным, всё-таки верите в существование души? — спросил с насмешкой Кернер-старший.

— А вы разве не верите? — в ответе Бонина прозвучало удивление. — Вопрос не в том, существует ли душа, а в том, где именно она находится. Некоторые учёные считают, что людские души не только существуют, но и взаимосвязаны посредством энергии, доселе неизвестной современной науке. Этой энергией, по некоторым теориям, пронизана вся Вселенная.

xxx

Мысли вернули Марка Кернера из воспоминаний снова в кресло его домашнего кабинета.

Волновая природа души... пирамида... числа 1 и 666... змеиная тень на каменной лестнице. Он почему-то был уверен, что эти, казалось бы, совершенно несовместимые детали должны быть каким-то образом связаны между собой.

Кернеру вдруг подумалось, что пирамида Кукулькана — это не что иное, как гигантское шестигранное зеркало, сквозь которое змея — волна высшего сознания — спускается до плотского существования, где древние майя вырывали сердца из живых тел своих врагов и соплеменников, чтобы задобрить богов. И прямо над этой пирамидой мерцало звёздное скопление Плеяды, наблюдая за людьми сверху, как всевидящий глаз.

Зацепившись за эту аналогию, Кернер подошёл к окну. Даже лунное лицо, которое вдруг предстало перед ним чьей-то душой в круглом зеркале, пыталось, казалось, подтолкнуть его к какому-то очень важному открытию.

И вдруг Кернера осенило. Он вытащил из своего портмане однодолларовую купюру и посмотрел на её оборотную сторону. Слева, на Великой печати Соединённых Штатов была изображена египетская пирамида, чем-то похожая на пирамиду Кукулькана. Справа, над головой орла расположились тринадцать крошечных звёзд, образующих звезду Давида. Кернер знал, что если эту звезду перенести на пирамиду, пять её лучей укажут на буквы «o», «n», «m», «a» и «s» в двух латинских фразах, «Novus Ordo Seclorum» и «Annuit Coeptis»; из этих пяти букв можно было составить слово «mason». Шестой луч указывал на всевидящий глаз над пирамидой.

А что, если все эти символы содержат в себе какой-то иной, более скрытый смысл?

Кернер взглянул на купюру более пристально. На этот раз он увидел нечто необычное: в расположении тринадцати маленьких звёздочек просматривался некий порядок: 1 звезда посередине, 6 во внутреннем кольце и 6 во внешнем.

166.

«Почти что число Греблова, 1666», — подумал Марк с удивлением.

В мыслях Кернера пирамида на Великой печати моментально превратилась в пирамиду Кукулькана, а слово «mason» в испанское «no mas», что означает «хватит» или «конец». В сочетании со значением латинских фраз, «начало новой эры» и «новый порядок веков», это означало для Кернера, что в шестигранном зеркале, под всевидящим Божим глазом, начало и конец сливаются воедино.

Потрясённый этим открытием, он теперь смотрел на ряд римских цифр, MDCCLXXVI, у основания пирамиды на однодолларовой купюре. Он знал, что сумма этих цифр равна 1776, году принятия Декларации независимости Соединённых Штатов. Опуская повторяющиеся буквы C и X в MDCCLXXVI, он получил число 1666.

Но может быть было что-то ещё зашифровано в этой строке?

Словно руководствуясь каким-то телепатическим наставлением, Кернер взял со стола ручку и бумагу и разложил MDCCLXXVI на три группы: MDC...CLX... XVI.

Затем он переписал римские числа в десятичной форме:

$$M = 1000; D = 500; C = 100; L = 50; X = 10; V = 5; I = 1$$

Медленно, словно смакуя самый важный момент своего открытия, он сложил числа в каждой из этих групп. То, что Кернер увидел перед собой, ошеломило его:

$$MDC = 1600; CLX = 160; XVI = 16$$

Он нарушил правила математики и отделил 1 от каждой из трёх групп:

$$1 (600 + 60 + 6) = 1\,666$$

Словно по волшебству, как и в видениях Майкла Греблова, 1666 чудесным образом распалось на 1 и 666. Душу и тело?

— Греблов! — воскликнул Кернер самому себе. — Теперь я вижу, что твои сны — это не случайность!

xxx

Марк Кернер заснул вскоре после того, как часы с кукушкой в коридоре его дома пробили полночь.

Он проснулся незадолго до рассвета. Ночью ему приснился сон: пирамида Кукулькана... числа 1 и 666... змея, преследующая собственный хвост в вечном круговороте жизни и смерти... лицо его отца. В следующий момент зазвонил телефон. Удивлённый столь ранним звонком, Кернер нажал на зелёную кнопку ответа.

— Мистер Кернер?.. Это Синди, медсестра из госпиталя Ливонии. Извините за беспокойство в столь ранний час, но это касается Джеймса, вашего отца.

Глава IX

Пытаясь найти ответ на зеркальную головоломку своей жизни, Майкл Греблов в последние несколько месяцев под разными предлогами наносил визиты в американские компании по производству зеркал. Его босс Марк Кернер, коренным образом изменив отношение к странностям Греблова после своего отпуска в Мексику, охотно проспонсировал его следующую поездку, на этот раз в Европу. Выбор пал на фирму «Зеркало Афродиты» в Восточной Германии.

При посадке в самолёт Греблов одним из первых занял своё место. Вскоре к нему подсел сосед. На кожаной папке незнакомца красовалось рельефное изображение панциря черепахи.

— Герпетология? — поинтересовался Греблов, указывая на папку и приветливо улыбаясь.

— Нет, музыка. А это изображение самой первой лиры; её сделал Меркурий из панциря черепахи.

— Но разве лиру изобрёл не Орфей? — вопросил удивлённый Греблов, демонстрируя некоторый интерес к мифологии.

Мужчина с папкой вежливо усмехнулся.

— Орфей был певцом и музыкантом. Хоть он и не изобрёл лиру, но довёл игру на ней до совершенства. Однажды это даже помогло ему попасть в подземный мир, не умерев при этом.

Заинтригованный, Греблов чуть наклонился, как бы приглашая соседа продолжить рассказ.

Орфей пришёл в подземный мир, чтобы вернуть свою жену, Эвридику, смертельно ужаленную змеёй. Чудесные мелодии его лиры очаровали Аида, бога царства мёртвых, который даже простил музыканту полагающуюся входную плату в один обол. К великому сожалению, Эвридика умерла вторично на обратном пути в мир живых. После его собственной смерти Орфей был вознесён на небо в виде Лебедя — 16-го по яркости созвездия — рядом с созвездием Лиры.

— Какая удивительная история! — воскликнул Греблов.

— Это сидение 16Б, или я ошибаюсь? — неожиданно раздался голос сверху.

Музыкант полез в карман за билетом. Его место было 16В, а не 16Б.

— Прошу прощения. Я, оказывается, намного лучше разбираюсь в музыкальных нотах, чем в обычных буквах.

Он подобрал свою папку и перешёл в центральную часть салона.

Шумно дыша, новый сосед Греблова погрузил в кресло своё массивное тело.

xxx

Во время взлёта Греблов поминутно ёрзал и громко сопел, в то время как его сосед явно страдал от неврологического покашливания.

— Моя вторая командировка в этом месяце, — посетовал незнакомец. — Гиппократ настаивал, что каждый врач должен быть ещё и путешественником, дабы находиться в курсе всех медицинских новшевств.

— Так вы доктор?

— Да. Я направляюсь через Амстердам в Брюссель на симпозиум по психическим расстройствам. Меня зовут Грег Блументрост.

— А я лечу в Германию посетить один из зеркальных заводов. Моё имя Майкл Греблов.

— О, я обожаю зеркала! — заявил Блументрост. — Каждый раз, когда я жажду беседы с умным человеком, я подхожу к зеркалу.

Греблов засмеялся. Через несколько минут общения он узнал, что американец Блументрост являлся потомком знаменитой русской ветви, один из представителей которой, Лаврентий Блументрост, был личным врачом Петра Великого. Лаврентий был известен ещё и тем, что посодействовал монарху в приобретении коллекции мумий у Фредерика Пуйша, выдающегося голландского мастера бальзамирования человеческих тел. В благодарность за эту сделку Пуйш поделился с Блументростом секретами мумификации.

— Что бы вы хотели из наших напитков? — разговор двух мужчин был прерван стюардессой.

— Кофе, пожалуйста, — попросил Греблов.

— Сливки, сахар?

— Сливки и сахар.

— Один сахар или два?

— Три, — ответил Греблов с неподдающейся описанию улыбкой. — И сливок тоже три.

— Колу, пожалуйста, — попросил Блументрост. Затем из двух маленьких контейнеров он высыпал в руку две таблетки — одну розовую, другую бело-синюю — и положил их на язык, запив напитком. — Я принимаю лекарство, чтобы понизить сахар в крови, но запиваю сладкой водой, дабы легче было проглотить горькие пилюли. Иронично, не правда ли?

— А от чего вторая таблетка? — спросил Греблов неожиданно и для доктора, и для себя.

Блументрост поколебался несколько мгновений, но всё же ответил:

— Это антидепрессант.

Глядя в окно самолёта на белое одеяло кучевых облаков, Гребов вспомнил матовую, заснеженную поверхность пруда в тот злополучный вечер его дня рождения; вечер, после которого его жизнь уже никогда не была прежней.

— Я тоже принимал антидепрессанты в ранний период моей жизни, — признался он. — Но они вызывали у меня страшные галлюцинации.

— По медицинскому определению, — произнёс психиатр наставительно, — галлюцинации — это то, что мы видим, но чего нет на самом деле. Но ведь то, что мы видим может попросту находиться в другом месте и другом времени, куда вдруг случайно забрело наше подсознание.

Греблов слушал очень внимательно.

— Большинство антидепрессантов и обезболивающих имеют двойное воздействие — на тело и на сознание. Возьмите ДЛПА, например. Это лекарство содержит два типа фенилаланина: природную D-форму и L-форму — её синтетический энантиомер, или, что то же самое, зеркальное отражение. Одна форма способствует высвобождению обезболивающего вещества головным мозгом. Другая поставляет нейротрансмиттеры контроля сознания.

Греблов нервно кашлянул. Неожиданная мысль осенила его: «Тело и сознание — это зеркальные отражения друг друга!»

— Но я знаю гораздо лучший способ контроля над сознанием.

Блументрост подмигнул и вытащил из сумки большую бутылку «Сэн-Реми», купленную им в магазине дьюти-фри.

xxx

Ужин в самолёте подходил к концу.

— Как вам мой коньяк? — поинтересовался психиатр.

— То, что доктор прописал, — ответил Греблов с выражением величайшего удовлетворения.

— Я вот сам врач, но стараюсь, по возможности, держаться подальше от врачей, — сказал Блументрост.

— Я уверен, что однажды они меня разочаруют, сообщив: «Извините, дорогой Грег, но в вашей ДНК заложен плохо ещё изученный временно́й механизм, который рано или поздно прикончит вас. Но не стоит огорчаться; у нас для вас есть и хорошая новость: этот механизм заложен в ДНК всех людей!»

Греблов мрачно усмехнулся. Доктор отпил ещё одну хорошую порцию коньяка. Самолёт плавно парил над Атлантикой.

Ещё один глоток «Сэн-Реми», и Блументрост вдруг стал очень серьёзным.

— Все инструкции к жизни и смерти человека закодированы в его ДНК. А известно ли вам, что её главный строительный блок — это элемент 666?

Греблов почувствовал, как холод пробежал по его спине.

— Элемент 666?!!

— Да! Это углерод-12, химический элемент, содержащий в себе 6 электронов, 6 протонов и 6 нейтронов. Вы когда-нибудь задумывались, что слово «гекс» означает «злое заклинание» на английском и «шесть» на греческом?

Блументрост опрокинул в себя ещё одну порцию коньяка и наклонился к Греблову, дезинфицируя его насыщенным спиртом дыханием.

— ДНК имеет форму двух змей, свитых в двойную спираль. Длина её ячейки относится к диаметру как 34 к 21, а это, мой дорогой, — числа Фибоначчи. Эта дробь близка к 1,618.

— Золотое сечение! — воскликнул Греблов. — Его ещё называют «соотношением совершенства».

Доктор кивнул. Дрожащим от обилия поглощённого алкоголя пальцем он нажал на иконку калькулятора на своём смартфоне.

— Разделённое на отношение размеров ДНК, Золотое сечение даёт 0,999.

Когда Блументрост начал медленно поворачивать свой телефон вверх ногами, волосы на голове Греблова встали дыбом. Весь мир перевернулся перед ним в бесконечном зеркале, а цифры на экране предстали числом 666.

— 666 — это «код смерти», автограф, который дьявол оставил в нашей ДНК. Я окрестил его «коэффициентом человеческого несовершенства», — произнёс доктор, смакуя каждое слово. — По иронии это словосочетание аббревиируется по-английски как «CHI», или «жизненная сила», управляющая всеми организмами от момента рождения до смерти.

Слушая собеседника, Греблов не мог оторвать глаз от дьявольского числа на телефонном экране.

— Как-то на досуге, — продолжал Блументрост, — я добавил 1 перед кодом смерти и переписал 1666 и 1,618 в обратном порядке, как бы создав их зеркальные отражения. Я нашёл, что отношение 6661 к 8161 равно 0,8161.

Греблов скривил улыбку недоумения.

— Это Золотое сечение, написанное наоборот! Я пришёл к выводу, что 1 — это зеркальная поверхность между безупречностью Золотого сечения и уродством числа дьявола! Хотите знать нечто большее?

Греблов страстно закивал.

Блументрост снова указал на экран своего смартфона.

— 1666 и 1618 становятся 9991 и 8191 при повороте на 180 градусов. Разделённое на 9991, 8191 даёт... 0,819; это Золотое сечение, в котором 1 отсутствует!

Скрытый смысл сказанного стал медленно доходить до сознания Греблова: «Необходимо создать особое зеркало, которое, проигнорировав очевидное, поможет прояснить тайное!» Греблову вдруг показалось, что это был не первый раз, когда он пришёл к подобному выводу.

Блументрост залпом допил остатки коньяка. Насквозь проспиртованный этой дьявольской смесью углерода, водорода и кислорода, он теперь едва цеплялся за край своего помутившегося рассудка. Он уже не говорил, а мычал.

— Человек был создан по образу и подобию Божию, но со скрытым недостатком — числом дьявола в ДНК; это число делает его смертным. Божественное 1 также находится в нашем генетическом смертном коде, но оно скрыто.

— Почему?!! — воскликнул Греблов так громко, что пассажиры из соседних рядов подозрительно посмотрели на него. — Почему, Грег, почему 1 есть в нашем коде смерти, но его не видно?

Поднявшись со своего места, Блументрост подвигал воздух взад-вперёд ладонями, как бы давая пассажирам понять, что ситуация находится под контролем. Затем одной рукой он поймал Греблова за ворот рубашки и притянул поближе.

— Тссссс, — зашипел он, затуманивая воздух дыханием, пересыщенным парами этанола. — Всемогущий просто не хотел, чтобы его имя упоминалось в деликатном вопросе человеческой смерти, так что он закодировал его.

— Каким образом?! — выпалил Греблов, с тревогой наблюдая за быстро угасающим сознанием в глазах врача.

Невероятным усилием воли Блументрост заставил себя ухмыльнуться. Его левый глаз теперь смотрел в потолок, а правый, сквозь Греблова, на сверкающую за окном самолёта звезду.

— Во-во-во; ки-ки-ки, — заикаясь вымолвил он и потерял сознание.

С большим трудом Греблову удалось высвободиться из сжатых рук врача.

Часто пробуждаемый отвратительным храпом психиатра, Греблов провёл ужасную ночь.

Утром Грег Блументрост жаловался на сильную головную боль; он был раздражён и подозрителен и так и не смог вспомнить того, о чём рассказывал прошлой ночью.

Глава X

Разбитый морально ночным телефонным сообщением, Марк Кернер вступил в приёмную отделения интенсивной терапии. В одной из комнат, подключенный внутривенно к инфузионному насосу, неподвижно лежал его отец Джеймс. Рядом суетилась медсестра. Медицинские инструменты, кардиограф, эндотрахейная трубка — всё в этой комнате лишний раз напоминало о смерти. Даже звуки, поглотившись в белых больничных стенах, умирали здесь, так и не отразившись. Медики прозвали это подразделение «мёртвой серединой»: прибывающие сюда пациенты находятся между двумя мирами — ещё живущих и навеки усопших.

Марк всегда наивно полагал, что Джеймс будет рядом всегда. Теперь, глядя на неподвижное тело, Кернер-младший впервые задумался о том, что и он смертен.

— Ваш отец перенёс обширный инфаркт и был реанимирован, — сообщила медсестра. — Он только раз приходил в сознание. Я должна попросить вас подождать в приёмной, пока я здесь не закончу. Скоро должен вернуться доктор.

Переполненный мрачными мыслями, Кернер прошёл в приёмную и сел напротив двух других посетителей. Один был тучным мужчиной в красной куртке, второй — худым в сильных очках. Они, по-видимому, являлись родственниками пациентов, занимающих две другие комнаты того же отделения. Коротая время, Кернер стал прислушиваться к их разговору.

— Говорю вам, тяжело больные умирают в полнолуние гораздо чаще, чем в любую другую ночь, — заявил мужчина в очках.

— Это и неудивительно, — прокомментировала красная куртка. — Человеческое тело на 60 процентов состоит из воды. Когда гравитации Солнца, Луны и Земли складываются, кровь начинает гулять по телу, точно океанские приливы.

— Я читал, что дополнительная гравитация лишь незначительно влияет на организм, — возразили очки. — Я думаю, тут дело в чём-то другом.

— В чём же?

Худой мужчина сжал кисти своих рук в два крошечных кулачка.

— Когда кто-то висит между двумя мирами, его душа должна сделать важный выбор: остаться в теле или покинуть его навсегда. А что, если Луна — это некое «зеркало», которое помогает душе найти временное пристанище? Если тело реанимируют достаточно быстро, душа из этого зеркала сможет вовремя вернуться в свою привычную капсулу и продолжить миссию. А если человек отдаст концы, душа навсегда потеряет свою индивидуальность, а случай просто запишут как смерть.

— Да, — глубоко вздохнул толстяк в красной куртке. — Именно так и должно быть: либо туда, либо сюда. А иначе, одному лишь Богу известно, что хуже — разум в разбитом теле или тело, пережившее разум.

Беседа всё глубже задевала Кернера за живое.

— Я слышал, что душа нередко навещает даже мёртвое тело, чтобы через него давать знать о своём существовании, — добавили очки.

— Умерших нужно кремировать. Ни одной душе не вздумается вернуться в мозг, превратившийся в пепел.

Худой мерзко захихикал. Марк Кернер окинул этих двоих взглядом, полным отвращения. «Полено из поленницы, — подумал он, — не должно смеяться над поленом, которое уже в огне».

— Мою тёщу реанимировали два года назад, — продолжил мужчина в очках. — Её посетило видение чёрной дыры, которая сначала поглотила её, а затем выбросила в совершенно незнакомом месте, залитом светом. Через некоторое время всё перемоталось назад — свет, дыра, кровать. Она утверждала, будто её разум шесть раз выпрыгивал и обратно возвращался в тело... Как по мне, так у неё никогда и не было разума.

На этот раз захихикал толстяк.

— Её лечащий врач объяснил, что это была обычная галлюцинация из-за недостаточной подачи кислорода в мозг, но тёща настаивала, что на время покинула этот мир. Что бы там ни было, но после того случая она стала совсем другим человеком.

— Моя мать здесь, — поделился толстяк после длинной паузы. — Она всю свою жизнь страдала странным чувством вины. Будучи школьницей, она чувствовала себя виноватой, что плохо училась и знала слишком мало. Когда выросла, — что много пропустила в ранней жизни из-за чувства вины. Это чувство покинуло её только недавно, когда у неё развилась болезнь Альцгеймера. Теперь она не помнит ничего, даже того, что у неё Альцгеймер. Её пример научил меня жить сегодня и не думать слишком много о своих недостатках и о завтрашнем дне.

— Как давно вы сидите здесь?

— Мы с сестрой дежурим по очереди. Это наша третья ночь.

— Удалось вздремнуть хоть немного сегодня?

— Нет. Мне кажется, что единственная причина, по которой моя мать ещё жива, — это то, что я нахожусь рядом. Боюсь, что как только я усну или отлучусь, её не станет.

С Кернера этих разговоров было довольно. Медсестра всё ещё возилась в комнате Джеймса, и пульсовый монитор издавал ритмичные звуки. Нисколько не сомневаясь, что его отец поборит смерть, Марк спустился на лифте на первый этаж и купил двойной эспрессо. Случайно подслушанная беседа привела его мысли в движение. Все предположения Майкла Греблова и собственные наблюдения Кернера постепенно формировали в его уме новую идею.

Числа... сознание... зеркала́. В этот момент Кернера впервые посетила мысль о создании зеркальной капсулы, в которую он мог бы перенести свою душу для загробной жизни. В этом своего рода дворце, за пределами хаоса теней утраченных индивидуальностей, его «я» могло бы не только существовать вечно, но и, подобно богам, наслаждаться плотскими удовольствиями реального мира через тела смертных людей.

Вдруг Марк замер. Все эти видения отошли в сторону, и их место заняло лицо его отца, чьи глаза были полны необыкновенной торжественности. Джеймс, по-видимому, наслаждался драгоценными моментами спокойствия. Марк облегчённо вздохнул. Тело и дух его отца, словно выкованные из стали, не позволят ему так рано уйти из жизни.

Продолжая думать о путях к бессмертию, Кернер неспеша вернулся в приёмную отделения интенсивной терапии. Встретив сострадательные взгляды двух посетителей, он внезапно почувствовал, что у него подкашиваются ноги. Дверь в комнату его отца была широко раскрыта. Внутри медсестра и доктор быстро перебрасывались медицинскими терминами.

Монитор у изголовья больничной койки издавал упрямый, монотонный звук.

Глава XI

Было четыре часа дня, когда Майкл Греблов подъехал к германскому городу Дессау. Пушистые облака, похожие на овец, паслись на синих небесных пастбищах. Огромные металлические вышки электропередач охраняли подступы к городу, словно средневековые шестирукие рыцари.

Фирма «Зеркало Афродиты» располагалась на окраине города. Её посещение было запланировано Гребловым назавтра.

— Вот ключ от вашей комнаты и халат для нашего оздоровительного центра, — сообщили ему при регистрации в гостинице. — Сауна включена в стоимость.

Номер был уютный, с видом на тесно упакованные здания и трамвайные пути. В ресторане на первом этаже Греблов отведал местных блюд. Томатный суп и гуляш были восхитительны.

После ужина он совершил променад по маленькому парку, уставленному металлическими скамейками под сенью старых каштанов. Напротив Ангальтского театра внимание Греблова привлёк бронзовый бюст Карла Маркса. Осмотрев внимательно памятник, он подметил, что голова знаменитого философа была пуста. Это вновь воскресило мысли Греблова о взаимоотношениях между сознанием и телом.

Вернувшись в свой номер, он пролистал книгу гостиничных услуг.

«Наша сауна раскрепостит вашу душу», — прочёл он заманчивую рекламу и понял, что именно это ему сейчас и было нужно. Греблов подхватил свой халат и поднялся на лифте на второй этаж, где располагался оздоровительный центр.

— Гуттен Абенд, — приветствовал его дежурный по сауне.

Майкл поздоровался, но сразу же понял, что этот человек не владеет английским.

— Где здесь мужская секция? — спросил он как можно медленнее.

Указав небрежно на плакат с правилами сауны, дежурный сказал что-то на немецком, но Греблов ничего не разобрал. Единственной доходчивой пиктограммой на плакате был запрет на какие-то ни было купальные костюмы. Это была типичная немецкая сауна, где одежда полностью запрещалась.

— Это мужская сауна? — Греблов предпринял последнюю попытку.

Дежурный закивал и энергично жестикулировал в сторону раздевалки.

Майкл переоделся в то, в чём мать родила, принял душ и направился в сауну.

В следующий момент дверь распахнулась и, как полная луна из облаков, из клубов пара выплыло пышное тело полностью обнажённой женщины. Греблов ущипнул себя, но видение не исчезло. Книга гостиничных услуг не солгала: его душа, раскрепостившись в одно мгновение, ушла в пятки. Повинуясь рефлексам, Майкл моментально принял позу футболиста в стенке перед штрафным ударом, скрестив свои руки ниже торса. Он почувствовал себя обманутым: дежурный так и не растолковал ему, что сауна была общей.

Женщина с улыбкой посмотрела на странного гостя и неспеша проследовала в раздевалку.

xxx

В тот вечер Майкл Греблов заснул на удивление хорошо. Постоялец в соседнем номере, напротив, так и не смог заснуть, потому что во сне Майкл то и дело вертелся в своей скрипучей кровати и храпел.

В страстном сне Греблов наблюдал через зеркало своего гардероба за женщиной в сауне; у неё почему-то были бирюзовые глаза Анны Браунлих. Очарованный их игривым огнём, Майкл позволил своим мыслям проскользнуть под зеркальную поверхность. Глаза Анны медленно превратились в число 1666, которое затем распалось на 1 и 666. В следующий момент зеркало превратилось в ледяную поверхность пруда, замуровав Майкла заживо. Отчаянно пытаясь спастись, он неистово колотил по льду и, наконец, вырвался из страшного плена.

Греблов очнулся в постели гостиницы, в холодном поту, стуча кулаком по стене. Из соседней комнаты колотили по стене в ответ, громко выкрикивая что-то по-немецки, очевидно, отборные непристойности.

Майкл включил настольную лампу и взглянул на будильник. Он проснулся от кошмарного сна как обычно, через пять часов с того момента, как заснул. Он знал, что ему ещё отведено три часа на сон спокойный.

Пять часов, а затем три часа. Разве это не странно? 5 и 3. Он часто где-то видел эту комбинацию. Но где? Греблов потянулся за портмоне и вытащил свою банковскую клиентскую карточку. На её золотом фоне, чуть выше 16-значного номера счёта, блестел логотип банка, «5/3». Следуя внутреннему голосу, Греблов взял свой мобильный телефон и, выбрав иконку калькулятора, повторил эту простую математическую операцию. Следующие пять минут он смотрел на уже хорошо знакомое ему число.

1,666.

xxx

В девять часов утра Греблов припарковал арендованный автомобиль и вошёл в вестибюль фирмы «Зеркало Афродиты». На большом зеркале прямо напротив входа красовалась надпись:

«Если сегодня вы планируете проигнорировать правила техники безопасности, взгляните в это зеркало в последний раз!»

Рядом стояла статуя богини красоты и любви, Афродиты — талисмана компании. Тело статуи моментально напомнило Греблову незабываемое видение женщины в сауне прошлой ночью.

Через минуту его приветствовал Йохен Звиккер, генеральный менеджер компании.

— Гефест, муж Афродиты, был богом огня и технологий, — пояснил Звиккер на безупречном английском. — Он также был изобретателем зеркала. Название нашей компании подразумевает красоту и гармонию в инженерии зеркал.

Большие листы стекла с уже нанесёнными на них отражающими покрытиями прибывали в «Зеркало Афродиты» в деревянных ящиках от нескольких компаний-поставщиков. Здесь они разрезались на нужные размеры и обрабатывались в различных стилях декора. Готовые изделия паковались и отправлялись заказчикам.

Улучив момент, когда Звиккер разговаривал с рабочим, Греблов зашёл за один из контейнеров и осмотрел ярлыки нескольких входящих партий зеркал. На некоторых он увидел название местного филиала уже известной ему американской компании «Глобал Гласс». Другие были поставлены французской фирмой «Боумирори».

После экскурсии по заводу, из которой, кроме названия нового поставщика, не удалось узнать ничего нового, Греблов позвонил в Мичиган своему боссу и попросил помочь в организации встречи с «Боумирори». Марк Кернер не заставил себя долго ждать. Его связи с нужными людьми снова сделали своё дело. На следующее утро он сообщил Греблову, что тот приглашён посетить один из заводов «Боумирори» через два дня.

Хорошенько подумав, где бы скоротать время, Греблов решил за эти дни осмотреть два близлежащих германских города, Дрезден и Галле.

xxx

На следующий день, прогуливаясь по улицам столицы Саксонии, Греблов с любопытством рассматривал бесчисленные позолоченные статуи, без блеска которых потемневший от времени ракушняк превратил бы оперный театр, кирху и другие знаменитые здания Дрездена в тусклые тени угасшей эпохи барокко.

Майкл отведал клубничного мороженого и прокатился на «Стадт-Велену», одном из немногих сохранившихся речных пароходиков 19-го века. В два часа дня он вошёл в музей Грюнес Гебёльбе, славящийся уникальными коллекциями редчайших мировых артефактов.

Самым замечательным экспонатом в фойе музея был сделанный из чистого золота и похожий на ладью питьевой ковш Ивана Грозного. Глядя на ковш, Греблов вспомнил о своих корнях. Судя по фамилии, он происходил от русичей, древнейших русских предков, «людей, которые гребут» — ветви нордических мореходов, осевших на территории нынешней Западной России.

Ковш Ивана Грозного был выгравирован червлением — соединением сульфита свинца и окисей серебра и меди — и украшен четырьмя гранёными сапфирами. Греблов сравнил их с лазурным сапфиром в своём перстне. Его камень был отполирован под кабошон, чтобы подчеркнуть астерию — белую шестиконечную звезду-призрак, оптическую иллюзию, присущую лишь некоторым камням с гексагональной структурой.

Самый большой сапфир в ковше был дополнен кроваво-красными рубинами, что, вероятно, символизировало хорошо известную жажду Ивана Грозного к крови своего народа. По окружности золотого ковша в два ряда были выгравированы все двадцать два титула царя.

Основные залы музея отделялись от фойе раздвижной двойной дверью. Шагнув между её стеклянными панелями, Греблов внезапно почувствовал, словно снова входит в зеркальный куб своего гардероба. Звук воздушной струи, сдувшей пыль с его одежды, напомнил ему, где он находится на самом деле.

Вдоль стен Исторической части музея размещались искусно освещённые артефакты, сделанные из янтаря, драгоценных металлов и инкрустированных раковин. Они красовались на позолоченных консолях, доверяя настенным зеркалам подчёркивать их великолепие.

В Комнате драгоценных камней Греблов долго разглядывал один из крупнейших в мире бриллиантов. К немалому удивлению, уникальный камень не вызвал в нём особых эмоций. Чувства Греблова сразу изменились после того, как он увидел сапфир в 648 карат, подарок музею от Петра Великого. Он имел тот же небесный оттенок, что и находящийся в перстне Греблова. Вглядываясь в его магическую синеву, Майкл снова поймал себя на мысли, что сапфир гармонировал с его душой, как никакой другой камень.

xxx

Вернувшись в гостиничный номер после поездки в Дрезден, Греблов включил телевизор.

Шла реклама на немецком языке. Хоть Греблов и не понял сказанного, увиденное глубоко впечатлило его. Зелёный «ламборгини» на большой скорости обогнал медленно ползущий по дороге сельскохозяйственный трактор. На полицейском радаре осталась лишь фотография трактора и зарегистрирована скорость в 250 км/ч. Этот ролик заставил Греблова улыбнуться, но глубоко в душу запала мысль о том, что зелёный «ламборгини» сможет помочь и ему так или иначе обмануть все неприятности.

Вскоре после возвращения в Детройт Майкл Греблов купит зелёный «Ламборгини-Диабло» 1991 года выпуска на авто аукционе за сто тысяч долларов.

XXX

В последний день перед отлётом в Париж Греблов заехал в город Галле, где находится знаменитый Музей предыстории. Один из его экспонатов — найденный в 60-ти милях от Дессау диск из Небры. Сделанный около 1600 г. до н. э., диск изображает золотое Солнце, Луну и 32 звезды; на нём также нанесено первое известное изображение звёздного скопления Плеяды. Удивительно, но «семь сестёр», составляющие это скопление, расположены на диске иначе, чем видны на небе в наши дни; их положение в пространстве изменилось за несколько прошедших тысячелетий.

Выйдя из музея, Греблов заглянул в небольшой книжный магазин напротив. Там его внимание было привлечено репродукцией «Венеры с зеркалом» кисти Диего Веласкеса. Оперевшись на локоть, богиня смотрела в прямоугольное зеркало, которое Амур держал перед ней. Хотя тело Венеры выглядело удивительно живым и ярким на холсте, отражение её лица казалось тусклым и плоским. И только гипнотизирующие глаза были полны страсти и огня, которые, как показалось Греблову, она посылала через зеркало именно ему. Чем дольше он смотрел на репродукцию, тем больше ему казалось, что тело и лицо Венеры не соответствуют друг другу. Это лицо пренадлежало другой душе!

Впечатлённый этим наблюдением, Греблов взял копию «Венеры» и отправился к кассе, чтобы оплатить покупку.

Тем же вечером он вылетел в Париж.

Глава XII

«Город огней» медленно пробуждался. Первые лучи рассвета пробивались сквозь шторы небольшого гостиничного номера французской столицы, возвращая ещё неясным формам интерьера дневные цвета. Тщетно пытаясь продлить свой сон, просыпался и Майкл Греблов. Через пять минут он с удовольствием потянулся и зевнул.

Начинался новый день.

В девять часов Греблов подъехал к зеркальному заводу «Боумирори», где его уже поджидал Джованни Заландо, генеральный менеджер. В отличие от вакуумного процесса, который Греблов наблюдал в «Глобал Гласс», производство зеркал в «Боумирори» было основано на жидких покрытиях. Стеклянные листы загружали в приёмную зону огромной стальной машины, мыли струями воды и затем сушили «воздушными ножами». Химические компоненты, распылённые через специальные форсунки, равномерно осаждались на стекло, образуя отражающую плёнку. В конце линии зеркала́ снова сушили и покрывали защитной краской.

Восхищение Греблова от увиденного не осталось незамеченным.

— На латинском языке слово «mirare», похожее на английское «зеркало», означает «смотреть с удивлением», — поведал менеджер, — а одним из значений слова «душа» на древне-итальянском является «отражение в зеркале».

Скрытый смысл каждого перевода изумил Греблова.

— В вас течёт итальянская кровь, Джованни, не так ли?

— Венецианская, чтобы быть абсолютно точным, — с пафосом ответил Заландо.

Чуть позже, смакуя чашку необыкновенно ароматного французского кофе в офисе менеджера, Греблов, затаив дыхание, слушал удивительнейшую историю о легендарном венецианском стекле.

xxx

В начале четырнадцатого века остров Мурано в Венецианской лагуне превратился в место по производству лучших в мире зеркал. Прибыльный бизнес ревностно охранялся Советом Десяти — власть имущими Венецианской республики.

Секреты ремесла передавались мастерами в строжайшем секрете из поколения в поколение. В рецептах использовались определённые пропорции чистого песка и минералов, а также специальные температурные режимы плавильных печей. В результате получалось кристалло — стекло необыкновенной прозрачности, сравнимое в своём совершенстве с прозрачностью чистых бриллиантов. Люди поговаривали, что зеркала кристалло делали отражения уродливых лиц ещё более уродливыми, а красивых — ещё более прекрасными.

— Чтобы сделать зеркало, — пояснил Заландо, — мастера Мурано выдували большой стеклянный цилиндр, разрезали его и раскатывали. Затем они изготавливали лист оловянной фольги, покрывали его жидкой ртутью и накрывали стеклом. Стекло медленно наклоняли в течение нескольких недель, чтобы позволить лишней ртути равномерно стечь и испариться, оставив лишь тончайший слой олова. Каждое зеркало кристалло было одним из самых роскошных и дорогих предметов того времени.

За успехом венецианских ремесленников с завистью следили из соседней Франции. Попытки французских стеклодувов создать подобные зеркала не приводили к успеху, а потому король Людовик XIV решил подойти к проблеме с другой стороны. Он приказал подкупить лучших мастеров Мурано, чтобы выудить у них секрет ремесла.

И вскоре около двадцати стеклодувов были тайно вывезены с острова на лодках и доставлены в Париж под посулом щедрых наград. У руин Ле Шато Сант-Гобэн была основана «Королевская стекольная компания Франции» — предшественница современного промышленного гиганта «Сант-Гобэн».

— Вскоре, однако, торжество открытия компании омрачилось цепочкой странных событий, — голос Заландо принял трагический оттенок.

У нескольких иммигрантов-ремесленников обнаружились симптомы неизвестной доселе лихорадки; поползли слухи, что это бог ремесла карает их за измену. Токсичные пары ртути, позволявшие достичь необыкновенной чистоты зеркального отражения, теперь, казалось, затмевали человеческие умы, делая невозможным отличить галлюцинации от реальности. Один из мастеров постоянно жаловался на слышимые им звуки лиры и видения расплывчатых форм, которые он называл «сфумато».

Майклу Греблову сразу вспомнилось, что любимой техникой рисования Леонардо да Винчи было сфумато, где светлые и тёмные тона, словно облака, растворялись друг в друге. Греблов вспомнил также рассказанную ему в самолёте легенду о лире Меркурия и путешествии Орфея в мир навеки усопших.

Тем временем Заландо продолжал.

Вскоре один из рабочих медленно умер в страшных муках от явных симптомов отравления. Последующие недели ознаменовались ещё рядом смертей; все умершие оказались венецианскими иммигрантами. Сомнений больше не было: они были показательно отравлены агентами Совета Десяти. Это было своеобразным предупреждением всем, кто предал или собирался предать секреты острова Мурано. Большинство венецианских рабочих в конце концов вернулись на родину под обещания своего правительства, что ни им, ни их семьям не причинят вреда. Некоторые, однако, обосновались во Франции и женились на французских женщинах. Джованни Заландо был одним из их потомков.

В феврале 1666 года французам, с Божию помощью и с помощью венецианских перебежчиков, удалось, наконец, изготовить практически идеальное зеркало кристалло. Это событие ознаменовало начало конца доминирования венецианского зеркального ремесла.

— Только в 19-ом веке, — добавил Заландо, — токсичную ртуть смогли, наконец, изъять из процесса, заменив серебром. Новые зеркала тускнеют быстрее, чем венецианские, но вечно оптимистичных французов это, похоже, не особо и беспокоит. А некоторым даже льстит, что зеркала стареют раньше, чем их лица!

ххх

В тот вечер Майкл Греблов решил немного прогуляться перед сном. Восходящая медно-жёлтая луна сеяла на Париж свой мягкий свет. На автобусной остановке длинноногая брюнетка, словно сошедшая с обложки журнала мод, критично изучала свой силуэт, слегка искажённый волнистым стеклом. Быстро теряя дневную зеркальность и приобретая ночную прозрачность, витрины магазинов обнажали свои интерьеры, ревностно охраняемые голыми манекенами. Глядя на исчезающие во тьме отражения, Греблов подумал, что это реальность испаряется в зеркале, становясь воображением. А в его ушах всё чётче звучали слова Джованни Заландо: «начало конца». Впервые в своей жизни Греблов подумал, что конец жизни находит новое начало в отражении, и что человеческая душа, надлежащим образом переселённая в зеркало, сможет пережить тело.

Греблов набрал номер телефона Андрея Серова. В Мичигане рабочий день был в самом разгаре.

— Андрей? Здравствуйте. Это Майкл Греблов... Хорошо, спасибо. Помните насчёт моего приглашения отужинать вместе? Завтра я возвращаюсь из Европы. Как вам пятница вечером? Вот и отлично. Вы знаете ресторан «Жемчужная ракушка» в Новаи?.. Семь часов подходит? Прекрасно. Тогда до встречи.

Глава XIII

В пятницу, в семь часов вечера белый «субару» Андрея Серова подкатил к торговому центру, в котором находилась «Жемчужная ракушка». Майкл Греблов прибыл туда на минуту раньше.

— Рад снова видеть вас, Андрей.

— Взаимно.

Хостес провела мужчин в дальний угол ресторана, где они сразу же ощутили на себе расслабляющие чары уютного интерьера. Серов ждал этой встречи с момента расставания с Гребловым на заводе. Он не сомневался, что этот эксцентричный человек пригласил его на ужин с каким-то определённым намерением.

— Я только что из Франции, — обронил Греблов, бросая нарциссический взгляд на своё отражение в настенном зеркале. — Это была удивительная поездка; я теперь смотрю на зеркала совсем другими глазами.

— Зеркала, — Серов с удовольствием поддержал тему разговора. — В них так много таинственного.

— Вы когда-нибудь видели «Венеру с зеркалом» Веласкеса? — спросил Греблов неожиданно.

— Только в репродукциях.

— Она обладает каким-то необъяснимым притяжением, не правда ли? — произнёс Греблов, медленно потягивая свой напиток; ему вдруг припомнилась и сама «Венера с зеркалом», и женщина в сауне. — Единственное, что остаётся для меня загадкой, это то, смотрит ли она на своё отражение или флиртует, глядя в зеркало, с посторонним наблюдателем.

— По-моему, это зависит от наблюдателя, — выразил своё мнение Серов, чувствуя, что диалог принимает своеобразное направление. — Люди, как правило, видят в зеркале именно то, что хотят в нём видеть. Это знакомая история человеческой жизни.

Тут за их столом появилась официантка.

— Что вы будете заказывать?

— Мне, пожалуйста, мидии под винным соусом, — попросил Греблов.

— А вам?

— Камбалу с томатами и базиликом, — выбрал Серов.

— Человеческая жизнь, — Греблов ухватился за слова, сказанные собеседником. — Как она всё-таки хрупка и драгоценна. Чтобы создать и поддержать её, понадобилось невероятное совпадение множества условий: оптимальное расстояние от нашей планеты до Солнца, стабилизирующие силы Луны и наличие защитного магнитного поля железного ядра Земли. И, кроме всего прочего, потребовался метеорит — 6 миль в диаметре, — который уничтожил динозавров 66 миллионов лет назад, предоставив млекопитающим шанс править планетой. И вот вам результат: на вершине этой удивительной эволюционной пирамиды стоит человек и один из его ярчайших представителей — художник, написавший «Венеру с зеркалом».

— Вы правы, — согласился Серов, оценив высказанную мысль подобающим случаю кивком. — Но, согласитесь, что ещё более удивительными являются те совпадения, которые привели к созданию на вершине этой пирамиды Женщины и её идеального воплощения — самой Венеры.

На этот раз подобающий случаю кивок последовал со стороны Греблова.

— Женщина прекрасна потому, что все утончённые и усложнённые конструкции природы прекрасны.

— Совсем напротив, — возразил Серов. — Я думаю, что феномен женщины на удивление прост, хотя его отдельные компоненты, действительно, чрезвычайно деликатны и, нередко, запутаны. Но присмотритесь к другим природным творениям, и вы увидите, что даже самые привлекательные и симметричные из них часто состоят из весьма сложных и противоречивых частей.

Нам просто довелось жить в совершенном мире несовершенных составляющих! Кроме того, простота и симметрия совсем не обязательно идентичны красоте. Как вы думаете, была бы Венера так же очаровательна на картине Веласкеса, если бы была изображена абсолютно симметричной?

Греблов ясно вспомнил, что именно привлекло его к этой картине с первого взгляда: плоское отражение слегка наклонённого лица Венеры, принадлежащее, как ему тогда показалось, душе другого человека.

В это время подали заказанные блюда, и беседа была продолжена уже за едой.

— Почему же тогда во многих культурах мира красота отождествляется с симметрией? — Греблов немного повернул плоскость их разговора. В его руке снова появилась ручка «монтбланк». Она, вероятно, помогала ему лучше сосредоточиться. — Да и сами зеркала. Разве они не являются ежедневным подтверждением того, что симметрия прекрасна?

— Симметрия и красота — это два очень обманчивых определения, — заметил Серов. — Они не что иное, как попытка отыскать совершенство в уродстве окружающего нас хаоса. А на самом ведь деле, в беспорядке этого мира заложено не меньше красоты, чем в его симметрии. Кроме того, эволюция прежде всего заботится о функциональности, а затем уж о красоте. Вот эта камбала, например, — Серов указал на жареную рыбу в своей тарелке, — выглядит уродливой для многих из нас, потому что оба её глаза находятся на одной стороне головы. Но я уверен, что саму рыбу это нисколько не смущает, поскольку такая анатомия служит главной цели — выживанию её вида. Она помогает камбале видеть как своих врагов, так и добычу на песчаном дне океана. И, признаюсь, эта «ошибка» природы не делает камбалу менее вкусной!

Откинувшись на спинку стула, Греблов медленно жевал мидии в винном соусе, раздумывая над словами собеседника.

— А что касается любой косметической симметрии, которую мы видим или не видим в зеркале, то в ней содержится весьма малая философская ценность, — добавил Серов, кладя кусочек хвалёной камбалы в рот с самодовольным выражением лица. — Древнегреческий философ Платон, например, относил симметрию отражения лишь к низшим ступеням познания и предостерегал, что она создаёт опасную полярность между реальным и мнимым.

Греблов вздрогнул, как будто ему только что поставили диагноз опасной болезни. Его голова странным образом наклонилась вправо.

— А как же насчёт человека, созданного по образу и подобию Божию? — спросил он. — Это что же, тоже пример обманчивой симметрии зеркала?

Моментально оценив изощрённый подвох вопроса, Серов не спешил с ответом.

— Теоретически, весь живой мир, созданный Богом, должен был бы быть симметричен, — ответил он наконец. — Но на практике это не так. Как вы, вероятно, знаете, все его основные составляющие существуют в двух формах — зеркальных отражениях друг друга.

— Формы с различной хиральностью? — Греблов продемонстрировал свои познания в химии.

— Да, хиральностью. В природе, за редким исключением, жизнь использует только левые аминокислоты и правые сахара́. А вот где, я вас спрашиваю, правые аминокислоты? Другой пример отсутствия симметрии: почему вдруг все ракушки в морях и океанах закручены вправо? — вопрошал Серов с нарастающим тоном. — Куда подевались левозакрученные моллюски?

Лицо Греблова вытянулось. Сконфуженно глядя на свою тарелку, полную пустых ракушек, он чувствовал

себя обвинённым в пожирании последних левозакручен-
ных моллюсков на планете.

— Скажу вам больше, — добавил Серов. — Симметрия нашего мира нарушена не только на Земле, но и
в масштабах всей Вселенной. Учёные до сих пор не
знают, куда подевалась антиматерия и так называемая
«тёмная материя». А почему бы не предположить, что
есть некое «зеркало», которое отделяет нашу Вселенную
от её отражения, в котором и сконцентрирована вся эта
не найденная доселе материя?

Греблова как громом поразило. Впервые за десятилетия он вспомнил о своей юношеской страсти к космологии, страсти, украденной у него зеркалом его гардероба.

— Так вы намекаете, что человек в одном из этих
миров — это проекция Бога из зеркальной вселенной?

Серов был озадачен таким неожиданным выводом.
Подумав несколько секунд, он ответил:

— Это, пожалуй, слишком смелое заявление. В
одном я уверен до конца: человек никогда не остался бы
самим собой в зеркальном мире.

— Вы имеете в виду, что правша превратился бы в
левшу? — спросил Греблов, вспоминая собственный пе-
чальный опыт.

— Я думаю, что этим бы дело не ограничилось.
Всё тело этого человека претерпело бы значительную
трансформацию. Его сердце и печень поменялись бы
местами; спирали ДНК стали бы закручены в противоположном направлении; даже полушария его головного
мозга зеркально обменялись бы ролями.

Глубокая складка пересекла лицо Греблова. Он
вдруг вспомнил доктора Ландауса и его объяснение
роли мозговых полушарий, зеркальный обмен ролей которых привёл к непоправимым изменениям в индивидуальности Майкла.

— Легенды многих культур описывают, — продолжал Серов, — что, глядя в зеркало, человек пересе-

кает врата иного мира. Неудивительно, что те, кто долго смотрят в зеркало, часто страдают галлюцинациями. В Русском православии, например, была известная фигура — патриарх Никон, в миру Никита Минин. Он был отстранён от церковной власти и сослан в 1666 году в монастырь царём Алексеем Романовым. По слухам, Никон был одержим навязчивой идеей разоблачить своего скрытого врага с помощью зеркала, и это занятие помутило его разум.

Число 1666 вновь мысленно предстало перед Гребловым. Да и имя «Минин» было до странности ему знакомо.

В это время официантка принесла кофе. Греблов взглянул на собеседника. Ему не терпелось развить свою идею.

— А какое ваше мнение на этот счёт? Почему люди начинают галлюцинировать, когда слишком долго смотрят в зеркало?

«Так вот зачем ты привёл меня сюда», — усмехнулся в душе Серов.

— Я думаю, что это результат чистого воображения, некой попытки создать своего зеркального двойника. Представьте себе электрический заряд, который при проецировании на какую-либо поверхность создаёт заряд противоположной полярности. «Сознание» этого заряда раздваивается, создавая своё отражение и превращая поверхность в своего рода зеркало.

— Так вы считаете, что у человеческого сознания чисто электрическая природа?

— Ответ на этот вопрос разрешил бы одну из величайших загадок человечества, — ответил Серов. — Он даже помог бы, возможно, клонировать наши мысли и переносить их в «зеркало», метафорически говоря, конечно.

— Переносить в зеркало?!! — Греблов чуть не подскочил на стуле.

— Не в обычное зеркало, разумеется, а, скажем, в какую-нибудь упорядоченную матрицу, способную зеркально копировать наши мысли.

— Матрицу, сделанную из чего???

— Если наше сознание функционирует в сети нейронов мозга, почему его нельзя было бы скопировать, например, в какой-нибудь кристалл, состоящий из атомов, заменителей этих самых нейронов?

Эта мысль была настолько проста и величественна одновременно, что у Греблова дух перехватило. Ему пришлось изрядно напрячься, чтобы задать ещё один вопрос:

— А с какой целью кому-либо может понадобиться копировать в зеркало своё сознание?

Взглянув в настенное зеркало, Серов решил не спешить с ответом. Он отхлебнул немного кофе. Сильный аромат тёмного напитка немедленно навеял на него воспоминания студенческих лет и поездку с друзьями на Крымский полуостров.

Глава XIV

Прошагав более часа от конечной автобусной остановки, Андрей Серов, его жена — Ольга Колецкая — и их друзья, все навьюченные палатками и прочей туристической поклажей, прибыли на скалистый крымский берег, километрах в восьми западнее Судака.

Здесь плоские каменные плиты, нагромождённые одна на другую, казалось, скатывались каскадом в Чёрное море. На мелководье переливались причудливые узоры песчаного дна, на фоне которого замерли, будто бы уснули, рыбы. Чуть дальше весёлые дельфины танцевали романтическое танго. Раскинувшаяся перед палаточным лагерем лагуна собрала в себя всю успокаивающую силу воды и солнца, создав идиллическое царство величия и покоя, более привычное, пожалуй, для богов, нежели для студентов-туристов.

Поддавшись чарам природы, друзья наслаждались визуальной какофонией зеркальных отражений моря. Фантастические подводные гроты, загадочно освещённые рассеянным солнечным светом, манили их в другой, ещё более таинственный мир. После обеда путешественники безмятежно предавались сну, убаюканные мерными всплесками волн и тихими напевами ветра.

В один из вечеров, незадолго до заката, на берегу появился старик с сетью в руках. Щурясь, он глядел на кроваво-красный диск исчезающего за горизонтом солнца. Губы мужчины шевелились: прощание с умирающим днём было, вероятно, частью его ритуала. Минут десять он внимательно изучал спокойную морскую гладь. Вдруг его старые, морщинистые руки рассекли воздух, и сеть, растянутая маленькими грузилами, взвилась над водой. Раздался громкий всплеск, и через минуту большая рыба, сверкая серебром, забилась на берегу. В глубокой благодарности старик поднял к небу взор: он только что добыл ужин для своей семьи.

После вечернего кофе, как только над лагуной воцарилась тьма, Андрей и Ольга снова вернулись к морю и окунулись в его ласковые волны. Невероятно яркие звёзды, рассыпанные по величию бархатной черноты, манили протянуть руку и коснуться небесной тверди.

Лёжа на влажном песке, Андрей не мог оторвать глаз от гипнотизирующей красоты полной луны, которая, словно круглое зеркало, висела над фосфоресцирующей водной гладью. Внезапно силуэт вышедшей из воды Ольги затмил ясный диск, и Андрей онемел от восхищения: было нечто сверхестественное в ореоле лунного света вокруг её бёдер. Андрей подошёл к жене, обнял её за талию и поманил обратно в мерцающую рябь. Наслаждаясь её гладкой кожей, он читал недвусмысленный взгляд в её глазах. Ритмы моря аккомпанировали блеску падающих звёзд и свечению двух обнажённых душ и тел.

На пятую ночь палаточный лагерь посетили два местных татарских жителя, зарабатывающих продажей туристам свежих продуктов. Студенты пригласили их на кофе. Рассказ татар об истории полуострова затянулся далеко за полночь.

В конце восемнадцатого века эта земля была отвоёвана армией Екатерины II у Крымского ханства. Князь Потёмкин был назначен местным генерал-губернатором. Вскоре Екатерина и её окружение совершили поездку на полуостров, чтобы лицезреть успех колонизации. По рассказам, дабы произвести впечатление на императрицу, Потёмкин возвёл фанерные фасады фиктивных поселений на её пути. В то время как баржа с императорским двором медленно двигалась вниз по реке, фасады перемещались по берегу впереди неё. Собранные за ночь, они были готовы утром к прибытию свиты, которая никогда не покидала роскоши со вкусом меблированной баржи. Единственными реалиями этого обмана были горящие свечи в фанерных окнах и нищета, скрытая фальшивыми стенами.

xxx

Сидя на кромке отполированной морской водой каменной плиты, Андрей и Ольга наслаждались последним днём поездки. Разбросанные по небу белоснежные облака любовались своим отражением в морской глади, которая, казалось, не имела границ. Даже горизонт был практически неразличим: небо и вода сливались в нём, будто в зеркале, воедино. Опёршись руками о край плиты, Ольга слегка наклонилась вперёд, чтобы ещё раз взглянуть на водную поверхность.

— Море похоже на синее зеркало, — зачарованно промолвила она. — Самое чистое зеркало, которое никогда не обманет.

Манимая кристальной чистотой своего отражения, она наклонилась чуть дальше, и её прекрасный профиль чётко обрисовался на небесном фоне. Неловкое движение, и что-то соскользнуло с её пальца, мимолётно сверкнув на солнце. Ольга услышала лёгкий всплеск, и в тот же момент её отражение скрылось под разбегающейся кругами рябью.

— Моё кольцо! — вскрикнула она.

Андрей тут же нырнул. Через минуту он появился на поверхности, чтобы наполнить лёгкие воздухом, и снова нырнул... Потом снова. Всё было тщетно. Ольгино обручальное кольцо бесследно исчезло, словно растворилось, в зеркале синего моря.

xxx

После той поездки Ольга уже никогда не была такой, как прежде. Её постоянным причитаниям о том, что потеря кольца является дурным предзнаменованием, не было конца.

А между тем окружение, в котором жила молодая семья, быстро менялось. Когда-то незыблимые устои Советского Союза дали глубокую трещину под растущим напряжением этнических разногласий. Разобщённая культурно, страна раскололась на составляющие. В это смутное время экономика увяла, а хищение расцвело. Коррупция, кумовство и рэкет сделались повседневной нормой. Многие из тех, кто не смог переступить через свои моральные принципы, теперь едва сводили концы с концами.

Несмотря на то, что всё больше специалистов покидали систему высшего образования в поисках более высокооплачиваемой работы, Андрей Серов и Иван Шевчук поддерживали слабый огонёк своих научных проектов, хоть и понимали всю призрачность перспективы исследовательской карьеры. И всё же они считали себя счастливыми, ведь у каждого из них было и море под ногами, и крыша над головой, и звёзды над крышей. Но самое главное, у двух друзей было непреодолимое желание глядеть на эти звёзды и, не покладая рук, работать, стремясь к более светлому будущему.

Наконец, голос Андрея был услышан за границей. Его ключевые идеи начали приглашаться для публикаций. Он стал даже подумывать об эмиграции, которую видел как единственный способ сохранить свою профессиональную индивидуальность.

Что касается его отношений с Ольгой, то, страстные в начале их семейной жизни, они резко ухудшились после потери кольца, приобретая причудливую форму — нечто среднее между подковой, которая должна бы приносить удачу, и бумерангом, возвращающим назад все неприятности, как бы далеко его не швырнули. Ольга теперь постоянно жаловалась на трудности жизни, не желая при этом и думать о выезде за границу. Она проводила всё больше и больше времени перед зеркалом, толкуя свои сны. Ровно через шесть лет после того, как обручальное кольцо соскользнуло с пальца Ольги и пропало под зеркальной поверхностью моря, они развелись.

Следующий после развода день выдался на редкость мрачным и дождливым. Уставившись глазами в пол, декан факультета начал утреннее собрание сотрудников с объявления об урезании бюджета и сокращении кадров: «Я бы, конечно, хотел донести до вас более приятные вести».

После собрания Андрей бродил по пустым улицам. Все годы, посвящённые науке, теперь казались ему потраченными впустую, и все заветные мечты о яркой карьере внезапно разлетелись вдребезги. Он промок до нитки, но не искал укрытия; дождь, казалось, смывал горечь его разочарований. По дороге домой Андрей увидел недавно открытый офис под названием «Эмиграция в Канаду». Он вошёл.

Через шесть месяцев он получил положительный ответ на поданные им документы.

xxx

За день до отъезда город занесло снегом. Призыв одесской мэрии к гражданам воздержаться от вождения транспортных средств был проигнорирован всеми, за исключением водителей снегоуборочных машин.

Пробравшись через сугробы, Андрей пришёл попрощаться с Чёрным морем, на берегах которого провёл столько счастливых лет своей молодости. Чайки, словно матросы в белой морской униформе, патрулировали пустой пляж. Среди них, похожая на офицера в чёрном кителе, важно маршировала ворона.

Взглянув на море, Андрей внезапно понял, что он был крошечной волной в океане других волн. Только теперь он ощутил весь масштаб затеянных им перемен. Здесь он оставлял своих близких и друзей, здесь оставалась часть его души. Андрей вытащил монету из кармана и бросил её в воду, чтоб вернуться сюда когда-нибудь.

По дороге домой он увидел большое разбитое зеркало, одиноко торчащее из мусорного контейнера. Струйки мокрого снега сочились по его длинной трещине, как слёзы. Андрей сразу вспомнил трещину на круглом венецианском зеркале, своё похождение на кладбище, посещение гадалки.

Инга.

Он свернул в знакомый переулок, чтобы попрощаться с ней.

ххх

Входная дверь была открыта немного шире, чем обычно. Теперь, как, вероятно, никогда раньше, Инга ждала, чтобы хорошие духи посетили её. Андрей вошёл и увидел её смотрящую в окно на двух воробьёв, дерущихся за место на длинной ветке. Гадалка выглядела бледной и усталой.

— Моя голова, — пожаловалась она. — Что-то гложет меня изнутри.

— Вы должны обратиться к врачу, — начал было Андрей. — Новые технологии, МРТ…

— Технологии? МРТ? — прервала она насмешливо. — Для чего? Чтобы услышать: «Подождите немного, дорогая моя. Вскрытие всегда даёт более точный диагноз, чем МРТ».

И она залилась своим заразительным смехом, быстро перешедшим в кашель.

— Моя мать говорила, что стакан водки помогает лучше, чем любой доктор. Я принимаю два для надёжности.

Андрей обнял её на прощание и ушёл.

Взгляд Инги ещё долго был прикован к кучке купюр, оставленных им на столе, но её мысли были уже далеко за поверхностью зеркала, там, где начинается мир иной.

При перелёте в Канаду Андрей Серов невольно слышал отрывки разговора двух стариков на соседних сидениях.

— Что в иммиграции, что в реинкарнации не важно, откуда ты пришёл. Важно то, кем ты стал.

— Это верно. Даже органическую курицу можно вырастить из обычного яйца.

В торонтовском международном аэропорту Серов долго смотрел на длинные ряды рекламных щитов. Ни один из них не мог разъяснить ему, с чего же всё-таки начать в новой стране. Он подошёл к уборщику — улыбчивому старику-индусу — и прямо спросил его: «Как иммигранту лучше начать жизнь в Канаде?»

Как ни странно, старик нисколько не удивился; он, очевидно, не в первый раз слышал подобный вопрос. Он подошёл к мусорной корзине, вытащил из неё газету и ткнул пальцем в строку «Аренда жилья». Так перед Андреем открылись врата в новую страну.

Та зима выдалась одной из самых суровых для провинции Онтарио за последнее столетие. На следующее утро, глядя на покосившиеся домики бедного торонтовского квартала, Серов отчаянно пытался вспомнить, что именно он здесь делает. Он вдруг почувствовал себя сосланным в Сибирь.

После обеда, прогуливаясь по центральным улицам города, он искоса посматривал на блестящие мраморные фасады высоких зданий, делающих его отражение невзрачным и отчуждённым. В административных офисах университета Торонто, в поисках исследовательской должности, он быстро изучил несколько важных английских фраз: «У вас назначен приём?»; «У вас есть опыт работы в Канаде?» В последнем кабинете неожиданно для себя он услышал другую фразу: «Оставьте своё резюме». По взгляду секретарши было ясно, что Андрей никогда не услышит её нежный голос снова. Но на этот раз интуиция обманула его; через два дня Андрей получил телефонное сообщение: его приглашали на собеседование.

Андрею понадобились долгие месяцы, чтобы привыкнуть к местному сленгу. А его новый сосед, Джерри, похлопывая Андрея по плечу, часто приговаривал: «Не волнуйся, коммунист. Всё будет хорошо».

После шести месяцев работы научным сотрудником в университете города Торонто Серов был нанят стартовой компанией, занимающейся авиационными мониторами. Вскоре были утверждены иммиграционные документы его друга, Ивана Шевчука. Ивану была предложена должность в калифорнийской фирме, расположенной в Кремниевой долине. Через десять лет Андрей тоже переехал в США.

xxx

Майкл Греблов терпеливо наблюдал, как Серов возвращался из своих воспоминаний.

— Так зачем кому-то может понадобиться клонировать свой разум в зеркало? — Греблов осторожно повторил свой вопрос.

Всё ещё думая о своей эмиграции по другую сторону политического «зеркала» как о возможности профессионального роста, Серов ответил:

— Иногда это единственный способ сохранить нашу индивидуальность.

Греблов воспринял аналогию с гораздо более философско-практической точки зрения, но это была именно та идея, которую он искал.

«У нас много общего, — подумал он. — Серов это как раз тот, кто мне нужен».

— Андрей, — сказал он вслух. — Я подумываю о создании в Мичигане стартовой компании с фантастической перспективой. Вы, как мне кажется, обладаете набором необходимых для неё качеств. Через несколько месяцев все финансовые детали должны быть утрясены. Вы не возражаете, если я позвоню вам тогда с моим предложением поменять вашу работу?

Подозревая, что сотрудничество с Гребловым могло бы помочь ему разгадать собственную зеркальную головоломку, Серов ответил:

— Давайте поговорим, когда всё будет готово.

Глава XV

После беседы в ресторане с Андреем Майкл Греблов неспеша шёл к выходу из торгового центра. Ему
вдруг померещилось, что кто-то смотрит на него из окна
небольшого бутика. Когда он вгляделся в полупрозрач-
ную витрину, Майкл увидел призрачное отражение
самого себя в свой 16-й день рождения. Зашитые временем раны воспоминаний снова закровоточили. Ему при-
помнился крик Анны, ужас в глазах родителей, непре-
рывная череда медицинских осмотров, кабинет доктора
Ландауса. Сейчас Греблову казалось, что после того ви-
зита прошло всего три дня, а не три десятилетия.

ххх

Сразу же после гипноза Майкл почувствовал, что
сеанс прошёл не совсем по запланированному сцена-
рию. Некоторые эпизоды его жизни были случайно
стёрты гипнотизёром из воспоминаний навсегда, оставив за собой глубокие провалы. Иногда мир Греблова
как бы скатывался в них, заставляя его голову резко на-
клоняться вправо, чтобы восстановить равновесие.

Вместо карьеры учёного-космолога, о которой
мечтал и он, и его родители, Майкл вскоре начал работать на своего бывшего соседа, Марка Кернера, в
качестве маркетолога-инвестора. Предчувствия Бориса
Греблова о том, что оборотная сторона личности его
сына проявит себя рано или поздно, стали реальностью.

Теперь, глядя на своё призрачное отражение в
витрине бутика, Греблов думал ещё и о другом. После
разговора с Андреем Серовым он был убеждён, что у
него есть все ингредиенты, смешанные в правильных
пропорциях, для грандиозного открытия. Всё, что теперь требовалось, была искра, способная зажечь их и
спаять в величайшее изобретение всей его жизни.

Он вдруг вспомнил своего соседа по самолёту, Грега Блументроста, и его высказывание: «Когда жаждешь общения с умным человеком, поговори с зеркалом». Недолго думая, Греблов вошёл в небольшую уборную. Там, стоя перед единственным настенным зеркалом, какой-то старик безмолвно рассматривал своё отражение. Лицо его было бледным и неподвижным, словно вылепленным из гипса.

Греблов зашёл в кабинку, хотя туалет ему и не был нужен. После пяти минут ожидания в клаустрофобном пространстве он осторожно выглянул сквозь зазор в дверной раме. Что можно делать перед зеркалом так долго?

Он вдруг с ужасом увидел отражение остекленелых глаз старика. Греблов даже подумал, что душа этого человека уже отделилась от тела и проскользнула по другую сторону отражающей поверхности, чтобы привыкнуть к новой реальности. Лишь когда мужчина кашлянул, Майкл понял, что тот ещё жив.

Минуточку! А что, если бы человеческая душа могла быть временно перенесена, скажем, из очень больного тела в какое-нибудь искусственно созданное «зеркало», которое только что описывал Андрей Серов? Подперев подбородок ладонью, Греблов чуть подался вперёд. Озарённый идеей монументального значения, сидя на унитазе, он теперь очень напоминал «Мыслителя» — знаменитую скульптуру Огюста Родена.

Греблов слил бачок, хотя в этом и не было никакой необходимости, и пулей вылетел из туалета. Через несколько секунд он уже звонил своему боссу, Марку Кернеру.

Глава XVI

В понедельник утром Греблов вошёл в кабинет Кернера.

— Мои соболезнования, — пробормотал он, пожимая руку босса.

Вернувшись из Европы, Греблов узнал, что отец Марка скончался. С прошлой недели телефон Кернера не отвечал.

— Благодарю тебя, мой друг, — ответил Кернер. Его припухшие глаза выдавали всю эмоциональную глубину переживаний утраты. — Смерть наших родителей служит молчаливым напоминанием о том, кто следующий в очереди.

Греблов вспомнил, как Марк часто хвалился, что его отец, с душой и телом словно выкованными из стали, будет жить вечно. Ещё одно доказательство, что бессмертие — это химера.

— Ты упомянул в телефонном сообщении, что у тебя есть для меня что-то новое, — Кернер попытался придать своему голосу обычный тон.

— Я не уверен, что сейчас подходящий момент…

— Сегодня я не могу уделить тебе должного внимания, так что давай-ка побыстрее.

— Я хотел поделиться мыслью о зеркальном клонировании сознания, — начал Греблов, повторяя слова Андрея. — Разговор, разумеется, ведётся не об обычном зеркале, а о чём-то напоминающем по действию информационные процессы в молекулах ДНК.

Кернер в который раз молча оценил талант Греблова подавать свои идеи немного завуалированными, вкладывая в рот слушателю маленькие порции, чтобы получше разыгрался аппетит.

— Продолжай, — произнёс Кернер.

— Не человеческой ДНК, конечно же. Я имею в виду ДНК-подобные атомные структуры какого-нибудь подходящего кристалла, его периодичную матрицу меж-атомных связей, способную имитировать сеть нейронов головного мозга.

Минуту назад пальцы Кернера были снисходительно переплетены под его подбородком. Теперь они нервно барабанили по столу. Семена, давно посеянные Гребловым и орошённые собственными наблюдениями Кернера, уже проросли в его голове.

Почувствовав изменения в душе босса, Греблов ухватил момент.

— Пластина кремния, например, — это матрица из множества атомов, разделённых расстояниями в сотни раз меньшими расстояний между нейронами. Скопировав надлежащим образом сознание в такую идеальную среду, мы не только смогли бы отделить разум от тела, но и увеличить способности мозга в миллион раз — по сто раз в каждом из трёх геометрических измерений!

Змеиная тень, скользящая по «зеркалу» пирамиды Кукулькана, сразу же возникла в мыслях Кернера. Число 1666, распавшееся на 1 и 666, теперь представляло для него человеческую душу и её зеркальный двойник, тело. Только что сказанные Гребловым слова были логическим заключением долгих изысканий, и на этот раз Кернер знал точно, что они не были пустым вымыслом.

Будучи изощрённым манипулятором стартовых компаний, Марк Кернер сколотил на этом поприще состояние. Греблов, с его тонким аналитическим умом и умением убеждать, вырос под крылом Кернера от ученика до полнокровного сообщника и теперь отлично вписывался в его эгоцентричный мир. Несмотря на всю свою эксцентричность, Греблов обладал талантом развить идею и умело завернуть её в элегантную обёртку. Дальше уже было делом Кернера внедрить эту идею в умы инвесторов с глубокими карманами и убедить их создать стартовую компанию, чтобы привлечь ещё больше капитала.

Редко когда идеи приводили к коммерчески ценным изобретениям. В большинстве случаев стартапы лопались, словно мыльные пузыри, но инвесторы такого рода охотно отдавались азарту погони за возможной наживой, что безупречно работало на Кернера. Пытаясь оставаться в игре незаметным, он наслаждался цветочно-шоколадной фазой своих романтических отношений с держателями толстых чековых книжек. Этот невинный этап предшествовал брачному союзу, медовому месяцу и, наконец, развалу. Финалом был горький развод. И, как всегда, неудача для инвесторов означала успех для другой группы людей — команды опытных юристов Кернера с их блестящими стратегиями выхода из обманной схемы. Это было также время, когда Майкл Греблов начинал плести новую идейную паутину.

— Послушай, Марк, — напомнил Греблов о своём присутствии. — Наконец-то, как мне кажется, я вплотную подошёл к решению зеркальной головоломки. Если мы преуспеем в этом новом проекте, человеческие мысли смогут быть разогнаны от нуля до ста мегабайт менее чем за три микросекунды. Подумай о возможности лечения психических расстройств, о новых поколениях суперучёных и суперсолдат. Мы даже смогли бы временно изолировать человеческие души от тяжело больных тел, тем самым сохраняя людские индивидуальности в критический момент между жизнью и смертью.

Кернер вскочил с кресла и нервной поступью подошёл к окну. Греблов, несомненно, говорил дело, но в уме Кернера всё более крепла идея создания пирамиды бессмертия для своей души. Прошло несколько минут, прежде чем усилием воли он заставил себя успокоиться.

— Пока для меня это лишь увертюра, не более. Но идея может быть вполне презентабельной для инвесторов. Её нужно развить и отшлифовать. Для этого нам понадобится нейроспециалист высокого класса и широкого кругозора. Я знаю одного. Его зовут Алекс Бонин. Ты должен помнить его со своего дня рождения. Он из

Санкт-Петербурга и гостил здесь много лет назад со своим отцом. В последний раз я слышал от него этой весной; Алекс работает над проблемой зеркальных нейронов в Чикаго. Он сможет помочь тебе с тайнами человеческого сознания, как никто другой.

— Стало быть, Бонин знаменит? — поинтересовался Греблов.

— К счастью для нас, нет. Он слишком зациклен на науке и слишком плохой дипломат, чтобы быть знаменитым. Если я не ошибаюсь, он до сих пор ищет плодородную почву для своих основных идей. Да и работодателя лучше нас ему не найти. А что касается нового проекта, я даю тебе шесть недель на то, чтобы представить техническое обоснование, смету и результаты поиска по интеллектуальной собственности.

— Как насчёт названия новой компании? — спросил Греблов. — Мне подумалось назвать её «Отражённый разум».

— Рефлектед маинд? РеМаинд! — Кернер тут же произнёс по-английски новое название, соединив два слова, предложенных Гребловым. Это название также имело коннотацию «напоминать». — Мне нравится. В конце концов, это твоя фирма... за исключением прав на продукцию, которую она будет выпускать. Считай себя её президентом.

Греблов подтвердил это «брачное соглашение» сдержанным кивком.

Кернер пристально посмотрел на новоиспечённого президента и добавил:

— И не забывай, что именно необходимо для успешного стартапа: грамм технологии, килограмм убедительной истории и тонна удачи.

Он взглянул на часы, давая понять, что аудиенция окончена.

Глава XVII

Разговор с Гребловым в ресторане снова заставил Андрея Серова вспомнить свою университетскую жизнь, самое её начало, 1982 год.

xxx

Та осень выдалась необычайно холодной, не менее холодной, чем политический климат разгара холодной войны. В то время вышел приказ правительства о снятии брони с военнообязанных первокурсников вузов. Советский Союз и Соединённые Штаты, две сверхдержавы, достигли апогея противостояния из-за эскалации боевых действий в разтерзанном войной Афганистане. Одной из целей вузовской призывной кампании было придание интеллектуального тона советским военным мускулам.

Ранней весной 1983 года Андрей Серов получил повестку с предписанием предстать перед военной медицинской комиссией. За каждым призывником следовало конфиденциальное досье, подготовленное Первым отделом его вуза.

Военкомат был забит до отказа. Потоком новобранцев управлял отставной офицер, явно раздражённый отсутствием у них должного энтузиазма.

— Да шевелитесь же, недоноски, — ворчал он время от времени, подкручивая свои седые усы.

Последним медицинским специалистом в списке Серова был невролог, лицо которого то и дело подрагивало от нервного тика.

— Разведите руки. Хорошо, хорошо. Следуйте глазами за моим пальцем, — приговаривал доктор. Затем, указав на стул, он достал из ящика стола неврологический молоточек с резиновым наконечником. Серов сразу почувствовал себя некомфортно. — Закройте глаза.

Высунув кончик своего розового языка, невролог нацелил молоточек чуть ниже коленной чашечки обследуемого. Сила, которую он вложил в тестирование нервной системы, вызвала шокирующий рефлекс: нога Серова непроизвольно выпрямилась, пролетев в каких-то сантиметрах от докторского паха.

— Не преувеличивайте, молодой человек, — ехидно пробормотал невролог. — Меня этими уловками не проведёшь. У вас есть какие-либо задокументированные неврологические или психиатрические проблемы?

— Катоптрофобия, — ответил Серов после короткой паузы. — Страх перед зеркалами.

Лицо доктора скривилось в профессиональной ухмылке.

— По крайней мере, вы произнесли этот термин правильно. Но вам следовало бы придумать нечто более впечатляющее. Кроме того, в армии не так-то много зеркал, чтобы их бояться или любоваться в них собственным отражением. Добро пожаловать в Вооружённые силы!

И доктор поставил зелёный штамп в дело Серова.

xxx

Маленький городок Прикарпатского военного округа. Настоящая дыра, окружённая унылым ландшафтом.

Девяносто пять процентов рабочих мест города было занято в военной сфере. Остальные пять относились к армии косвенно. Их составляли группы сомнительных лиц, регулярно доставляющих к забору воинской части бутылки «столичной» по завышенным ценам, и ассоциация длинноногих дам, патрулирующих прилегающие улицы в поисках затерянных душ.

Ежедневная рутина батальона связи, в который влился Андрей Серов, включала физические упражнения, уборку территории и послеобеденные занятия по радиосвязи и кодированию сигналов.

Глядя на палиндром «РАДАР», Серов слушал лекцию инструктора, недавно прибывшего в часть лейтенанта Ларина.

Для дальних дистанций Советская армия использовала тропосферные радиостанции, работа которых зависела от тонкого слоя между земной тропосферой и стратосферой. Обладая высокой концентрацией озона, этот слой выполнял функцию зеркала, отражающего переданные радиоволны от станции к станции.

Для коротких дистанций командиры предпочитали системы прямой видимости, в которых сигнал одной станции принимался и передавался к следующей по прямой линии; это обеспечивало возможность более эффективного кодирования сообщений.

Вскоре после завершения курсов было организовано большое учение около высокого горного хребта. Шесть радиостанций планировалось расставить вокруг горы. Андрей Серов под командованием Ларина обслуживал стартовую станцию. Штаб-квартира располагалась в конечной точке и находилась под непосредственным командованием полковника Виктора Глинского, помощника генерал-майора Дмитрия Перилина — ответственного за учения.

Водитель Серова вовремя привёл машину к цели. Запустили силовой генератор, подняли телескопическую антенну и закрепили её проволочными растяжками. Внезапно поступило крайне неприятное сообщение: при подъезде к месту назначения один из шести автомобилей занесло на повороте, и он врезался в дерево. Водитель и оператор не пострадали, но станция была повреждена. Было неизвестно, сколько понадобится времени, чтобы диагностировать поломку, получить запасные части и отремонтировать оборудование. Без этой станции не было никакой возможности установить секретный радиоканал вокруг горы.

Вникая в эту новость, генерал Перилин чувствовал сгущающиеся над ним тучи неприятностей.

Наступала ночь. Великолепие полной луны над проступающими в темноте контурами горы было слегка подпорчено тонким слоем облаков, как бы рассекающих её на две половинки. Глядя на этот небесный пейзаж, Серов вспомнил своё треснувшее венецианское зеркало. Вот если бы радиосообщения, как свет от зеркала, могли быть отражены на станцию штаба.

Серов задумался. Идея поначалу показалась ему абсурдной, но чем больше он размышлял о ней, тем больше понимал, что она могла и сработать.

Он подошёл к лейтенанту.

— Сигнал нашей радиостанции можно было бы отразить от тропосферы на радиостанцию штаба.

— Вы что, с ума сошли? — рявкнул Ларин сердито. — Сейчас не время для шуток.

— Тот же принцип используется на более мощных радиостанциях для связи на больших расстояниях, — настаивал Серов. — Вы сами нас этому учили. Мы лишь должны каким-то образом перенаправить нашу антенну вверх. Это будет непросто, но возможно. Тогда радиоволны отразятся от зеркального слоя между стратосферой и тропосферой. Если нам повезёт, сигнал может быть достаточной силы, чтобы закодировать его. Нам нечего терять, товарищ лейтенант.

Ларин молча уставился на рядового, как будто видел его впервые. Наконец, в его уме предложение Серова, казалось, начало обретать здравый смысл.

А в это время на противоположной стороне подножья горы генерал Перилин тщетно пытался найти выход из создавшейся ситуации. Неожиданно в наушниках его оператора раздался потрескивающий голос: «Ветер, Ветер, отзовись».

Ошеломлённый оператор повернулся к командующему.

— Товарищ генерал, я слышу наши позывные по незасекреченной связи. Они доносятся...

Он остановился в нерешительности.

— Откуда? — гаркнул генерал.

— С вершины горы.

У командующего онемели конечности.

— Эта гора недоступна, олух!

— Я знаю. Но послушайте сами.

Перилин надел наушники. Сквозь сильную статику он услышал: «Ветер, отзовись». Далее следовал переливающийся звук настройки.

Генерал задвигал губами. Мгновение поколебавшись, словно решая, имеет ли он моральное право воспроизвести сказанное, микрофон заработал. Сообщение было усилено и выброшено в эфир антенной.

С другой стороны горы Серов уловил в наушниках голос командующего, извергающийся, словно из земных недр, вулканом непристойных выражений.

— Это рядовой Серов, — представился он.

— Что там, чёрт подери, происходит, Серов? Где вы?

— Я объясню позже, товарищ генерал. Прикажите вашему водителю переместить станцию на два километра севернее горы. Поднимите антенну ровно на 60 градусов по вертикали и нацельте её прямо на юг. Отзовитесь, как только закончите. Мы можем достичь достаточной мощности сигнала и перейти в секретный режим.

Генерал тупо посмотрел на своего помощника.

— Я думаю, что в предложении парня есть рациональное зерно, — прокомментировал полковник Глинский, снимая свои наушники. — При наклоне антенн обеих конечных станций на 60 градусов сигнал должен отразиться от тропосферы по другую сторону горы, минуя повреждённую станцию. Этот метод никогда не использовался для таких радиостанций, но его, по-моему, стоит попробовать в нашей ситуации.

Перилин всё ещё выглядел озадаченным. Какая-то салага самого низкого ранга по ту сторону горы только что указала ему, опытнейшему генералу, изменить весь план учений. В то же время Перилин понимал, что ничто в данный момент уже не могло ухудшить ситуацию.

— И вы полагаете, что это может сработать? — обратился он к своему помощнику, пытаясь хоть как-то оттянуть время. Его глаза горели исподлобья пренебрежительным огнём.

Взяв со стола карандаш, Глинский быстро набросал чертёж. Подняв свои антенны на 60 градусов, обе конечные станции становились вершинами равностороннего треугольника, обрисованного вокруг горы, блокирующей сигнал.

— Третья вершина находится прямо над горой, — голос Глинского теперь можно было услышать в наушниках Серова и Ларина. — Немного тригонометрии... Интересно. Этот треугольник вписан в круг с радиусом 6,66 километра.

— 666 — это знак дьявола! — заметил командующий, морщась.

— По-моему, товарищ генерал, это гораздо более приемлемый вариант, чем ждать Бог-весть-как-долго, — усмехнулся полковник. — Если отбросить это суеверное совпадение, то не прикажете ли последовать совету рядового Серова и переместить нашу станцию на два километра на север?

Перилин всё ещё колебался.

— Товарищ генерал? — повторил полковник более настойчиво.

— Да! — буркнул командующий учениями.

Станция начальства была перемещена, и её антенна поднята. Сила сигнала значительно возросла.

— Я хорошо вас слышу, Ветер, — голос Серова звучал теперь гораздо отчётливее. — Я бы теперь хотел, чтобы ваш оператор перешёл в секретный режим. Подтвердите.

Генерал подтвердил, но его ноздри при этом дрожали от раздражения.

— Эти призывники из вузов далеко пойдут, — Серов и Ларин услышали в наушниках уязвлённый голос Перилина.

Лицо Серова оставалось профессионально спокойным, но его душа растянулась в улыбке самоудовлетворения.

xxx

— Молодчина! — лейтенант Ларин поздравил Серова после того, как тому были вручены именные наручные часы за его неординарное мышление, спасшее репутацию генерала Перилина. — Кстати, сегодня вечером у нас намечаются ещё одни «учения», и мне понадобится дополнительная пара рук.

Тон Ларина был заговорщическим, и Серов посмотрел на него с некоторым подозрением.

— Вы, рядовой, создаёте впечатление умеющего хранить тайну, — добавил Ларин, подмигнув. — И вам, конечно, будет от этого причитаться доля.

В этих словах скрывался какой-то тайный смысл, но Серов пока не совсем понимал, какой.

— А что именно нужно будет сделать? — спросил он, стараясь подавить тревогу в голосе.

— Нужно будет помочь доставить стратегическое оружие и ракетное топливо. Сегодня тот самый день.

Сегодня было 1 апреля, День дурака. Может быть слова лейтенанта были просто шуткой? Нет. Нос Серова чуял палёное. Заваривалось что-то неладное.

В половине пятого грузовик, в кузове которого Ларин и Серов сидели подле покрытого брезентом таинственного груза, прибыл к месту назначения. Серов с трудом скрывал своё волнение. Его паранойя развеялась лишь тогда, когда он начал разгружать содержимое. «Стратегическое оружие» оказалось шашлычными мангалами, складными стульями, буханками хлеба и банками с маринованным мясом. «Ракетное топливо» было совершенно бесцветным. Вероятно в целях абсолютной секретности его доставили в бутылках, подозрительно похожих на те, что продаются в любом ликёро-водочном магазине.

Развалившись в самых разнообразных позах на небольшом лугу, командиры всех рангов непринуждённо беседовали, стараясь хоть как-то отвлечься от трудовых будней и разнообразить свою кислую служивую жизнь в День дурака. Андрей Серов случайно оказался в эпицентре традиционной офицерской вечеринки, носившей название «Пьянству бой!»

Майор Денисов — гравитационный центр толпы — посмотрел на Андрея сквозь прозрачную жидкость в своём стакане.

— Я должен заверить тебя, рядовой, что твоё задание с доставкой «стратегического оружия» — это ничто по сравнению с заданием, которое мы получили два года назад. Прапорщик Ангелов был тогда нашим начальником бытового склада. Убеждённый, что все большие идеи приходят небольшими пакетами, он украл со склада около ста таких пакетов — двухлетний запас удобрений — и продал председателю соседнего колхоза. Содеянное стало очевидным лишь когда генералу Казакову позвонил его друг из штаба: командующий округом направлял в нашу часть неожиданную инспекцию. Только тогда Казаков обратил внимание на подозрительно ржавый цвет травы вокруг плаца воинской части.

Окружающие офицеры молча закивали, погружаясь в мрачные воспоминания. Все они, казалось, соглашались, что само воровство не является преступлением, а вот быть пойманным и подставить этим самым сослуживцев — это грешно.

Денисов продолжил.

— Нам было приказано выкрасить за ночь всю траву вокруг плаца в зелёный цвет. Ангелову пришлось раскошелиться на краску и даже добавить около сотни из своего кармана сверх денег, полученных им от продажи украденного удобрения.

— В коньячном деле это называют «ангельской долей», — объяснил стоявший рядом с майором краснолицый капитан.

— Или «дьявольским отрезом», — прибавил другой офицер.

— А по-моему, вся эта история с удобрениями просто попахивает навозом, — сказал лейтенант Ларин, заставив собрание загоготать. — Так как же всё-таки прошла инспекция?

— Всё закончилось благополучно, — ответил Денисов. — Но Казаков всё же всем нам основательно промыл мозги.

— Ангелову он промыл мозги особым образом, — заметил краснолицый капитан со змеиной улыбкой. — Тот до сих пор называет этот акт «моральной колоноскопией».

Стаканы, наполненные водкой, затряслись от хора зловещего хохота.

— Незабываемая история, — резюмировал майор, поворачиваясь к лейтенанту Ларину и прищуривая глаза. — Ну, а ты что расскажешь нам, новичок?

Предвкушая какую-нибудь новую, быть может даже интересную байку, толпа посунулась поближе. Минута ушла на то, чтобы офицеры наполнили стаканы.

— Четыре года назад я заканчивал последний курс университета, — начал Ларин. — Я изучал астрофизику.

Над лужайкой воцарилась полная тишина. Что это было? Первоапрельская шутка? Насмешка над офицерами? Кто-то присвистнул.

После многочисленных удивлённых восклицаний и нелестных комментариев толпа, наконец, угомонилась, чтобы слушать, а лейтенант согласился продолжать.

Во время учёбы в вузе тогдашний студент и теперешний офицер Денис Ларин был одержим теорией симметрии Вселенной. Основываясь на своих исследованиях, он пришёл к выводу, что Вселенная не просто расширяется, а расширяется с ускорением, что противоречило традиционным взглядам того времени. Модель Ларина позволила ему предположить, что причиной этого ускорения должна быть некая сила, дополняющая уже известные четыре фундаментальные силы природы. Теория существования параллельных вселенных была предложена задолго до Ларина, но его выводы свидетельствовали, что такие вселенные существуют в виде зеркальных пар.

— Ещё бы немного, и я бы раскачал устои науки, — воскликнул лейтенант. — Моя теория могла объяснить появление пространственно-временных туннелей, чёрных дыр...

— Армия как раз подходящее место для тебя, мужик, — заорал уже изрядно выпивший краснолицый капитан. — Здесь ты найдёшь всё: и грёбаные туннели, и всякие там дыры...

Хор негодующих голосов моментально захлестнул это философское изречение. Одержимые космической одиссеей, офицеры дали распоясавшемуся невеже достойный отпор.

— Я доказал, что расширение одной вселенной означает крах её зеркального двойника, — продолжал Ларин.

Внимательно слушая, Андрей Серов вдруг вспомнил, что то же самое говорил ему профессор Колецкий, утверждая, что это его теория.

А тем временем Ларин был неудержим. Он так красочно описывал космические события, как если бы лично принимал в них участие. Хотя бо́льшая часть его повествования была за пределами интеллектуальных способностей толпы, в душах офицеров росло чувство гордости: лейтенант был одним из них!

Студент Ларин пришёл к выводу, что таинственная сила, ускоряющая расширение Вселенной, имеет сверхъестественную природу.

— Глубоко! — снова выкрикнул краснолицый капитан. От количества выпитого его язык, казалось, был загнут назад. — Что же ты делаешь здесь, в армии?!

В самом конце обучения, через две недели после похорон его научного руководителя, Ларину предстояло защищать результаты своей работы перед учёным советом, председателем которого был известный профессор-космолог. К тому времени Ларин научным путём доказал существование единой воли, или Бога, или другой высшей силы, которая правит зеркальными мирами.

Впечатлённые логичностью его рассуждений, члены комиссии, тем не менее, заключили, под давлением своего председателя, что применённая Лариным методология крайне обманчива, а её выводы — ненаучны.

— Глава комиссии охарактеризовал мою теорию «Двойных зеркальных вселенных» как попытку расшатать устои советской идеологии признанием возможности существования множества истин, — объяснил Ларин. — Основываясь на его рекомендациях, комиссия постановила, что проект нуждался в полной переработке.

Студент Ларин был возмущён. Однако без поддержки своего безвременно ушедшего из жизни руководителя — светилы науки — его аргументы в глазах научного совета оказались недостаточно убедительными. После того как его апелляция была отклонена, Ларин решил покинуть университет и связать судьбу с армией в знак протеста. Придя на следующий день на кафедру забрать свои личные вещи, он обнаружил, что все его дневники исчезли.

Внезапно Андрей Серов оценил всю тяжесть трагедии: лейтенант пал жертвой слишком идейного профессора и беспринципной научной комиссии.

Ларин наполнил свой стакан. В глазах его коллег-офицеров он теперь выглядел интеллектуальным маяком. Круг человеческих душ, окружающих его, был томим ожиданием развязки.

— Я считаю великой привилегией находиться сейчас здесь, среди вас. — Ларин не просто говорил, он проповедовал. — Военные не менее умны, чем профессора университетов. Более того, мне кажется, что армия — это единственное место во Вселенной, где могут сосуществовать все типы материи. Я понял, наконец, что это мой мир! Если не я, то кто же позаботится о нём?

По толпе пьяных офицеров пробежала волна необыкновенного честолюбия. Майор Денисов медленно поднялся со стула. Его кожа, тронутая чрезмерной порцией «ракетного топлива», приняла матово-лавровый цвет патины. В пьяном ступоре, держа стакан в вытянутой руке, он напоминал маленькую копию Статуи Свободы. Майор открыл рот, но слова застряли у него в горле.

— За армию, — выпалил кто-то.

— За армию, — взревела толпа.

Денисов опрокинул в себя содержимое стакана, что было уже явно лишним, молча обнял лейтенанта и рухнул лицом в грязь.

Рядовой Серов просидел с офицерами до поздней ночи. Он решил не рассказывать Ларину о своём знакомстве с признанным автором теории «Двойных зеркальных вселенных» профессором Колецким. Он просто выразил свою поддержку лейтенанту молчаливым рукопожатием.

Осушив очередной стакан, Ларин посмотрел на звёздное небо.

— Вселенная прекрасна, — сказал он, обращаясь к Серову. — В этот самый миг мы находимся на поверхности Великого Зеркала, и этот миг называется жизнью.

Затем он указал своим дрожащим от количества выпитого пальцем на Плеяды и спросил:

— Сколько звёзд вы видите в этом скоплении?

— Шесть, — ответил Серов.

— А я двенадцать.

Глава XVIII

Инспирированная Гребловым и созданная Кернером фирма «РеМаинд» была официально зарегистрирована в городе Ливония, штат Мичиган, 11 ноября 2011 года. Греблов видел в этой дате символическую комбинацию 11-11-11, о которой он почему-то думал как о кубе с шестью зеркалами. Компания размещалась в небольшом и ничем не примечательном здании, которое, хотя и пустовало около двух лет, требовало лишь небольшого косметического ремонта.

Первым сотрудником, нанятым Гребловым, стал Андрей Серов, перешедший в «РеМаинд» из «Глобал Гласс». Вскоре к ним присоединился протеже Кернера, Алекс Бонин. На вакантную должность инженера-технолога Серов сразу же предложил кандидатуру своего друга, Ивана Шевчука. Греблов колебался. Было очевидным, что он не особо хотел иметь коллектив, полностью состоящий из русскоязычных иммигрантов.

— И чем же ваш друг так прославился, чтобы я нанимал его вне конкурса? — поинтересовался он.

Серов не спешил, пытаясь как можно чётче сформулировать свой ответ. Он вдруг вспомнил разговор с Иваном за год до защиты своей диссертации.

xxx

В тот давний вечер уже стемнело, и экспериментальное крыло физического факультета Одесского государственного университета опустело, за исключением лаборатории голографии. Настраивая лазер, Андрей Серов с интересом слушал рассказ Шевчука.

Два года назад коллега Ивана нашёл на улице таксу; бедное животное, по-видимому, было сбито машиной и брошено на дороге. Весь коллектив факультета внёс вклад в стоимость операции, необходимой для спасения таксы. И хотя задняя часть туловища так и осталась парализованной, Гамильтон — таковым стало новое имя питомца — был самой жизнелюбивой собакой, какую когда-либо можно было встретить.

Вскоре Гамильтон оказался в центре захватывающего научного эксперимента, целью которого являлось улучшение его подвижности. Биосигналы его головного мозга, минуя повреждённую часть позвоночника, планировалось передавать микромоторам, прикреплённым к нефункционирующим конечностям. После нескольких месяцев напряжённой работы весь коллектив с трепетом наблюдал, как Гамильтон, хоть и прерывистыми движениями, но с необычайной гордостью, передвигал свою уникальную личность, заключённую в полубионическом теле. Собака даже могла вилять своим хвостом! Проведя параллель со знаменитым голливудским фильмом «Робокоп», было решено переименовать проект с собакой в «Рободог».

Чтобы расширить диапазон движений Гамильтона, Иван Шевчук разработал новый нейросенсор, что требовало применения лазера высокой степени точности при его изготовлении. Именно тогда он обратился к Андрею за помощью.

— Ты всё ещё уверен, что все желания людей или животных могут быть сведены к электрохимическим процессам в нейронах головного мозга? — Серов возобновил их давний спор, подготавливая лазер к эксперименту.

— По крайней мере двигательные реакции, — ответил Шевчук, надевая пару защитных очков. — Я уверен, что именно особенности структуры мозга определяют индивидуальности поведения.

Раздалось шипение металлической пластины под интенсивным лазерным лучом, и Иван с изумлением увидел светящуюся пурпурную туманность.

— Если бы это было так, — возразил Серов, — наши желания были бы предсказуемы, даже программируемы, а тем не менее компьютеры с трудом воспроизводят даже самое примитивное абстрактное мышление, не говоря уже об интуиции.

— А ты помнишь слова Эркюля Пуаро, персонажа многих романов Агаты Кристи? — спросил Шевчук; тёмные защитные очки делали его лицо ещё более саркастичным. — «В нашем сознании нет интуиции, а лишь способность сочетать элементы знания в правильных пропорциях».

Андрей выключил лазер.

— Вот тебе твой сенсор! Разве не красота?

— Спасибо!

Шевчук принял из рук друга маленькую блестящую пластину, покрытую паутиной мерцающих линий.

— Похоже на голограмму.

— А ты видел когда-нибудь, как делается настоящая голограмма? — спросил Серов.

— Нет. Ты можешь сделать её прямо здесь?

Серов снова подошёл к установке и расчехлил ещё один лазер. Только теперь Шевчук заметил, что в лаборатории находились три лазера, а не один, как ему сначала показалось. На стене висела большая таблица Менделеева.

Когда Андрей включил прибор, полупрозрачное зеркальце разделило лазерный луч на два, направив каждый на фотографическую пластинку; один из лучей на своём пути отражался от монеты. После проявления пластинка напоминала сеть блестящих линий. Освещённая рассеянным светом того же лазера, она представляла трёхмерное отражение решки монеты. Шевчук не мог оторвать глаз от светящегося призрака, парящего над пластиной.

— А можно на голограмме увидеть и обратную сторону монеты? — наконец спросил он.

— К сожалению, нет. Голограмма, как и Луна, не открывает своего второго лица, которое всегда находится на её темной стороне. Но главная тайна голограммы даже не в этом.

Серов разрезал пластинку ножницами и поместил одну половину под лазерный луч. Призрак монеты появился снова, но на этот раз выглядел более размытым. Серов снова разрезал пластинку пополам, и призрак стал ещё менее чётким.

— Видишь, любая часть голограммы хранит информацию о её целостности.

— Похоже на человеческий мозг, — заметил Шевчук. — Только в случае с мозгом, когда при операциях удаляют некоторые его части, пациент либо сохраняет свою индивидуальность, либо теряет её полностью.

— Ты намекаешь, что человеческое тело можно разделить, а личность нет?

— Точно! Это либо ты, либо не ты. Самое удивительное это то, что некоторые части мозга мгновенно реагируют на изменения в других его частях. Если провести аналогию чуть дальше, то число церебральных нейронов примерно такое же, как число звёзд в нашей галактике и такое же, как и предполагаемое количество галактик во Вселенной.

— Ты думаешь о звёздах как о космических нейронах? — усмехнулся Серов. — Твоя аналогия — это неплохая идея для фантастического романа, но не более. Всё в мире, конечно, связано, но не настолько.

Он повернулся, ожидая встретить недоброжелательный взгляд, но его друг, похоже, даже не слушал его.

— Все эти лазеры,.. — пробормотал Шевчук, глядя теперь на таблицу Менделеева.

— Что-то не так?

— Зачем в одной лаборатории аж три лазера?

— Они покрывают цвета всего спектра, от ультрафиолетового до инфракрасного, — пояснил Серов и тут же подумал: «Что Иван затеял на этот раз?»

Шевчук указал на таблички над каждым из трёх приборов:

«666-нанометровый сапфирово-титановый лазер»,
«ИК-неодимовый лазер»,
«Ультрафиолетовый криптоновый лазер».

— Сапфировый лазер работает на длине волны 666 нанометров, — сказал он. — Это число дьявола. Элемент неодимий во втором лазере имеет атомную массу 144.

Серов вопросительно пожал плечами, хотя число 666 встало перед его мысленным взором безмолвным напоминанием о давнем ночном походе на кладбище. Ему также было немного стыдно: работая в лаборатории уже много лет, он никогда не замечал этого числа. Очередной раз Серов был изумлён способностью своего друга подмечать мельчайшие подробности в окружающих предметах и событиях.

— А причём здесь 144? — всё-же спросил он.

— Первые 144 цифры после десятичной точки в числе Архимеда, пи, дают в сумме 666.

— Ты уверен в этом? — спросил Серов недоверчиво.

— Я знаю это наверняка, — ответил Шевчук. Его взгляд свидетельствовал, что он ещё не закончил.

— Что-то ещё?

Шевчук одарил своего друга долгим, задумчивым взглядом.

— Атомный номер криптона в третьем лазере равен 36, а сумма первых 36 чисел тоже 666.

Серов присел на стул возле установки.

— Надо же...

xxx

Когда эти воспоминания медленно отползли на задний план его мыслей, Андрей Серов понял, что сидит в кабинете фирмы «РеМаинд», перед своим новым боссом Майклом Гребловым.

— Так зачем нашей компании нужен Иван Шевчук? — перефразировал свой вопрос Греблов.

Последовала долгая пауза.

— Потому, что лучше его нам не найти.

ХХХ

В конце рабочего дня Греблов почувствовал недо-
могание. Вернувшись домой, он направился прямиком в
свою спальню и уселся в кресло перед зеркальной дверью гардероба. В своей жизни Греблов опробовал и другие зеркала, но ни в одном из них его сознание не чув-
ствовало себя так же комфортно, как в этом, в которое
часть его души проскользнула в день его 16-летия.

С трепетом в душе Греблов поприветствовал зеркало, слегка коснувшись его поверхности кончиками
пальцев. Осознав, что чувства взаимны, он сразу расслабился. Прошло несколько минут, и его дыхание стало
ритмичным, а всё вокруг — отдалённым. Наконец, воцарилась тишина — сладчайшая музыка из всех, — и он
снова мысленно проник в привычные контуры зеркального куба, видимого за дверью лишь ему одному.
Одна из сторон куба стала фокальной плоскостью сознания Греблова, разливая тепло по его телу.

Малейшее смещение мысленного равновесия, и
часть его оказалась в другой реальности, сменив «это» на
«то». И вдруг, как результат его воображения, за поверхностью зеркала появился другой «он». Вместо того, чтобы входить в конфликт с зеркальным миром, он теперь
был его неотъемлемой частью...

Внезапно раздался звонок, заставив сознание Греблова буквально выпрыгнуть из зеркала и втиснуться обратно в тело. Он поморщился, поняв, что забыл вы-
ключить мобильный телефон. Взглянув на входящий
номер, он неохотно принял звонок. Это была Пэм Бей-
кер, его рекрутинговый агент.

— Добрый вечер, Майкл, я не помешала? У меня есть для вас два кандидата.

— Рад слышать вас, Пэм, — ответил Греблов, понемногу приходя в себя. — Да, конечно. Расскажите мне о них.

Глава XIX

— После нескольких недель неудачного поиска кандидата на инженерную должность Серов напомнил Майклу Греблову о своём друге Иване.

— У Шевчука уникальное сочетание знаний и навыков. Нам не найти лучшего инженера.

Греблов надул губы.

— Отправьте ему какое-нибудь задание, чтобы проверить его сообразительность, — поспешил добавить Серов. — Если подойдёт, пригласите его на собеседование.

Это предложение явно понравилось Греблову. Теперь выражение его лица могло быть истолковано как «может быть».

— Я подумаю над этим, — пообещал он. — Пришлите мне его электронный адрес.

После обеда Греблов набросал короткое сообщение и отправил его Шевчуку. Затем он вызвал Серова в свой кабинет.

— Мне нужно ваше мнение, Андрей. Во время моего недавнего полёта в Европу в соседнем кресле летел доктор. Он утверждал, что является потомком семьи Блументростов, один из которых был врачом Петра Великого. Он рассказал мне о разгаданном им «коде смерти», числе 666, якобы оставленном дьяволом в нашей ДНК. А ещё доктор намекнул, что Бог тоже оставил в ДНК свой зашифрованный автограф: цифры-антагонисты 1 и 6. Но Блументрост смог только выговорить «ки-ки-ки» и «во-во-во» прежде, чем потерять сознание от слишком большого количества выпитого коньяка.

Серов задумался. Ему вдруг вспомнился разговор с профессором Колецким.

— А что, если он пытался выговорить «кислород» и «водород», названия химических элементов — основных строительных блоков нашей ДНК с атомными массами 1 и 16?

Греблов посмотрел на своего собеседника с немым восхищением. Ему не верилось, что ответ мог быть таким очевидным и простым.

— Вы никогда не спрашивали меня о моём личном опыте с зеркалами, хотя, я уверен, всегда догадывались о нём, — добавил Серов.

— Я знал, что вы поделитесь со мной своей зеркальной историей, Андрей, когда для этого наступит подходящий момент.

Слушая рассказ о разбитом венецианском зеркале, похождении на кладбище, числе 1-6-66 на надгробии и судьбе профессора Минина, Греблов понял, что у него было намного больше общего с Андреем Серовым, чем ему казалось раньше. Все эти события начинали поддаваться осмыслению в его уме, если только набор несвязных бессмыслиц мог вообще иметь какой-то смысл.

Одно Греблову было теперь ясно наверняка: судьба свела его с Серовым с определённой целью.

xxx

В тот вечер, отдыхая после работы на крыльце своего дома, Андрей вдруг вспомнил супружескую жизнь со своей бывшей женой Ольгой Колецкой, той самой девушкой, которая вдохновила его много лет назад историями о зеркалах.

Насколько ему нравилось проводить время в компании своей жены в поздние вечера, настолько же Андрей наслаждался библиотекой её покойного отца, профессора Колецкого, в более ранние часы, пока Ольга была на работе. Здесь конспекты лекций и личные дневники профессора делили место на полках с книгами по квантовой физике, философии и космологии. Всё ещё пытаясь найти истинный источник теории «Двойных зеркальных вселенных», Серов проводил долгие часы досуга, листая заметки профессора.

В один из вечеров он наткнулся на неприметный блокнот. Серов сдул пыль с его потёртой кожаной обложки и пролистал страницы, исписанные текстом и формулами. Почерк, похожий на неразборчивые каракули врачей, напомнил ему почерк армейского лейтенанта, Ларина. Вернувшись к началу блокнота, чтобы узнать, кому он в действительности принадлежал, Серов обнаружил, что первая страница вырвана. Он начал читать.

«Среда. 1/6: Мой научный руководитель, по понятным причинам, не хотел конфликтовать с профессором Мининым, этим блестящим учёным, но весьма противоречивым человеком. Сегодня исполняется 16 лет со дня смерти Минина».

Внезапно Серов почувствовал, что в этом дневнике, кому бы он ни принадлежал, и скрывается источник идей Колецкого. Поля были усеяны комментариями, написанными почерком самого Колецкого: «превосходно», «непременно использовать», «слегка изменить» и т.д.

Серов перевернул страницу.

«Понедельник. 2/15: Высшие частоты в нашей Вселенной соответствуют низшим частотам в её зеркальном отражении. Наше подсознание — это «их» сознание! Впадая в глубокий сон в своей постели, человек пробуждается в другом месте и другом времени».

С растущим напряжением в душе Серов перевернул ещё одну страницу.

«Понедельник. 3/1: Глядя на число 666, я всегда думаю о каком-то существе. Известны четыре фундаментальные силы природы, а также дополнительная «тёмная энергия» — эта странная сила, которая, как некоторые полагают, хоть и находится за пределами осязаемого, объединяет Вселенную воедино. Я решил применить чистый символизм, чтобы выразить количественный баланс между тёмной энергией и четырьмя фундаментальными силами:

$$1:4 = 0{,}25$$

«Добавляя «существо» 666 с каждой стороны 1:4, я получаю,

$$1666:6664$$

«Это соотношение, так же как и 1:4, равно 0,25! Таким образом, 666, добавленное к каждому из двух измерений — реальному миру и его зеркальному отражению, — не изменяет их баланса. Оно, следовательно, гармонично принадлежит обоим мирам!

"Среда. 3/3: Примечательно, что

$$666 = 2\,(1^3 + 2^3 + 3^3 + 4^3 + 5^3) + 6^3$$

«Все пять упомянутых сил должны быть в кубе и иметь «двойник», что указано умножением на 2, чтобы удовлетворить этому уравнению. Единственный член, который не имеет двойника, это 6 в кубе».

Андрей по какой-то причине подумал о кубе с шестью зеркалами.

Все пояснения на следующих нескольких страницах содержали зашифрованные символы. Поля были исписаны почерком Колецкого; он явно пытался их расшифровать.

«Пятница. 3/5: Профессор Минин так и не смог связать момент гибели одной вселенной с рождением её зеркального двойника».

У Серова отвисла челюсть. Колецкий говорил ему, что возможность существования такой связи была его идеей.

«Воскресение. 3/7: В зеркале причина и следствие меняются местами, а истина превращается в ложь. Будущее в одной реальности определяет прошлое в его зеркальном отражении.

«Среда. 3/10: Я чувствую, что готов к своему докладу. В моей теории начало и конец двух зеркальных вселенных предопределены, но сохраняется возможность вариации в их развитии. Согласится ли с этим научная комиссия и её председатель?»

Серов припомнил рассказ лейтенанта Ларина о его докладе и о председателе, который разгромил его.

«Пятница. 3/12: Ещё одна интересная мысль. В своей технике рисования сфумато Леонардо да Винчи, похоже, использовал принципы волновой теории, той самой, которая будет предложена спустя столетия после его смерти! Эта теория описывает взаимодействия между световыми волнами, которые могут либо усиливать, либо ослаблять друг друга. Да Винчи был прав: художник может отразить действительность на холсте, словно в зеркале, лучше, чем она есть на самом деле».

Подозрение Серова росло с каждой минутой. Это были те же самые выводы, которые он слышал сравнительно недавно от своей жены и её отца.

«Суббота. 3/13: Я начинаю верить, что существует пространственно-временно́е зеркало, которое соединяет два мира. Возможно, что на его поверхности и протекает тот миг, который мы называем жизнью».

Эти же самые слова были сказаны лейтенантом Лариным в армии! Теперь у Серова не было никаких сомнений, кто именно был автором этого дневника. Но поверх этого осознания оседало ещё одно, гораздо более горькое: профессор Колецкий, его научный герой и бывший тесть, был обманщиком.

Спустя несколько ночей, просматривая другие дневники, написанные уже почерком Колецкого, Серов также нашёл информацию о смерти профессора Минина.

«Празднование юбилея профессора было в самом разгаре. В 10 часов вечера, в присутствии всех шестнадцати членов Зеркального клуба, Евгений Минин представил, наконец, своё Зеркало. Любительский дизайн выглядел немного аляповато, и всё же устройство произвело сильное впечатление на гостей».

Серов прервал чтение, вспомнив, что, по рассказу Колецкого, Минин так и не продемонстрировал Зеркала. Ещё один обман.

«Зеркало было покрыто особыми слоями, о которых Минин обещал рассказать позже. Оно было соединено с электронной частью, источником питания и набором датчиков, которые должны были зафиксировать перемещение души из тела. Кресло с профессором было установлено на точных весах; на других весах находилось Зеркало. После того как датчики были прикреплены к его голове, Минин попросил меня записать показания обоих весов. Я записал.

«На наших глазах решалась судьба Зеркального клуба. Окажись эксперимент успешным, и полноводными реками потекли бы научная слава, государственные субсидии и частные вклады.

«Вы должны довести напряжение до максимума во что бы то ни стало, — было последним наставлением Минина».

У Серова со лба струился пот. Он внезапно вспомнил, что профессор предсказал дату своей смерти, 1-6-66.

«Я увеличил напряжение. Сначала ничего особого не произошло. Тогда я добавил. Глаза Минина начали быстро двигаться, а затем его лицо приняло странное выражение. Тем не менее, он дал мне знак не прекращать эксперимента.

«Вскоре профессора бросило в дрожь, но конечное напряжение всё ещё не было достигнуто. Я вопросительно посмотрел на коллег. «Продолжать?» Члены клуба переглянулись; они были явно озабочены состоянием Минина. Но слава... деньги... простое научное любопытство.

««Да умирит Бог ветер для стриженного ягнёнка», — промолвил кто-то, и все единодушно закивали».

Вспомнив рассказ Колецкого о том, что Минин на вечеринке якобы пил больше всех, Андрей Серов подумал, что эффект выпитого алкоголя, усугубив ситуацию, решил судьбу профессора. В следующую секунду он понял, что Колецкий снова солгал.

«Евгений Минин оставался единственным трезвым человеком в комнате. Как только он потерял сознание, я бросился к весам, чтобы записать их новые показания. Профессор потерял 13 граммов своего веса, а вес Зеркала увеличился на 8 граммов. 5 граммов исчезли бесследно. Позже эти числа будут распознаны как числа Фибоначчи.

«Когда я отключил напряжение, мои худшие опасения сбылись — Зеркало треснуло. Пульс Минина стал крайне нерегулярным, и у него начались судороги. Через несколько минут он скончался».

— Идиоты! — воскликнул Серов, не в силах сдержать свой гнев. Ему потребовалось десять минут, чтобы прийти в себя и продолжить чтение.

«Минин был прав. Число 666, наконец, сыграло важную роль в его жизни, или, вернее, смерти, дату которой, 1-6-66, он предсказал в точности.

«Никто из нас не чувствовал себя виновным. Мы ушли, взяв с собой Зеркало. Позже я уничтожил эту единственную улику.

«На следующий день мать Минина нашла его мёртвым. Все члены Зеркального клуба были допрошены лейтенантом Папасовым. Все они подтвердили моё заявление, что мы покинули квартиру, когда Минин был ещё жив и в полном здравии.

«Даже если Папасов и заподозрил что-то, он не подал вида. Лейтенант позвонил мне на следующий день и предложил замять дело на ранней стадии; он назвал сумму, и я согласился. Я собрал индивидуальные взносы со всех членов клуба и позже вручил Папасову».

Серов отёр свой лоб.

«Похороны, длинные скорбные речи: «страшная потеря... абсурдная, безвременная смерть... пусть земля будет пухом». Зеркальный клуб прекратил своё существование. Главным научным вопросом оставалось то, куда подевались 5 граммов веса Минина? Кто-то предположил, что часть его души осталась в Зеркале, а часть улетучилась неизвестно куда».

К одной из страниц дневника был приклеен официальный отчёт, в котором смерть профессора объяснялась сердечным приступом. Отчёт был подписан майором Сафроновым.

Сафронов... Серов уже где-то слышал или видел эту фамилию. Но сейчас не это было главное. Понимая всю значимость результатов студента Ларина, профессор Колецкий, будучи председателем научной комиссии, провалил его блестящий доклад и, скорее всего, заплатил кому-то, чтобы выкрасть дневники Ларина для продвижения собственной карьеры.

Отбросив все сомнения, Серов написал письмо, запечатал его в конверт и отослал в свою бывшую воинскую часть, на имя лейтенанта Ларина.

Глава XX

Когда Иван Шевчук прочёл задание Греблова, его охватило замешательство. Он тут же позвонил Серову.

— Андрей, твой новый босс задал мне один-единственный вопрос: «Как число 1666 может быть связано с зеркалами?»

— Расслабься, мужик, — Серов подбодрил его как мог. — Он просто хочет проверить гибкость твоего ума. Кроме того, разве не мы с тобой часто замечали такую связь? Смотри, не подведи меня, Ваня. Я заявил, что лучше тебя на инженерную должность в «РеМаинд» нам никого не найти.

У Шевчука голова шла ходуном. Чтобы собрать свои разлетевшиеся мысли воедино, он прошёл на кухню и заварил чашку кофе. Наблюдая за пятном белых сливок, вращающемся в тёмном вареве, он вспомнил облака, тающие друг в друге в плавных переходах тонов. Иван никогда не находил в облаках подобия человеческих лиц или животных, но всегда придавал их смешанным формам числовые значения. Теперь, сидя в своей квартире в Сан-Хосе, он вдруг подумал о числе 1666 как о некой двойственности, в которой «облака» 1 и 666, словно два отражения друг друга — реальное и воображаемое — слились воедино. Иван был уверен, что в этой или какой-нибудь другой двойственности и находится ответ на «зеркальный» вопрос Греблова. Продолжая размышлять, Иван вдруг вспомнил годы своей военной службы.

xxx

Секретное досье Шевчука, превозносящее его интеллектуальные способности, было утеряно растяпами бюрократами по пути от политехнического института, где он учился, до военкомата. А медицинская комиссия, подметив его физические данные, отправила Ивана служить десантником близ границы с Польшей. Эту воздушно-десантную бригаду официально называли «душой армии», хотя неофициально она была известна как «дно ада».

Еженедельные марш-броски, частые прыжки с парашютом и практика на стрельбище. Специальный инструктор приходил раз в две недели отрабатывать самогипноз с избранными десантниками-диверсантами. Лучшие курсанты, включая Шевчука, учились замедлять сердечный ритм, входить в транс и даже имитировать симптомы смерти. Особое внимание уделялось навыкам отключения боли путём самовнушения.

Часто посреди ночи звучал сигнал тревоги, их грузили в самолёт и отправляли неизвестно куда для выполнения полевых заданий. И никто не знал, было ли это обычным учением или билетом на войну в Афганистан.

xxx

Как-то вечером, после отбоя Шевчук и его новый друг, Влад Лемешко — студент факультета философии, — чистили зубы перед длинным зеркалом.

— Есть старая армейская традиция, по которой десантники купаются в фонтане 2 августа, — рассказал Шевчук. — Когда десантник прыгает в воду, он как бы погружается в отражение синего неба.

— Некоторые философы утверждают, что вещи вокруг нас вообще не существуют — заметил Лемешко. Так что и фонтан, и небо, и вода могут быть всего лишь воображаемыми отражениями в нашем сознании.

— А как насчёт полотенца, которым ты вытираешься? — съязвил Шевчук. — Оно что, тоже результат воображения?

— Лови!

Лемешко бросил полотенце в отражение своего друга. Шевчук машинально вытянул руку, чтобы поймать его, но полотенце, остановленное зеркалом, упало в умывальник.

Лемешко усмехнулся.

— Вокруг нас всегда есть «зеркала», из-за которых мы часто путаем реальные измерения с мнимыми. Кстати, меня не будет несколько часов.

— Ты куда?

— Я могу выжить три недели без еды, дня три без воды. Но три месяца без...

— Как её зовут?

— Лена. Если меня хватятся, придумай что-нибудь.

— Удачи тебе с измерениями, — сказал, смеясь, Шевчук.

xxx

В четыре часа утра, ровно через двадцать минут после возвращения Лемешко из самоволки, раздался вой сирены, и часть десантной бригады была погружена в самолёт.

— Ты чуть не опоздал на рейс, — заметил Шевчук.

— Время замедляется, когда движешься быстро, — ответил Влад с философской улыбкой, потирая сонные глаза.

Замигала красная лампочка.

— Приготовиться, — послышалась команда офицера.

Иван Шевчук был первым. Рассекая воздух, он нырнул в тёмную пустоту под крылом самолёта. Когда он дёрнул за кольцо, что-то пошло не так: спуск проходил быстрее, чем должен был бы. Иван глянул вверх, и его кровь застыла в венах. Стропы парашюта были запутаны — настоящий кошмар для десантника. Земля быстро приближалась, а сильный воздушный поток делал парашют ещё менее манёвренным.

Удар о землю был ужасным. Шевчук отскочил рикошетом, перевернулся несколько раз в воздухе и, наконец, остановился. Мучительная боль сковала тело. В глазах поплыли калейдоскопные цвета, словно красочные конфеты, посыпавшиеся из пиньяты, по которой ударили невидимой палкой. Потом всё заволокло чёрным.

Через минуту Иван с удивлением увидел ещё одного парашютиста на земле. Он был в точности похож на Ивана, только с лицом белым и неподвижным. Прошло несколько мгновений, прежде чем страшная мысль поразила Шевчука: «Этот человек я?!!»

Кто бы мог подумать, что взгляд на себя со стороны может так ужаснуть.

Страшное зрелище длилось всего несколько секунд. Кровь снова потекла в мозг Шевчука, вернув ему способность мыслить. Он понял, что смерть миновала его, но вид своего тела глазами отделившейся души навсегда отпечатался в его сознании.

Шевчук едва мог пошевельнуться; правая рука была сломана в локте, ноги и спина жутко ныли. В небе над ним висел парашют Лемешко; Влад, вероятно, видел падение и теперь пытался приземлиться как можно ближе к своему другу, но это займёт ещё несколько минут. Под накатами парализующих волн боли Шевчук понимал, что его сознание вот-вот снова покинет его.

На ум пришли слова инструктора: «Физическое страдание всегда добровольно. Боль — это отражение разумом телесного дискомфорта. Отключи сознание от тела, и боль исчезнет».

Шевчук глубоко вздохнул. В своём воображении он создал небольшой маятник и мысленно заставил его колебаться между висками. Чтобы усилить иллюзию, он сосредоточился на мельчайших деталях маятника: гладкой поверхности стержня крепления, тонкой струне и блестящем металлическом шаре, от которого Иван даже почувствовал холод в голове. Терпеливо синхронизируя колебания маятника с биением сердца, он начал замедлять свой пульс. Не прошло и минуты, как боль заметно утихла. Когда подача в кровь адреналина прекратилась, Иван снова уменьшил пульс. Теперь его сердце билось медленно и мерно. Находясь в полусознательном состоянии, он лишь смутно слышал быстро приближающиеся шаги.

К своему изумлению, Влад Лемешко нашёл Шевчука изрядно помятым, но живым, удивительно расслабленным и, что было совсем невероятным, почти спящим.

ххх

Шевчук так никогда и не смог вспомнить пути от полигона до больницы. Ему казалось, что он слышал крик чаек и видел красный пульсирующий свет маяка, за которые он, очевидно, принял воющую сирену и вспышки маячка машины скорой помощи.

Его вывели из самогипноза только на операционном столе. В левой руке торчала игла с катетером. Он уже был анестезирован и, вероятно, находился под влиянием морфина. «Морфеус, — вспомнил Иван. — Бог сновидений, чей отец Гипнос мог подражать людям, но никогда не оставлял тени, потому что жизнь во сне уже является тенью».

Внезапно, словно тень в грёзах Шевчука, перед ним в операционной появилась женщина-анестезиолог и надела на него маску. Её зелёно-карие глаза — редкое сочетания необыкновенных цветовых переливов — постоянно меняли оттенок под светом лампы. Шевчук был заворожен сиянием этих гипнотизирующих глаз. Вскоре всё вокруг него отошло на задний план, и единственным объектом, который он мог ещё различить, была эта женщина. Её белые одежды быстро растворились в воздухе, обнажив тугие формы. Потом и эти откровенные видения исчезли, и на чёрном фоне остались лишь глаза. Их цвет быстро менялся. Шевчуку казалось, что в них он видит змею, каждая чешуйка которой была глазом, в котором отражалась другая змея в бесконечной игре отражений. Тщетно пытаясь оторвать свой взгляд от этой сверкающей малахитовой бесконечности, одновременно жалящей и ласкающей, Иван впал в бесчувствие.

xxx

Сознание вернулось к Шевчуку, как ему показалось, моментально после того, как он его потерял. Мысли прояснялись, и он начал слышать неясные звуки.

Как только пришло осознание возможности ощущать, Шевчук огляделся. Он находился в двухместной послеоперационной палате. На второй кровати лежал молодой человек с загипсованной ногой.

— Здоро́во, сосед, — поприветствовал Шевчука незнакомец. — Меня зовут Юра. А тебя?

— Иван. Сколько времени прошло после моей операции?

— Около часа. Всё это время ты отпускал комплименты какой-то женщине с зелёными глазами. Не анестезиологу ли? — Рот Юрия растянулся в улыбке. — Что случилось с твоей рукой?

— Небольшая авария, — вяло ответил Шевчук. Ему не хотелось вдаваться в подробности неприятного жизненного эпизода. — Я выпал из самолёта… без парашюта.

Улыбка быстро слетела с лица Юрия.

— Ты шутишь, правда?

— Я никогда не шучу, — ответил Иван с серъёзным лицом. — Что случилось с твоей ногой?

Юрий Куренков служил в штабе помощником генерала. Он проводил бо́льшую часть своего свободного времени в библиотеке штаба, где в один прекрасный день, пытаясь добраться до книги на верхней полке, свалился со стремянки и сломал малоберцовую кость.

Шевчук поморщился в знак сострадания.

— Книга хоть стоила того?

— О, да! Это интереснейшее описание малоиз-
вестных эпизодов жизни Петра Великого. Я только что
закончил его читать.

Куренков периодически поправлял свои тяжёлые
очки средним пальцем, но Шевчук быстро привык к
этой странной манере. Вот что он узнал из удивитель-
ного рассказа своего соседа по палате.

xxx

К концу жизни у царя Алексея Михайловича
Романова оставалось трое наследников. Оба сына от его
первого брака — Фёдор, родившийся в 1661 году, и
Иван, родившийся в 1666 году, были умственно и физически неполноценными. От второй жены у царя был
абсолютно здоровый Пётр, которому в год смерти отца
было всего четыре года. На смертном одре монарху
ничего не оставалось как объявить Фёдора своим преем-
ником. Царствование нового царя продолжалось шесть
лет.

После смерти Фёдора сводные братья, Иван и
Пётр, были коронованы как «двойные цари». Поскольку
один был ещё слишком юн, а другой полоумным, фак-
тическая власть находилась в руках старшей сестры
Ивана, Софии. Двуглавый орёл с тремя коронами на гербе страны прекрасно отражал этот необычный раздел
власти.

Юрию Куренкову приходилось регулярно преры-
вать повествование, чтобы протереть стёкла своих очков,
покрывавшихся от энтузиазма испариной.

— Годы спустя Пётр стал самодержцем. Узнав из
рассказов о конфликте своего отца с патриархом Никоном, он начал подрыв власти Церкви и, в конце концов,
назначил себя её главой. По преданию, когда одна из
высокопоставленных духовных особ выразила негодова-
ние по этому поводу, Пётр схватил со стола серебряное

блюдо и медленно свернул его вместе с отражением возражавшего в трубку. Предпочитая, чтобы его боялись, нежели любили, Пётр подменил истинную веру религией, контролируемой государством. Единственной старой традицией, которую он решил возродить, был культ зеркал. Царь даже основал первый в России зеркальный завод.

Одержимость Петра отражениями привела его однажды в Лейденский университет Республики Семи Нидерландов. Здесь известный врач, Фредерик Пуйш, проводил медицинские эксперименты на человеческих трупах. Русскому царю стоило больших денег, чтобы стать участником этих полулегальных исследований. Погружая руки в кровавые массы мёртвых человеческих частей, Пётр Великий учился очищать тела, бальзамировать их и даже подготавливать мумии для загробной жизни в полном соответствии с древними египетскими манускриптами. Но в мечтах Пётр, как и многие до него, надеялся обнаружить тайное место в теле, где была спрятана человеческая душа.

— Не ищите душу в мёртвом теле, — подсмеивался над ним Пуйш. — Она исчезает, как только её материальная капсула становится бесполезной. Но их временный символический союз вы можете каждый день видеть перед своими глазами.

— Где? — спросил крайне удивлённый царь.

— В двуглавом орле на гербе России, — усмехнулся голландский медик. — У вашего орла были предшественники. Для римлян одна голова смотрела на запад, другая — на восток. Для византийцев головы представляли равный вклад земной и духовной частей человеческой жизни. Но я думаю, что их истинный смысл — это союз души и тела, зеркальных отражений друг друга.

После этого разговора царь заметно охладел к мумификации мёртвых. Ему внезапно вспомнилась история о патриархе Никоне, который пытался раскрыть своего врага и увековечить душу с помощью зеркального куба. Тем не менее, через своего личного врача, Лаврентия Блументроста, Пётр убедил Пуйша продать ему знаменитую коллекцию мумифицированных тел, которая послужила основой для Музея антропологии и этнографии, более известного в России как «Кунсткамера». Со временем музей разросся до огромной коллекции экспонатов человеческих деформаций, мёртворождённых младенцев и даже одного из бывших критиков Петра, Виллема Монса — брата его любовницы, Анны.

Во время сильного наводнения Пётр Великий руководил спасательной операцией в одном из пострадавших районов. Пытаясь спасти человека, он прыгнул в ледяную воду, отчего тяжело заболел и через несколько месяцев умер.

xxx

Из-за армейской травмы Иван Шевчук был преждевременно демобилизован. Несколько недель он наведывал своих родственников и друзей и наслаждался ласковыми волнами Чёрного моря. Локоть беспокоил его, особенно во время резких погодных изменений. Заинтригованный рассказом о Петре Великом и докторе Пуйше, Иван начал читать всё, что мог найти по этой теме. Один из материалов был особенно захватывающим.

Пуйшу долго не везло с рецептом успешной мумификации, пока он не наткнулся на зашифрованный текст в рукописной копии древнего египетского папируса. Медик провёл больше года в тщетных попытках расшифровать тайную формулу. Удача повернулась к нему лицом, когда на одном из приёмов, среди прочих деликатесов, его угостили неким «сумасшедшим мёдом» — слегка токсичным галлюциногеном, производимым пчёлами из пыльцы растения Рододендрона понтийского.

Отведав пьянящего мёду, Пуйш испытал галлюцинацию: вид шестиугольника и подсказку в тексте, том самом, что пытался расшифровать так много раз. В этой подсказке ключом к пониманию основного бальзамирующего ингредиента была цифра 6. Доктор немедленно связал своё видение с мёдом и шестиугольными пчелинными сотами. Он также припомнил, что его легендарный современник, Антонио Страдивари, использовал пчелиный прополис для покрытия деревянных частей — музыкальной древесины, называемой им «душой», — своих струнных инструментов, которые он доводил до совершенства. Расшифровав слово «прополис», Пуйш впоследствии сумел разгадать и остальные составляющие рецепта мумификации. Единственным, с кем он поделился этим секретом, был Лаврентий Блументрост.

Когда Пётр Великий умирал, Блументрост предложил забальзамировать его тело после смерти, но царь только покачал головой.

— Вот если бы ты мог забальзамировать мою душу.

ххх

Иван Шевчук проснулся. Ему потребовалось несколько минут, чтобы вспомнить, что он лежит на диване своей калифорнийской квартиры в Сан-Хосе.

Двойственный союз души и тела.

Теперь Шевчук не сомневался, что ответ на зеркальную загадку Греблова кроется именно в этом понятии. Слово «двойственный» заставило его сразу же подумать о двоичной, или бинарной, числовой системе, которая представляет каждое число в виде комбинации двух цифр: 0 и 1.

В этой системе 1 это 1; 2 это 10; 3 — 11; 4 — 100; 5 — 101; 6 — 110 и т.д. Бинарная система упоминалась ещё в китайской Ай Ченг — древней технике числовых пророчеств. В ней отдельные числа создают шестиугольник, который затем может быть истолкован через сложную систему вращений, так называемую «последовательность короля Вена».

Безотказная логика подсказала Шевчуку, что для объяснения связи числа 1666 с зеркалами, которую просил расшифровать Греблов, ему нужно правильно записать это число как состоящее из нескольких частей. Много лет назад 1666 предстало перед Иваном в виде 1-6-66 на надгробной плите профессора Минина. Затем он думал о нём так же, как древние египтяне представляли себе три составные части человеческой души: Ка, Ба и Акх. Теперь Шевчука осенила мысль о другом, ещё более интригующем, сочетании. Подобно двум облакам, число 1666 медленно распалось в его мыслях на 16 и 66 — два неравных зеркальных отражения друг друга.

После видения собственного тела глазами своей души при наудачном приземлении с парашютом у Шевчука не было сомнений, что тело и душа могут временно разделяться, а затем снова сливаться воедино. Не выпуская из поля зрения числа 1666, словно боясь, что оно может ускользнуть, Иван нащупал на столе ручку и записал его как 16 и 66. В двоичных кодах эти два числа значились в виде 10000 и 1000010. 10000 было одной единицей меньше «зеркального» 10001, а 1000010 — одной двоичной единицей больше «зеркального» 1000001. Шевчук считал эти числа зеркальными по нескольким причинам. Во-первых, 1 символически напоминало зеркало сбоку. Во-вторых, 10001 и 1000001 читались одинаково слева направо и справа налево. В-третьих, эти числа имели все три зеркальные симметрии — горизонтальную, вертикальную и поворотную.

Размышляя дальше, Шевчук записал парадигму и остальных двоичных зеркальных чисел:

11, 101, 1001, 10001, 100001, 1000001 ...

В предвкушении чуда он перевёл эту прогрессию обратно в десятичную систему и, застыв, уставился на новый числовой ряд:

3, 5, 9, 17, 33, 65, 129, 257, 513…

Каждое число в прогрессии Шевчука было вдвое больше предыдущего, минус 1. Он подумал, что «вдвое больше» должно означать «дупликацию», или «отражение», а «минус 1» — «изъятие чего-то из этого отражения».

В глазах Ивана число 1666 теперь состояло из двух противоположных частей: возвышенно божественного 1 и зловеще дьявольского 666. Он даже подумал об этом числе как о вечной борьбе, в которой Бог получает духовную, а дьявол грешную часть человека. Но при раскладе 16-66 число 1666 означало для Шевчука эфемерный союз тела и души.

Он подсознательно понял, что ему только что удалось искусственно создать «зеркальную личность», цифровое отражение в зеркале! Для него это было равнозначным открытию нового фундаментального закона природы.

Шевчук вышел на кухню и заварил чашку кофе, хотя его сердце колотилось и без кофеина. Чем больше он обдумывал свою находку, тем больше тайн она открывала перед ним.

Всю следующую неделю Иван провёл в библиотеке, просматривая Интернет и копаясь в научной литературе. Если бы подобная идея уже существовала, о ней были бы хоть какие-то упоминания.

Ничего! Ему не удалось найти решительно ничего похожего.

Шевчук наконец расслабился и прилёг на диван. Мир отражений позволил ему взглянуть через волшебное числовое окно на таинственную связь между душой и телом!

Было шесть часов утра. Иван обобщил свои выводы, составил электронное послание и отправил его Майклу Греблову.

XXX

Греблов пробежал глазами по тексту письма Шевчука, затем прочитал его снова, на этот раз внимательно. Потом он перечитал его опять, но уже с широко раскрытыми глазами. Ощущение было таким, словно его окунули в ледяную воду. Греблов так резко наклонил голову направо, что его шея болела до конца дня. Наконец-то части зеркальной головоломки, связанной с числом 1666, начинали находить свои места.

Он встал со своего кресла и неуверенной поступью вошёл в кабинет Серова.

— Можете сказать своему другу, что я приглашаю его на собеседование.

Андрей посмотрел на своего босса торжествующим взглядом, в котором легко читалось: «Разве не я говорил, что лучше Ивана нам не найти?»

Вечером Греблов провёл долгие часы за перечитыванием письма Шевчука. Мысль о том, что в зеркале сочетались как божественная, так и дьявольская части, эхом отдавалась в его сознании. Греблов вдруг почувствовал, что ответ к тайне всей его жизни может теперь быть где-то совсем рядом.

— Это и есть недостающее звено, — пробормотал он.

Глава XXI

С принятием на работу Ивана Шевчука коллектив компании «РеМаинд» увеличился до шести. Это число включало собаку, принадлежавшую Майклу Греблову; с разрешения Кернера он брал её с собой, когда планировал засиживаться на работе допоздна. Это был сибирский хаски; Греблов получил его щенком от своих знакомых восемь лет назад. Он сначала подумывал дать ему имя Цезарь, но потом, из уважанения к своим русским корням, назвал Царём.

Мать Царя звали Арелией, и, как мать знаменитого Цезаря Арелия Котта, она была очень умной. Собаки не распознают своего отражения, но что-то на поверхности зеркала всё-таки привлекало внимание Арелии. В равной степени её привлекали и рулоны туалетной бумаги. Часто, размотав один из них перед зеркалом, она издавала радостный визг.

В отличие от Арелии, Царя нисколько не занимала магия зеркал. Лишь изредка он замечал отражение белого кончика своего пушистого хвоста, качающегося, как маятник, в воздухе. Он часто сидел на коленях Греблова, коротая долгие зимние вечера. Мимолётное лето он проводил на заднем дворе, гоняясь за птицами и белками или просто наблюдая мерцание бестолковых светлячков над травой.

Переступив через порог «РеМаинд», Царь обнюхал по очереди всех членов коллектива. Его особое внимание привлёк Алекс Бонин.

— Какие умные глаза у этой собаки, — восхищённо заметил Алекс.

Когда он почесал животное за ухом, по шерсти Царя пробежала дрожь удовольствия, а его горло издало слабое рычание, полное глубочайшего наслаждения.

— Как защитник он абсолютно бесполезен, — признался Греблов. — С равным удовольствием он даст себя погладить даже грабителю.

То, как Царь насторожил уши, могло означать только одно: «Не стоит упрекать меня в моём мягком характере».

Никто из присутствующих не встречал собаку с более человекоподобными чертами.

xxx

Греблов собрал своих сотрудников в единственном конференц-зале компании.

— Перед нашим небольшим коллективом поставлена чрезвычайно сложная задача, — начал он свою вступительную речь. — За короткий срок нам надлежит воспроизвести то, на что эволюции потребовалось полмиллиарда лет, а именно — создать искусственное человеческое сознание. Более конкретно, мы должны разработать устройство, в котором мысли, ощущения и память, то есть всё, что в совокупности называется душой, могли бы быть скопированы и временно сохранены вне человеческого тела.

Дверь открылась, вошёл Марк Кернер и сел на свободное место.

Слушая Греблова, Андрей Серов отметил про себя, что его новый босс очень чётко формулирует поставленные цели. Иван Шевчук горел желанием поскорее проверить на практике свою цифровую теорию взаимоотношения между душой и телом. И только Алекс Бонин сидел с надменным видом, рассекая Греблова в разных плоскостях своим взглядом; он уже молча обвинял его в плагиате идей, которыми он, Бонин, поделился во время собеседования.

Внутри Греблова также взбивался странный коктейль эмоций по отношению к Бонину: скрытный, назойливый и обидчивый. Такие люди, как правило, поли-

морфны и либо очень глупы, либо очень умны, и Греблов признавался себе, что первое заботило бы его гораздо меньше, нежели второе.

Быстро охватив взглядом эти два высокомерных
лица, Марк Кернер сразу же оценил возможность будущего конфликта. Рано или поздно начальнический характер Греблова и нетерпимость Бонина к поглажива-
ниям против шерсти должны будут сойтись на поле бра-
ни. С другой стороны, эти двое могли оказаться непло-
хим противовесом друг другу.

«В конце концов, — решил Кернер, — два минуса
всегда дают плюс».

В своём выступлении Греблов признал, что человеческое сознание ещё очень недостаточно изучено, и
цели их стартапа весьма призрачны.

— И тем не менее наши инвесторы готовы вло-
жить немалые деньги в такое исследование, — пришёл
на помощь Кернер. — Наша основная задача на этом
этапе — это привлечение инвестиций путём демонстрации работы прототипа устройства. Долгосрочная цель
— это его производство и продажа в промышленных
масштабах.

Затем обсуждение перешло к техническим деталям.

— Как именно мы сможем регистрировать сигналы нейронов мозга? — поинтересовался Кернер. — Ведь
их около сотни миллиардов, если я не ошибаюсь.

— Мы будем отслеживать не импульсы отдельных
нейронов — они слишком слабы, — а сигналы от ней-
ронных групп, — пояснил Шевчук. — Эти сигналы и
будут формировать в кристалле, словно в капсуле, отражение души.

— Капсула души! — выпалил Бонин.

— Точно! — поддержал Кернер. — Так и назовём
наше устройство: «Капсула души». Это для торговой
марки, а для ежедневного обихода, просто «Капсула».

xxx

После обсуждения Греблов собрал свой коллектив в большой комнате, в которой, по его словам, и должна будет произойти технологическая революция.

— Мы просто обязаны назвать эту комнату «лабораторией Гавронского», — вымолвил Бонин, разглядывая голые серые стены.

— Почему Гавронского? — полюбопытствовал Греблов.

— Кто такой Гавронский? — добавил Кернер, сморщив нос.

Все посмотрели на Бонина, но его взгляд, минуя стены, уже блуждал где-то вдали.

— Это — удивительная, но довольно долгая история.

Кернер взглянул на часы.

— Ничего, у нас достаточно времени.

Бонин начал повествование.

xxx

В дождливую весну 1983 года вместе с тысячами первокурсников Алексей Бонин был призван в Советскую Армию. На основании его активных научных изысканий в области церебральных процессов он был направлен для прохождения срочной службы в секретный военный центр психологических исследований, имевший кодовое название «Ящик 1616».

Этот военно-научный комплекс был скрыт глубоко в лесу, к северу от Киева. Успех проектов зависел от постоянного притока свежих талантов, которые поддерживали группу учёных, живущих и работающих здесь постоянно.

В первый же день их пребывания в центре солдат собрали в просторной и на удивление пустой комнате, которая называлась «лабораторией Гавронского». Вдоль мрачных серых стен тянулись ряды длинных труб, напоминающих орга́н. Всё здесь выглядело как-то странно и удручающе; комната создавала впечатление гигантского саркофага: ни малейшего дуновения ветерка, ни каких-либо звуков извне.

Один из старших офицеров центра, майор Калинин, выступил со вступительной речью. Его глаза были припухшими и красными, словно он не спал несколько ночей подряд.

— Я бы хотел напомнить вам, товарищи новобранцы, что вы находитесь под строгим обязательством неразглашения того, что вы увидите, услышите или ощутите в стенах этого центра. Любая информация, полученная здесь, представляет государственную тайну. Я также хотел бы напомнить, что любое нарушение этого кардинального правила будет немедленно пресечено как обычными, так и нетрадиционными методами.

Скользнув взглядом поверх притихшей толпы, Калинин дал вновьприбывшим достаточно времени, чтобы усвоить его слова.

— Каждый из вас был направлен сюда как человек с признанными интеллектуальными способностями в сфере нейронауки и психологии. Здесь вы примите участие в экспериментах и получите возможность внести вклад в оборонную мощь нашей Родины. Пожалуйста, найдите своё имя и название проекта на листе у входной двери.

Имя Бонина значилось напротив проекта с весьма безобидным названием «Музыкальная древесина». Одно было неясным: какое отношение древесина, используемая для производства музыкальных инструментов, могла иметь к нейронауке?

После нескольких дополнительных комментариев Калинин произнёс: «наслаждайтесь демонстрацией» и удалился, сделав знак своему помощнику тоже уйти. Бонину вдруг очень захотелось оказаться на месте помощника майора. Интуиция подсказывала ему, что сейчас произойдёт что-то неладное. Внимательный к мельчайшим деталям, он заметил, что оттенок глаз одного из стоявших рядом новобранцев быстро менялся — как цвет моря перед бурей — от лазурного до тёмно-синего, что было явным признаком нервозности, грозящей быстро перерасти в смертельный страх.

А не мог ли этот «проект» закончиться, даже не успев начаться? И что если все эти новобранцы со своим необычным восприятием мира были обречены на тихое исчезновение? Неординарные сегодня, в своём раннем возрасте, они вполне могли стать неудобной политической силой завтра.

Как бы в подтверждение этим мыслям свет в комнате погас, и Бонин почувствовал лёгкое прикосновение, словно ветерок пробежал по коже. Ему показалось, что это было дыхание из другого мира. Затем его бросило в дрожь. Хотя Бонин ничего не слышал, он чувствовал, что его барабанные перепонки вот-вот лопнут под сильным давлением воздуха. Губы вдруг задрожали, словно он играл на губной гармошке.

Через мгновение, как бы ниоткуда, невидимые щупальца сжали его сердце мёртвой хваткой. Призрачные зелёные вспышки заплясали в темноте перед глазами. Бонин услышал, что рядом кто-то упал на пол. Это был первый звук, раздавшийся в тишине за последнюю минуту. Паника быстро охватила толпу, воздух наполнился бранью.

Страшные ощущения исчезли, как по команде, так же внезапно, как и начались. Кто-то включил свет. Ослеплённые солдаты с пепельно-серыми лицами стояли, сбившись в кучу и стараясь понять, где они находятся: в аду, на небесах, или всё ещё в той серой комнате, которая напоминала ад гораздо больше, чем рай.

Майор Калинин снова взошёл на подиум. Его лицо было озарено улыбкой дьявольского удовлетворения.

— Добро пожаловать в мир инфразвука, товарищи. Некоторые из вас будут чувствовать тошноту в течение нескольких часов. Но при таких низких интенсивностях воздействия, смею вас заверить, никаких повреждений внутренних органов опасаться не стоит.

Во время учёбы в центре Алексей Бонин узнал, что неслышимые для уха инфразвуковые волны резонируют с человеческими органами так же, как музыкальная древесина резонирует со звуком высококачественных струнных инструментов. Проект «Музыкальная древесина» был нацелен на применение инфразвуковых колебаний для контроля над сознанием. Лаборатория, в которой новобранцы получили своё крещение, была названа в честь французского учёного и пионера исследования инфразвука, рождённого в России Гавронского, известного во Франции как Владимир Гаврю.

xxx

Алекс Бонин прервал свой рассказ, прочистил пересохшее горло и огляделся. Лицо Шевчука было серого цвета, такого же, что и стены комнаты. Рот Кернера был широко открыт. Волосы Греблова стояли дыбом.

Бонин извинился и вышел, чтобы налить себе немного воды.

Когда он вернулся, Марк Кернер сделал краткое объявление:

— Мы только что постановили назвать эту комнату «лабораторией Гавронского».

Бонин продолжил своё повествование.

xxx

Многие человеческие органы естественным образом вибрируют с частотой от одного до двадцати колебаний в секунду. Внешнее воздействие с подобными частотами может вызвать состояние беспрекословного повиновения, угнетения, галлюцинации, даже смерть.

В рамках проекта, в шести километрах от «Ящика 1616», были возведены два огромных антенных комплекса, по 16 антенн в каждом. Здесь инфразвуковые сигналы зашифровывались в радиоволны; в перспективе их планировалось направлять практически в любую точку мира. Из-за схожести треска в принимаемом радиосигнале со стуком дятла радиослушатели прозвали этот эффект «русским дятлом».

— Дятел меняет частоту своей трели, исследуя пустые пространства с личинками на различных глубинах под корой, — пояснил майор Калинин. — Аналогично, наш радарный «клюв» доберётся до подсознания радиослушателей в пространствах их заморских домов. Губчатая ткань помогает дятлу защищать мозг при постукивании по дереву. В нашем оружии мы используем схожий принцип, отделяя сознание от тела.

xxx

В один из последних дней своей воинской службы, сидя в тишине лаборатории Гавронского, Алексей Бонин просматривал распечатки результатов электроэнцефалографии, полученные им от Калинина. Майор пытался докопаться до причин своей хронической бессоницы, и Бонин, по его мнению, мог ему в этом помочь. Инновационный склад ума уже заслужил Алексею безупречную репутацию даже среди опытных профессионалов в центре.

С первого взгляда Бонин не заметил ничего необычного в графиках сна Калинина. Единственный слабый всплеск, не поддающийся объяснению, располагался на всех распечатках на частоте 0,39 герца, но этот пик мог быть просто шумом. Алексей протёр сонные глаза и вышел из лаборатории. Ему нужен был небольшой перерыв.

Ночь была великолепна. Воздух был напоен приятной свежестью и стрёкотом кузнечиков. Маленькая лужица отражала полный диск золотистой луны.

Отражение.

Взглянув на лужу, Бонин интуитивно почувствовал, что решение головоломки Калинина было связано именно с отражением. Но отражением чего и в чём?

Он вдруг вспомнил Исаакиевский собор — его любимое место в родном Ленинграде. Незадолго до того, как он был призван в армию, Бонин узнал, что один мастер с той же фамилией работал более полутора веков назад над звуковыми эффектами купола собора. Его звали Виктор.

«Почему акустические аспекты были так важны при строительстве духовных зданий?» — часто задавался вопросом Алексей.

Размышляя над этой темой, он пришёл к выводу, что это было необходимо для согласования подсознания верующих с высшими силами. А ведь та же идея использовалась и в проекте «Музыкальная древесина» для контроля над подсознанием радиослушателей.

«Подсознание» было ключевым словом.

Вернувшись в лабораторию Гавронского, Бонин взглянул на графики Калинина свежим взглядом. Он сразу подметил, что интенсивность пика на частоте 0,39 герца нарастает и уменьшается с периодом в шесть месяцев.

Вдруг дверь в лабораторию открылась; Бонин вскочил и отдал честь.

— Вольно, — ответил Калинин на приветствие. Его опухшие красные глаза выдавали, что он или слишком мало спал, или слишком много пил, или и то, и другое. — Нашли что-нибудь интересное?

Бонин поделился своими наблюдениями.

— Очень любопытно. А что заставляет вас думать, что эти низкочастотные волны — не простой шум? —

спросил Калинин, внимательно изучив крошечный пик на графиках.

— Интуиция подсказывает мне, что это не шум. Вдобавок амплитуда этого сигнала медленно изменяется во времени, проходя через максимумы и минимумы раз в полгода.

— Длина волны на такой низкой частоте должна быть чрезвычайно большой,— пробормотал Калинин скептически.

— Единственное объяснение, которое я могу предложить, это то, что ваше подсознание более чувствительно к посторонним воздействиям, нежели у большинства людей, — осторожно заключил Бонин. — И оно, по всей видимости, резонирует с каким-нибудь внешним объектом.

— Что вы имеете в виду?

— Мозг — это одновременно и передатчик, и приёмник, — напомнил Бонин. — Ваше восприятие может реагировать на...

— Внеземной разум?

Бонин улыбнулся, но, взглянув на Калинина, понял, что тот не шутит.

— Возможно, но маловероятно, — ответил он. — Может быть, какой-нибудь спутник. Давайте подсчитаем. Расстояние должно быть...

Он ввёл в калькулятор ряд цифр, бормоча себе под нос:

— Скорость света равна 299 800 километров в секунду. Делим на 0,39 герца и на 2, чтобы учесть возвращение сигнала. Получается, что объект, с которым резонирует ваше подсознание, удалён на 384 360 километров от поверхности Земли. Бред какой-то!

Но, поймав вглядя Калинина, Бонин побледнел.

— Луна, — два голоса раздались одновременно.

Выражение майора было, как у сумасшедшего. Вскочив со стула, он выбежал вон из лаборатории.

На обратном пути в казарму Бонин услышал какой-то шум и увидел небольшую толпу обеспокоенных сослуживцев, окруживших майора Калинина. Тот ходил вокруг лужи и отпускал душераздирающие вопли в адрес отражённой в ней луны. Кто-то из офицеров уже бежал вызывать скорую.

После этого инцидента новый начальник Алексея Бонина попросил его написать докладную с подробным отчётом о случившемся и о проекте. Бонин указал, что развитие бессоницы, а затем и потеря здравомыслия майором Калининым могли быть вызваны частым воздействием инфразвука. Затем он упомянул, что основным результатом проекта было то, что не отдельные частоты, как считалось раньше, а их уникальные комбинации являются ключом в контроле над человеческим сознанием. Он также описал открытый им «код души 1666», комбинацию дельта-, тета- и гамма-биочастот, соответствующих 1, 6 и 66 герц.

Подумав немного, Бонин скомкал свой доклад и переписал его, опустив самые важные выводы. Они останутся его личной собственностью.

xxx

В 1986 году, после увольнения из армии, Алексей Бонин, как и сотни тысяч других мужчин, был направлен в Чернобыль для ликвидации последствий атомной катастрофы. Вернувшись домой и окончив институт, он начал рассылать свои заявки в различные международные научные фонды. Среди прочих рекомендаций у Алексея была одна от Марка Кернера, которого он встретил во время поездки с отцом в Соединённые Штаты несколько лет назад. Во многом благодаря именно этой референции Бонин получил предложение на исследовательскую должность в американском штате Иллинойс.

И только теперь, спустя несколько десятилетий, Алекс Бонин решил, что «РеМаинд» являлся подходящей фирмой для открытия миру его уникальных сведений в области волновой теории человеческого сознания.

Глава XXII

Как только окончательный дизайн Капсулы был утверждён, Марк Кернер сфокусировал усилия на очередном раунде привлечения инвестиций. Для этого требовался работающий прототип устройства.

Между тем Греблов обзванивал фирмы по производству полупроводниковых кристаллов, один из которых должен был стать основным элементом Капсулы. Самой обещающей ему показалась калифорнийская фирма «Pure-Si», что переводилось как «Чистый кремний».

— Качество нашей продукции — самое высокое в отрасли, — заверил его по телефону Стив Йоргенсен, менеджер по продажам в Северной Америке. — Мы контролируем все этапы производства, от добычи сырья до выращивания кристаллов, их резки, полировки, ионной имплантации и тестирования.

— Мне нужны сто экспериментальных пластин, — объяснил Греблов. — Их чистота имеет первостепенное значение.

— Наш кремний, в основной своей массе, чист на 99,9999 процентов, — ответил менеджер. — Чтобы достичь желаемых электронных свойств, мы добавляем примеси уже после полировки. Чистый кремний непригоден, потому что...

— У меня иное применение для этих пластин, — вежливо перебил Греблов.

— Я не уверен, что правильно понимаю вас, — признался Йоргенсен после недолгой паузы.

— Мне нужны пластины, совсем не содержащие никаких примесей, — повторил Греблов, не желая вдаваться в дальнейшие подробности. — Кроме того, они должны быть практически без каких-либо внутренних изъянов и механических напряжений.

Йоргенсен несколько раз прокрутил в уме сказанное.

— Я вам сообщу стоимость такого заказа на следующей неделе.

В конце месяца, получив кремниевые пластины, отполированные до зеркального блеска, Греблов дал проекту полный ход. Его команда теперь работала от рассвета до заката, с короткими перерывами на еду и кофе.

В одной из бесед с Гребловым Алекс Бонин поделился своими мыслями:

— Чтобы Капсула работала хорошо, необходимо ослабить связь между церебральными нейронами и производимыми ими биоимпульсами, а для этого нужно стимулировать самые глубокие уровни человеческого подсознания.

— Как? — вопросил Греблов.

— Есть два варианта. Самый простой способ — использовать диссоциативный психоделик, такой, например, как кетамин.

Греблов поморщился.

— А уж не лучше ли общую анестезию?

— Механизм действия анестезии до сих пор не раскрыт, — возразил Бонин. — Анестезированные пациенты просыпаются, абсолютно ничего не помня из того, что с ними произошло со времени начала действия анестетика — ни снов, ни боли, ни видений. Это означает, что сигналы нейронов теряют свою согласованность. Какой смысл клонировать такие сигналы?

— Хорошо. Какой второй вариант?

— Число 1666, или «код души», который я открыл в армии, работая над проектом контроля над сознанием.

— Сочетание частот 1, 6 и 66 герц? — спросил Греблов, вспоминая историю, рассказанную Алексом сразу после приёма на работу.

Бонин утвердительно кивнул и пояснил:

— 66 герц это частота, ответственная за рациональное мышление. Частота в 6 герц стимулирует подсознание, а волны в диапазоне 1 герц и ниже ослабляют связь между разумом и телом. Всё, что нам остаётся сделать, — это реализовать эту идею в практическом алгоритме.

— Ну, это совсем другое дело. Мне эта идея нравится гораздо больше, — громко произнёс Греблов, при всех похлопывая Бонина по плечу. Затем, наклонившись к его уху, он добавил шёпотом: — Хочется надеятся, что из этого бреда действительно что-нибудь получится.

Наиболее сложные технологические компоненты Капсулы, такие как Персонализатор — стимулятор биоволн — и Шлем, были заказаны у солидных фирм-производителей под гарантию неразглашения тайны.

Как только Персонализатор был получен, Бонин и Шевчук начали настраивать выходной сигнал Капсулы, тщательно контролируя реакцию активности головного мозга. Все предварительные эксперименты они проводили на себе; пока один был в роли испытуемого, второй подстраховывал. Сочетание в единый алгоритм кода сознания 1-6-66 с зеркальной цифровой последовательностью, открытой Шевчуком, давало наилучшие результаты.

Несмотря на существенные различия в их характерах, Бонин и Шевчук прекрасно сработались, создав эффективный тандем, работающий, как хорошо настроенный часовой механизм. Любовь Шевчука к дисциплине служила полезным противовесом импульсивности Бонина и его тенденции мыслить неординарно, что зачастую граничило с неподчинением установленным правилам.

Шевчук был жаворонком, тогда как Бонин — совой. Склонность Алекса опаздывать на собрания и эксперименты часто принуждала Греблова ворчать: «Знаменитости всегда задерживаются». Понятно, что Бонину нравилось, когда другие тоже опаздывали: это помогало ему выглядеть в глазах коллег более организованным. Лучшие идеи посещали Шевчука перед обедом, тогда как Бонин часто пробуждался посреди ночи, осенённый какой-нибудь потрясающей мыслью. По утрам он расшифровывал собственные каракули, написанные в темноте. Стол Ивана был опрятным. На рабочем месте Бонина царил бардак. Он часто был сварливым и неучтивым, но из-за этого эмоционального тумана, словно блеск солнца сквозь просветы в густых облаках, нередко пробивался яркий гений его ума.

Работа с Шевчуком медленно привела к изменениям в поведении Бонина. Он перестал открыто жаловаться на Греблова, не сравнивал его больше с «ложкой дёгтя в бочке мёда». Всякий раз, когда Греблов гладил его против шерсти, Алекс теперь лишь твердил в мыслях: «Когда дурак говорит, умный слушает».

Но в глубине души Бонин был недоволен своей вспомогательной ролью в компании. Он не мог видеть окружающий мир через глаза своего начальника: в таком виде действительность представала перед ним слишком расплывчатой. Часто в голове Бонина что-то переклинивало, и какая-то сила влекла его мысли в родной город, давно переименованный в Санкт-Петербург, под купол Исаакиевского собора. Как никогда прежде он чувствовал, что его сердце принадлежит тому месту.

ххх

В один из выходных Майкл Греблов поехал в Чикаго на концерт приезжего российского пианиста. По его возвращении сотрудники заметили, что президент «РеМаинд» переполнен положительными эмоциями.

— Встретил ту единственную и неповторимую? — поддразнил его Кернер.

— Мрррр, — промурчал Греблов уклончиво. При этом его лицо расплылось в загадочной улыбке.

Вскоре после этого дня Греблов женился. Её звали Татьяной.

xxx

Проект быстро прогрессировал, и Капсула вскоре превратилась в устройство, состоящее из набора датчиков, Персонализатора, панели управления, оптоэлектронного кондуита и кремниевой пластины, диаметром со средней величины пиццу, покрытой тонким слоем золото-палладиевого сплава. В память об эксперименте профессора Минина Андрей Серов предложил назвать эту часть устройства «Зеркалом».

Марк Кернер объявил о своём намерении как можно быстрее начать полномасштабное тестирование. В ответ Греблов распространил меморандум, в котором предостерегал, что такие испытания должны проводиться только в медицинском учреждении и только под надзором квалифицированных специалистов.

Кернер, разгневанный выходкой Греблова, немедленно вызвал его в свой кабинет.

— В чём дело, Майкл?! — спросил он с нескрываемым раздражением в голосе.

— Я не могу взять на себя ответственность...

— Послушай, — перебил его Кернер, наигранно смягчая тон. — Ты что, действительно веришь, что Капсула будет работать?

У Греблова отвисла челюсть. Он не мог поверить, что его босс относился к «РеМаинд» как к любой другой своей фальшивой фирме. Капсула был детищем Греблова!

Как бы читая его мысли, Кернер, казалось, смягчился ещё больше.

— Не волнуйся, мой друг. Даже если она и не будет работать, мы представим её в таком виде, что наши клиенты сочтут свои деньги потраченными с толком.

Кернер громко расхохотался, но Греблов почувствовал, что его босс, несмотря на только что сказанное, хотел, чтобы Капсула работала, и работала хорошо. Кернер просто почему-то старался скрыть от других свои истинные мотивы. После продолжительной дискуссии Кернер и Греблов сошлись во мнении на проведении ограниченных экспериментов при малых интенсивностях сигнала, когда сознание не смогло бы полностью проскользнуть в Зеркало.

xxx

Когда пришло время первой настоящей пробы Капсулы, все сотрудники фирмы, за исключением Царя, собрались в лаборатории Гавронского. Алекс Бонин вызвался быть подопытным кроликом, первым, так сказать, человеком в зеркале.

Сидя в специальном, ограничивающем движения кресле, Бонин ещё раз прокрутил в голове всю последовательность эксперимента. Сигналы активности его головного мозга будут считаны чувствительными датчиками, переданы в Зеркало и спроецированы на матрицу атомов кремния, которые будут выполнять роль нейронов. Эксперимент будет считаться удачным, если датчиками Зеркала будет зафиксировано хотя бы кратковременное отделение души Бонина от его тела.

Алекс хладнокровно надел Шлем на голову. Раздался мягкий звук крошечных моторов, защёлкнувших замки и подогнавших давление датчиков. Показания всех мониторов были в норме, и Шевчук дал старт эксперименту. Включилась видеокамера. До исторического момента оставались считанные минуты.

«Пусть мечта сбудется», — подумал Бонин.

Контрольная панель издала звуковой сигнал. Персонализатор начал инициировать «код души» — частоты 1, 6 и 66 герца — с интенсивностями, соответствующими зеркальному числовому ряду Шевчука. Прошла минута.

— Я что-то чувствую! — взвизгнул Бонин.

Все притаили дыхание. Вскоре подключённый к датчикам монитор Шлема показал, что гамма-биоволны подавлены, а тета- и дельта-волны усиливаются. Теперь Капсула начала осторожно подводить разум подопытного к порогу подсознания.

Лицо Бонина становилось всё более сонным, а взгляды присутствующих замерли на мониторе, подключенном к Зеркалу. Он не показывал ничего, кроме хаотичных комбинаций импульсов. Этому было только одно объяснение: душа Алекса покидала его, не находя нового пристанища.

Прошло ещё пять минут, прошло десять — никаких изменений. Майкл Греблов с досадой почесал свою переносицу и, более странно, чем обычно, наклонил голову направо. Кернер посмотрел на него с разочарованием, подкрашенным неприязнью.

Эксперимент на поверку оказался полным фиаско.

xxx

— Вся эта затея напоминает мне историю о профессоре Евгении Минине, который загонял свою душу в Зеркало, — вспомнил Шевчук.

После неудачи с Капсулой он был явно расстроен и даже не старался этого скрыть.

Серов добавил:

— И рассказ о другом Минине, патриархе Никоне, который пытался увековечить свою личность и восстановить политический вес с помощью зеркального куба.

Глава XXIII

В 1666 году, на следующий день после того как пророчица Ханна покинула его резиденцию и затем утонула в Москве-реке, патриарх Никон решил, по её совету, построить зеркальный куб, чтобы попытаться раскрыть личность своего неуловимого врага.

Никон отправил письмо своему поставщику. В ответном письме поставщик объяснил, что самые лучшие зеркала делаются стеклодувами венецианского острова Мурано, известного как родина стекла кристалло, обладающего исключительным качеством. По преданию, венецианские зеркала отражали действительность лучше, чем она была на самом деле.

Далее следовала смета. Глядя на неё, патриарх тщетно пытался найти хоть какое-нибудь объяснение астрономическим цифрам, отражающим цену зеркал. Немного подумав, однако, Никон резонно решил, что он, будучи владельцем тридцати пяти тысяч крепостных крестьян, мог позволить себе всё, что ему заблагорассудится.

Несколько месяцев спустя куб был готов. Он представлял собой большой деревянный ящик, каждая из четырёх вертикальных стен которого была облицована внутри венецианскими зеркалами.

И вот в уединении Новоиерусалимского монастыря Никон забрался в этот ящик, который он тут же окрестил «Кубом мыслей». Первое ощущение было ошеломляющим, словно его заморозили заживо в гранёной глыбе льда. Вскоре, однако, Никон понял, что это зеркала преумножают его великолепие нескончаемой игрой отражений.

— Эти бесконечные образы, вероятно, визуальные отголоски моего прошлого... А может и будущего, — сказал он самому себе.

Даже его голос, казалось, откликался безостановочным эхом стенами зеркального куба.

После того как эйфория прошла, Никон вспомнил подобные чувства, испытанные им в детстве, когда его сильно ударила мачеха.

xxx

Патриарх Никон родился Никитой Мининым в бедной семье крестьянина Мины. Когда Никита был малышом, его мать умерла, и отец женился во второй раз. Новую жену звали Варвара, и она ненавидела маленького Никиту. Справедливости ради нужно отметить, что Варвара ненавидела бы и любого другого ребёнка, потому что её интересовали только её собственные дети.

Однажды Никита, почти умирая с голоду, пробрался в погреб в поисках хоть чего-нибудь съестного, но был пойман на месте.

— До тебя, похоже, не доходит, что нельзя воровать, — прошипела Варвара, вложив в подзатыльник всю свою ненависть к ребёнку.

Упав на пол, Никита так ударился головой, что потерял сознание. Последнее, что он помнил, было видение своего отражения, разлетающегося на бесконечное множество зеркальных осколков. Когда эти осколки снова собрались воедино, мальчик подивился, увидев себя облачённым в роскошные епископальные одежды. Он шёл по улицам столицы и даже встретился с самим царём. Самым странным было то, что монарх со своей свитой распростёрся подле ног Никиты.

Придя в себя на полу погреба, мальчик понял, что, должно быть, очень сильно ударился головой. Тем не менее он поделился своим видением с отцом.

— Твоя душа принадлежит земле, — нетерпеливо оборвал его рассказ Мина. — Мечты стать епископом не принесут на стол хлеба.

Но Никита решил, что ему суждено было служить более высокой цели в жизни, чем пахать землю. Благодаря дружбе с соседским мальчиком он познакомился со священником, который согласился научить его читать и писать. От того же священника Никита узнал, что Русская православная церковь существенно отклонилась от первоначальной доктрины византийского православия, называемой «симфонией» — паритета власти между правительством и Церковью.

После смерти отца Никита выбрал духовную карьеру и перебрался в Москву, чтобы возглавить приход, но, окунувшись в атмосферу политических интриг, вскоре понял, что принадлежит Богу, а не людям. Он отправился далеко на север, прочь от городской суеты, но судьба, после долгих лет странствий и лишений, вернула его в Москву аббатом Никоном, чтобы быть замеченным царём Алексеем Михайловичем Романовым.

Глубоко впечатлённый умом Никона, молодой суверен назначил его настоятелем престижного Новоспасского монастыря. Шесть лет спустя царь попросил его стать патриархом. Понимая, что эта должность имела слишком политический уклон, Никон колебался. В то же время он знал, что это был его шанс восстановить влияние Церкви в масштабах всей империи.

Тронутые колебаниями Никона, царь и его свита распростёрлись ниц перед ним, сыном крестьянина, приговаривая:

— Мы все просим тебя быть нашим патриархом.

Неожиданное видение Никона сбылось.

Вскоре после назначения патриархом он начал реализовывать свой план восстановления концепции симфонии. Но чем больше рос его политический вес, тем больше Никон пытался сместить деликатный баланс между духовным и светским в сторону духовного. Единственным препятствием на пути к осуществлению этого плана теперь был тот, кто привёл его к власти.

Царь.

Летом 1658 года, спустя шесть лет после избрания патриархом Никон начал чувствовать, что царь Алексей Михайлович заметно охладевает к нему. Группе самых ревностных бояр удалось вбить клин между ним и монархом. Грандиозная пирамида власти и материальных ценностей, возведённая Никоном с таким трудом, начала давать трещину.

— Царь уже несколько раз пропустил мои церковные службы, — жаловался Никон одному из своих друзей. — Он больше не приглашает меня отужинать с ним.

Оскорблённый в своих чувствах, обидчивый Никон вскоре самовольно оставил патриарший пост, покинул Кремль и заперся в Новоиерусалимском монастыре. На шесть лет Русская церковь фактически осталась без лидера.

Никон проводил всё больше и больше времени в своём зеркальном Кубе мыслей. Если бы ему удалось узнать имя своего главного противника, он смог бы разделаться с ним и восстановить своё политическое влияние.

Как-то он даже впустил в куб свою собаку, Волчка, надеясь, что тонкий нюх животного мог бы помочь ему. Но Волчок оказался абсолютно бесполезным в этом деле: он только зарычал на своё отражение и пометил угол.

В один из вечеров, размышляя о своих отношениях с царём, Никон засиделся в кубе дольше обычного. Может быть царь думает, что патриарх у него в долгу за то, что тот посодействовал его духовной карьере? Но разве Никон не отплатил уже царю сполна, соединив его мысли напрямую с Богом?

Внезапно полную луну над головой Никона затми-
ла любопытная морда.

— Волчок! — воскликнул он. — Ты напугал меня.
Собака тихо тявкнула.

Никон снова посмотрел в зеркало. Его бесконечные отражения выглядели жутковато в сеяном лунном
свете.

— Бесконечность — это окно лжи в мире теней,
— молвил он тихо. — До сих пор моему врагу удавалось
избегать меня, но невозможно постоянно прятаться в
бесконечности обмана. И как только я узнаю тебя, тогда
горе тебе, мой коварный противник!

В тот же момент Волчок зарычал. Мимолётная
тень появилась и быстро исчезла в одном из зеркал.
Никон мог бы поклясться, что только что увидел вместо
своего отражения чей-то зелёный силуэт.

Через несколько минут, сбросив с себя оцепене-
ние, патриарх вылез наружу. Сгущалась тьма. Лишь низко над горизонтом сиял ярко-голубой Сириус. Волчок
подошёл к своему хозяину и молча уткнулся носом в его
ноги.

Глава XXIV

Проект «Капсула» застопорился. Скопированное сознание по каким-то причинам не передавалось из Шлема в кремниевое Зеркало.

— Ну, и что дальше? — спросил Кернер, не скрывая своего радражения.

Греблов открыл рот, чтобы обрисовать намеченный план, но босс не дал ему произнести ни слова.

— Э-э-э, — губы Кернера дрожали. — Я не могу постоянно кормить своих инвесторов пустыми обещаниями, Майкл. Даю тебе два месяца, чтобы прототип работал. Всё, разговор окончен.

Андрей Серов провёл остаток дня с тяжёлым осадком на сердце. Ему не хотел ни есть, ни пить. Интуиция подсказывала ему, что неудача была его ошибкой, а опыт учёного твердил, что решение нужно искать в выборе материала для Зеркала. Пройдя в лабораторию Гавронского, он открыл вакуумную камеру и вытащил одну из оставшихся кремниевых пластин — тонкий диск тёмно-серого, зеркально отполированного кристалла. Взглянув в него, Серов отпрянул: из диска на него глядело безжизненное, тусклое отражение, подобное тому, которое он увидел в ночи на кладбище много лет назад в глубине разбитого венецианского зеркала.

После работы Серов заехал в Анн Арбор к знакомой своих знакомых, Анне Браунлих, русскоязычной гадалке; её консультация, однако, не подсказала ему никакого технического решения проблемы. Тогда, приехав к себе домой, он поступил так же, как часто делал при решении сложных задач — сел в кресло и уставился в ночное небо. Полная луна, Плеяды, Орион... Сонные глаза Серова медленно сомкнулись, и мысли поползли в глубину воспоминаний, в один из летних дней его юности.

XXX

В тот день Одесса была залита золотым солнечным светом. Массируя подошвы летней обуви, орды туристов сновали взад-вперёд по живописным улочкам, вымощенным старой брусчаткой и усаженным каштанами. Воздух был наполнен весёлым разноголосьем и смелыми взглядами юных дам и джентельменов всех возрастов.

Сегодня атмосфера одесского морского порта была особенной: в него входил большой американский лайнер «Вселенная».

Перед тонированной стеклянной дверью пассажирского терминала стоял молодой человек. Его глаза уже давно устали от знойного солнца и подозрительных взглядов американских туристов. В руках он держал небольшой плакат на английском: «Бесплатная экскурсия по городу». Сомнения иностранцев были вполне понятны: человек, предлагающий бесплатную экскурсию, должен быть либо полным дураком, либо нечист на руку. По правде говоря, Андрей Серов не был ни тем, ни другим.

Большинство гостей уже организованно разъехались на автобусах, и Серов уже собирался отказаться от своей затеи, когда к нему подошёл джентльмен небольшого роста. На нём был помятый чёрный костюм, ярмолка и цепочка со звездой Давида.

— А почему вы предлагаете бесплатную экскурсию? — поинтересовался незнакомец.

— Я бы хотел улучшить свой английский, — ответил с расстановкой Серов, и американец, казалось, был тронут таким ответом.

Его звали Абе Волберг. Он был профессором кристаллографии из Питтсбурга.

— Мой отец родился в Одессе, — пояснил Волберг. — Я бы очень хотел взглянуть на дом, где он жил, но, к сожалению, у меня даже нет адреса.

Серов почесал свой затылок.

— Может быть вам известны какие-нибудь ориентиры рядом с тем местом?

Волберг прищурил глаза, и расплавленный солнечный диск сжался в его сознании, превратившись в огонёк свечи. Память вернула его в одесскую ювелирную мастерскую Иосифа, его дяди. Абе никогда там не был, но он знал эту комнату в мельчайших подробностях из рассказов Леонида, своего отца.

xxx

— Не торопись. Попробуй ещё раз, — Иосиф подбодрил своего младшего брата. — Нажимай чуть легче.

Леонид осторожно провёл острым резцом, оставив на восковом кольце волнистый паз. Он повторил эту процедуру несколько раз; затем обмазал кольцо глиной, оставив небольшое отверстие, и выплавил воск. Получилась полая форма из обожжённой глины, которую он заполнил расплавленным золотом. Когда металл охладился, Леонид разбил форму и положил на стол блестящее кольцо с волнистым узором.

После революции 1917 года Леониду удалось бежать вместе с тысячами других эмигрантов в Соединённые Штаты. Иосиф колебался. Ему было что терять. По прибытию в Бостон Леонид начал отправлять письма в Одессу. Он даже послал несколько запросов в соседний монастырь, прося связаться с Иосифом, но все его попытки оказались тщетными.

xxx

Внезапно Абе Волберг вспомнил:

— Я не знаю, где жил мой отец, но рядом с домом моего дяди был монастырь. Он назывался Пан-те-ле...

— Пантелеймоновский! — помог Серов. — Это место меньше часа ходьбы отсюда.

Когда они покидали площадь перед морским терминалом, Волберг обратил внимание на большой плакат на английском языке:

«Welcome to a Free Society, Governed by Rules».

На русском это означало:

«Добро пожаловать в свободное общество, управляемое правилами».

Кто-то приписал английскую букву «b» в слове «Rules». В итоге получилось: «Добро пожаловать в свободное общество, управляемое рублями». Волберг улыбнулся.

— Я слышал, что одесситы славятся своим особым остроумием.

— Да, наш город — это переплетение десятков народов и культур, — Серов начал своё повествование.

Волберг узнал, что одесский колорит это богатая смесь метафор, каламбуров и слов с двойным значением. Эта смесь одновременно и тёрпкая, и приторная, и, быть может, слишком едкая по меркам жителей других городов. Но сардонический юмор обитателей «жемчужины у моря» всегда начинается с умения посмеяться над собой: остроумные и вечно оптимистичные одесситы хорошо принимают шутки в свой адрес.

XXX

Перейдя через подземный туннель, ведущий от пристани в город, двое мужчин начали подъём по ступеням самого, пожалуй, знаменитого символа Одессы, Потёмкинской лестницы. Её геометрия — более широкая внизу и узкая кверху — создавала поразительную иллюзию бесконечной дороги в небо.

По пути к месту назначения Серов и Волберг прошли через Привоз. В молочном отделе Андрей заметил знакомый тощий силуэт женщины.

Это была Инга.

Не спеша дрейфуя от продавца к продавцу, гадалка пробовала еду и морщилась, как будто сыр, брынза и сметана были не совсем по её вкусу. Серов вспомнил слова Ивана Шевчука о том, что Инга редко обедает дома.

ххх

— От Иосифа мой отец научился всему, что касается ювелирного мастерства, — сказал Абе Волберг, — и особенно драгоценных камней; от обманчивых изумрудов до таинственного лонсдейлита, самого твёрдого минерала.

— Я думал, что алмазы — самые твёрдые кристаллы, — сказал Серов с неподдельным удивлением в голосе.

— И да, и нет, — усмехнулся Абе. — В алмазе, как и в кремнии, атомы углерода расположены в кубической решётке. А лонсдейлит — это редкий аллотроп углерода, называемый также «гексагональным алмазом». В нём атомы находятся в вершинах шестиугольников.

— А почему он таинственный?

— Люди находят в природе лишь крошечные следы лонсдейлита. Ни в каком другом минирале углерод не связан в такой молекулярной геометрии, и тем не менее Бог сделал его осязаемым и видимым для нашего изумления.

— Но разве алмаз не является камнем номер один для ювелирных изделий?

— Сам по себе алмаз невзрачен, а вот бриллиант, сделанный из алмаза, — это, действительно, красивый камень. Но он становится поистине великолепным лишь когда отражает весь собранный им свет. Ценный бриллиант — это практически идеальное зеркало!

Небо над Андреем сразу же засверкало миллионами отражений.

— Основной секрет бриллианта — это отношение диаметра площадки, его плато, к высоте павильона, его выреза, — продолжил Волберг. — Дядя Иосиф обнаружил, что чем ближе это отношение к 10:6, тем лучше отражение.

— Отношение 10 к 6 даёт 1,666 при округлении! — воскликнул Серов.

— Верно, — сказал Волберг, слегка удивившись, что его собеседнику знакомо это число. — 1,666, как и любое зеркало, содержит в себе божественную и дьявольскую силу одновременно. Дядя Иосиф называл это число «зеркальным отношением».

— Зеркальным отношением, — тихо повторил Серов.

— Иосиф также заметил, что слово «Одесса» начинается с 16-ой буквы русского алфавита, а числовое значение всех его букв даёт в сумме 66.

И снова 16 и 66! Серов восторженно присвистнул.

— Но мой дядя предпочитал камни более высокой ценности, чем бриллианты, — продолжал Волберг голосом, наполненным мистическими нотками.

Ещё один сюрприз для Серова.

— А разве бриллианты не являются самыми ценными камнями?

— Для многих бриллиант — это царь драгоценных камней, но качественные крупные рубины, например, имеют гораздо большую стоимость за карат. Несколько лет назад вы, возможно, слышали о панике на международных рынках драгоценных камней.

Андрей отрицательно покачал головой.

— Все кристаллы в своём росте подчиняются определённым кодам, заложенным в них законами природы, — начал Абе новое повествование. — По этим неизменным законам атомы, формирующие кристалл, оседают слой за слоем.

Ходили слухи, что Советское правительство запустило секретный проект в подмосковном Зеленограде.

Для стимулированного роста драгоценных камней — алмазов, рубинов и сапфиров — якобы использовались люди с экстрасенсорными способностями. Окажись эти опыты успешными, и было бы практически невозможно определить, какой драгоценный камень перед вами: редкая игра природы или дешёвый лабораторный вариант.

— Сама возможность такого эксперимента горячо обсуждается по сей день, — сказал Абе, — но я думаю, что эти слухи были совершенно необоснованными.

— А какой был любимый камень вашего дяди? — напомнил Серов.

— Сапфир. Израильские цари, Соломон и Авраам, обладали сапфировыми талисманами, которые якобы давали им возможность манипулировать сознанием людей. Даже Десять заповедей, полученные Моисеем от Бога на горе́ Синай, были выгравированы, согласно иудейской легенде, на сапфире. В отличие от бриллианта, «характер» каждого сапфира гораздо более непредсказуем.

— Характер? — переспросил Серов, не будучи уверенным, что правильно понял смысл английского слова.

— Каждый сапфир требует персонального ювелирного подхода, — объяснил Волберг. — Камни более светлых тонов режут глубже, чтобы увеличить насыщенность цвета, в то время как более плоский вырез подходит лучше для тёмных оттенков, позволяя уменьшить световые потери.

Изучая традиции русских царей, Иосиф Волберг заметил интересную тенденцию. Те монархи, которые предпочитали сапфиры и рубины, редко использовали в своих регалиях бриллианты, изумруды, турмалины и бирюзу.

— Конечно, — добавил Абе, — цари не имели представления о кристаллической структуре камней, но сапфиры и рубины принадлежат к одному и тому же семейству, корунду, образованному гексагональными микропризмами. В корунде атомы алюминия заполняют 66 процентов пространства между ионами кислорода и имеют угол поворота 60 градусов.

«Цифра 6, зеркала и гексагон всегда появляются вместе», — заметил про себя Серов. Затем он спросил вслух:

— А как вы думаете, почему разным царям нравились разные типы драгоценных камней?

— Иосиф задавал себе этот же самый вопрос. Он заметил, что правители, страдающие раздвоением личности, тяготели к сапфирам, особенно к тем, в которых видна астерия — белая шестиконечная звезда-призрак. Он также предполагал, что синие сапфиры лучше резонируют с высшими частотами сознания. Интересно, что человеческие эмоции отражены Анахатой — сердечной чакрой, — представленной цветком лотоса и гексагоном в круге. Вполне возможно, что некоторые кристаллы оказываются в резонансе с разумом, заставляя нас любить одни драгоценные камни и спокойно относиться к другим.

Иосиф также отмечал, что гексагон является спутником двойственности. Одним из его любимых примеров была звезда Давида, шестиугольник, составленный двумя переплетёнными дельтами, которые символизируют противоречия — добро и зло. Дельты звезды Давида образуют также шесть равносторонних треугольников, каналов жизненной силы, которые окружают небольшой гексагон в её центре. Эти семь элементов представляют собой духовные составляющие: доброту, строгость, гармонию, настойчивость, великолепие, фундамент и власть. Нижняя часть звезды, малхут, соединяет божественную бесконечность с конечной реальностью.

— На одном из своих эскизов дядя Иосиф изобразил две пирамиды, перевёрнутые в отношении друг к другу и формирующие трёхмерную звезду Давида, — сказал Абэ. — Он также пририсовал 1 и 666 соответсвенно вверху и внизу звезды, чтобы подчеркнуть связь между божественным и земным.

Андрей Серов вдруг понял, что это был совсем не он, кто проводил экскурсию по городу. Это эрудированный Абе Волберг читал Андрею ускоренный и увлекательнейший курс по геммологии, физике, истории и жизненной мудрости.

xxx

Через полчаса ходьбы двое мужчин добрались до места назначения — бывшего Пантелеймоновского монастыря, превращённого при Советской власти в планетарий. Лишь шесть куполов на его крыше служили напоминанием о том, что в этом дворце науки располагался некогда дворец Божий. На том же квартале находился лишь один жилой дом. Серов и Волберг вошли в него.

В дальнем углу двора, в складном кресле сидела старуха с котом на коленях. Серов поздоровался и спросил, знакомо ли ей имя Иосифа Волберга.

Женщина одарила Абе пристальным взглядом.

— Вы не его сын? Уж очень вы похожи на Иосифа.

Когда Серов перевёл сказанное на английский, сердце иностранца забилось чаще.

— Меня зовут Абе. Абе Волберг. Я сын младшего брата Иосифа, Леонида. Я родился и вырос в Соединённых Штатах.

— Ваш дядя жил в квартире номер 16, — сказала старуха, указав на второй этаж. — Леонид часто приходил к нему в гости.

Разговор шёл неторопливо. Женщина, которую звали Влада, часто наклонялась, чтобы что-то шепнуть на ухо своему коту. Андрею также требовалось время, чтобы подобрать нужные английские слова для Абе.

Влада рассказала, что когда Иосиф был мальчиком, он мечтал стать астрономом. Его мать не была еврейкой, но приучала сына чтить традиции отца, и именно её влияние сделало из него известного ювелира. После революции Иосиф слишком долго колебался и в итоге не успел эмигрировать из политического хаоса, как это сделал Леонид. В конце концов он потерял свой бизнес и все свои сбережения.

— Вы упомянули, что моя бабушка не была еврейкой, — сказал Абэ. — А кем она была?

— В девичестве её звали Мария Минина. После того, как ваш дед умер, она снова вышла замуж и родила ещё одного сына, Евгения, который впоследствии стал известным профессором-космологом. — Влада пристально посмотрела на Волберга. — Поговаривали, что она уже была беременна, когда выходила замуж во второй раз.

Андрей моментально вспомнил имя Евгения Минина, выгравированное на надгробном камне, по которому он однажды стучал разбитым венецианским зеркалом. Ему также припомнилось имя знаменитого патриарха.

— Минин — это довольно редкая и известная фамилия, — обронил он, пытаясь выудить побольше информации.

— Верно, — согласилась Влада. — Мария часто твердила, что она была потомком незаконнорожденного сына патриарха Никона, но ей никто, разумеется, не верил.

Зеркала всегда навевали уважение и благоговейный страх в семье Марии. Когда она чувствовала, что за ней следит дьявольский глаз, Мария показывала зеркалу язык, чтобы избежать неудачи. Она учила своих сыновей никогда не оставлять ключи на отражающей поверхности стола, чтобы злые духи не смогли сделать копию. Мария всегда приветствовала зеркала почтительной улыбкой, и, конечно же, зеркала всегда улыбались в ответ. А когда её отец умер, она оставила у его надгробия маленькое зеркальце, чтобы у души навеки ушедшего было место, куда можно было вернуться.

Вскоре после революции Иосиф Волберг перебрался в Санкт-Петербург и изменил свою фамилию, дабы избежать притеснений евреев новым режимом. Позже он консультировал правительство большевиков в международной торговле драгоценными камнями, и эти знания однажды помогли ему эмигрировать в Америку во время первой же поездки за границу.

— Иосиф уговаривал меня уехать с ним, — добавила Влада с тяжёлым вздохом, — но я была не в силах покинуть родину. Прежде чем уйти навсегда, он подарил мне вот это.

Изящное сапфировое кольцо на пальце старухи изумительно гармонировало с её голубыми глазами.

Влада не знала, где находился дом брата Иосифа, Леонида. Было уже поздно, и путешественники решили отложить поиск до завтра. Абе был необыкновенно счастлив выдавшейся возможности побывать там, где когда-то жил его дядя. Мужчины поблагодарили Владу и пустились в обратный путь в сторону порта. Перед расставанием они договорились встретиться снова на следующее утро.

Стоя на парапете и глядя на название американского судна, «Вселенная», Серов размышлял о скрытых связях между, казалось бы, разобщёнными аспектами жизни: драгоценными камнями, монархами, зеркалами и загадочной геометрической фигурой — шестиугольником, гексагоном, — спутником двойственности.

Мысли Серова были прерваны внезапным появлением двух человек. Они предъявили свои удостоверения. Их лица были непроницаемы, а инструкция лаконичной:

— Пройдёмте!

Несколько минут спустя Андрей оказался в одесском портовом отделении КГБ, расположенном в самом сердце морского пассажирского терминала. Невинная надпись над дверью гласила: «Если вам нечего скрывать, конфиденциальность вам ни к чему». На тонированном одностороннем смотровом зеркале-окне сидела сочная муха, ожидая хлопка свёрнутой в трубочку газетой.

— Что ж, рассказывай, — начал один из офицеров. — Как долго ты работаешь на американцев?

На одном из разложенных на столе офицера документов внимательный Серов прочёл: «Лейтенант Сафронов».

Андрею понадобилось не меньше получаса разъяснений, чтобы офицеры начали ему верить. От него потребовали номера телефонов нескольких людей, которые могли бы подтвердить его личность и поручиться, что он не предатель или фарцовщик, а честный студент университета. Среди прочих фамилий Андрей указал Сергея Колецкого. Прочитав имя известного профессора, лейтенант Сафронов сделал едва заметный знак старшему по званию офицеру. Тот одобрительно кивнул.

Десять минут спустя Серов был освобождён, но не раньше, чем подписал документ, в котором обязался впредь не вступать в контакт с иностранцами. Его знакомство с Абе Волбергом закончилось так же неожиданно, как и началось, но светлый дух их краткой встречи останется в душе Андрея навсегда.

XXX

Андрей Серов открыл глаза. Он сидел на крыльце своего дома под ночным мичиганским небом.

Сапфир... гексагон — шестиугольник, спутник двойственности. Теперь Серов знал наверняка, что было ошибкой использовать кубическую структуру кремния для Зеркала. Чтобы проникнуть в тайны двойственности души и тела, Зеркалу нужна была гексагональная структура сапфира.

Глава XXV

Слушая рассуждения Серова о том, почему Зеркало нуждалось в доработке, Майкл Греблов хмурился. Как это часто бывает, техническая реализация проекта оказалась намного сложнее, чем первоначально предполагала теория.

После того как Греблов поделился этой новостью с Марком Кернером, настроения у того, как ни странно, заметно прибавилось. В его мыслях слова́ «сапфир», «гексагон», «зеркало» и «сознание» логично гармонировали друг с другом. Через три недели после утверждения сметы Кернером две искуственно выращенные сапфировые пластины наивысшей чистоты, каждая по тридцать сантиметров в диаметре, прибыли в «РеМаинд». На одну из них нанесли золото-палладиевое покрытие и подключили к Капсуле. Вторую, подстраховочную, поместили для хранения в небольшую вакуумную камеру.

Рассматривая гладкую поверхность сапфирового диска, Серов вспомнил голубое марсельское небо, которым он любовался во время одной из поездок на юг Франции. Это была командировка, котоую он совместил с коротким отпуском.

xxx

Такси преодолело расстояние между аэропортом Марсель Прованс и Старым портом менее чем за полчаса. Серов оставил вещи в гостинице и вышел пройтись по набережной. Дразнящий воздух Средиземного моря напомнил ему о Чёрном море так же, как Марсель об Одессе, с её характерными звуками гавани и весёлым нравом уличных продавцов. Старый порт походил на огромную диадему, инкрустированную великолепной «жемчужиной» — базиликой Нотр-Дам-де-ла-Гард.

В двух милях к западу от порта, в прелестных, но опасных водах, способных, как бирюзовые глаза, менять цвет между зелёным и лазурным в зависимости от настроения, покоился мрачный замок Иф. Здесь, в подземелье зловещей тюрьмы граф Монте-Кристо — герой романа Александра Дюма — провёл в заточении четырнадцать лет за преступление, которого не совершал.

Отпуск Серова проходил в компании Стефани Сорель, инженера фирмы, в которую Андрей был командирован. В первый же день Стефани отвезла его в Кассис, небольшой городок к востоку от Марселя. Здесь они сели в небольшой катер, который доставил их к каланку — длинному водному каналу, обрамлённому с обеих сторон практически вертикальными известняковыми скалами; это был один из многих каланков, рассекающих прибрежное пространство от Кассиса до Марселя. Невероятный контраст тёмно-синих и ярко-аквамариновых цветов воды прекрасно гармонировал с сине-зелёными глазами Стефани.

После экскурсии они расположились на открытой террасе уютного «Мистраля», типичного южного бистро с видом на море. Хотя в безоблачном небе ярко светило солнце, на душе у Андрея было пасмурно.

— Это ветер мистраль, — объяснила Стефани, читая лёгкую грусть на его лице. — Люди всегда чувствуют некую тревогу, когда он дует.

Высоко над землёй малейшие изменения скорости ветра расчертили, как карандашом художника, паутину едва заметных воздушных линий, образовав контуры воображаемого синего сапфира — поразительную оптическую иллюзию. Поглощая блеск солнца, этот «камень», казалось, оставался холодным и прозрачным. Андрею вдруг показалось, что даже малейшее дыхание может материализоваться в виде тумана на его идеальных гранях. Обрамлённый, словно оправой, холмистым горизонтом, мираж небесного сапфира выглядел потрясающе реальным.

Вскоре появился официант с заказанными напитками — бокалом местного розового вина для Стефани и бутылкой перье для Андрея. На табличке официанта значилось «Филипп», а его открытая улыбка свидетельствовала о том, что он любит свою работу так же страстно, как и жизнь.

— Вы готовы заказывать? — спросил Филипп по-английски с приятным французским акцентом. — Наше фирменное блюдо — это Cuisses de grenouilles.

— Что это? — поинтересовался Андрей.

— Лапки лягушек, — вытянувшись, словно перед флагом Франции, провозгласил официант.

— Лягушек? — поморщился Андрей. — А какие они на вкус?

— Напоминают курицу, — вмешалась Стефани.

— Нет, нет, — запротестовал Филипп, вздёрнув плечи и откинув голову назад, как будто собираясь чихнуть. — Они напоминают черепашье мясо.

— Да, это объясняет многое, — усмехнулся Андрей. — А какое же на вкус черепашье мясо?

После недолгого раздумья официант поцеловал кончики своих пальцев и распустил их веером — жест более принятый в Италии, нежели во Франции. — Черепашье мясо по вкусу напоминает «пуле».

— А что такое «пуле?» — спросил Андрей, теперь совершенно запутанный.

— Пуле это... это курица, — признался официант.

Стефани прыснула в свой бокал, наполненный розовым «Кот-де-Прованс». Засмеялся и Филипп.

Он принёс длинную лягушачью лапку на пробу. На вкус она показалась Андрею похожей на куриное крылышко, но по запаху — на марсельское мыло. Он вежливо отклонил предложение и заказал рыбу на гриле.

— Вы, наверное, привычны к мистралю? — обратился он к Филиппу. — Этот ветер производит странный гальванический эффект.

— В нём заключён жизненный дух, — вполне серьёзно ответил официант. — Тот самый, который заставлял лапки лягушек сокращаться при прохождении электричества в опытах знаменитого Луиджи Гальвани.

— Я надеюсь, он утихнет до завтра. У меня ещё два дня отпуска.

— Нет, сударь. Мистраль обычно дует несколько дней подряд. Этот ветер хорош для тела, но не для души.

— Почему же это?

— Он хорош для тела потому, что уносит пыль, делая воздух чистым. А вот почему он плох для души, никто точно не знает. Говорят, что каланки были гигантскими пещерами, вымытыми морем в скалах миллионы лет назад. Когда морские воды временно отступили, а затем нахлынули вновь, небесный дух — мистраль — оказался пойманным внутри этих пещер, как в западне. Спустя тысячелетия огромные своды рухнули под собственной тяжестью, обнажив ущелья фантастических форм и пропорций и освободив мистраль. Но сердитая душа ветра возвращается сюда и по сей день.

— Спасибо, Филипп, — произнёс Андрей, присовокупив хорошие чаевые к своей словесной благодарности. — В следующий раз, когда я сюда вернусь, вы, надеюсь, примите меня уже в качестве владельца собственного ресторана.

— Великолепная идея! Тре бьен!

Прежде чем покинуть ресторан, Серов бросил прощальный взгляд на небесный сапфир, гранёный мистралем, ветром, отделяющим душу от тела.

xxx

На следующий день после замены кремниевого диска на сапфировый тишина лаборатории Гавронского была нарушена взрывом общего восторга. План удался!

Новое Зеркало теперь принимало биосигналы и возвращало их обратно в Шлем. Алекс Бонин охарактеризовал работу Капсулы как близкую к идеальной. Существенным недостатком, однако, было то, что при отсоединении Зеркала от Шлема сигнал в нём постепенно угасал. Скопированное сознание, таким образом, не могло существовать независимо в зеркальной реальности и нуждалось в постоянной подпитке через оптоэлектронный кондуит.

Греблов, тем не менее, решил отпраздновать прогресс проекта и пригласил свою команду в ресторан.

Возбуждённый успехом, Бонин позвонил своей матери в Санкт-Петербург. Все его так долго скрываемые научные идеи, наконец, воплотились в жизнь! Он поведал о Капсуле и объяснил, как она работает. Их телефонная беседа, к сожалению, часто прерывалась неприятным потрескиванием, как будто в разговор вклинивалась вторая линия.

Порадовавшись за успех сына, мать Бонина упомянула, что недавно встретила Марину Катаеву, его одноклассницу и школьную подругу.

xxx

Марина была первой красавицей в школе. Именно она много лет назад привела Бонина в Исаакиевский собор — эпическую святыню, фундамент которой был заложен ещё Петром Великим. Почувствовав на себе духовные чары собора, Бонин сразу же полюбил его.

Однажды, стоя у одной из малахитовых колонн, Марина сказала:

— Малахит — это камень Венеры, богини красоты и любви. Скажи, а я похожа на богиню красоты и любви?

Тогда Алексей был совершенно неопытен в любовных делах и ответил только бесстрастным кивком.

Читая о соборе, он узнал, что одним из его главных дизайнеров был Виктор Бонин. Веря, что этот человек мог быть его предком, Алексей начал часто посещать святыню, блуждать вдоль её массивных гранитных стен и изучать великолепно расписанный купольный свод.

Вскоре Марине надоели его лекции о том, что особая геометрия собора помогала создавать резонанс с умами верующих. Всякий раз, когда она смотрела на Алексея, ожидая комплимента или поцелуя, он начинал свой очередной рассказ о Викторе, своём якобы предке.

Очень скоро они расстались.

xxx

Будучи самой красивой девушкой в школе, Марина так никогда и не вышла замуж. Она намекнула матери Алексея, что ей было бы приятно услышать от него. Записывая её телефонный номер, Бонин вдруг понял, что его чувства к этой женщине, которую он когда-то любил, но которой не мог надлежащим образом этого объяснить, и к городу, где он родился и вырос, теперь были сильнее, чем когда-либо.

Глава XXVI

В январе 1666 года боярин, укутанный в богатую шубу, подъезжал в тройке к воротам Кремля.

— Самые холодные Святки на моей памяти, — проворчал он, выпуская облако пара в морозный воздух.

На московских улицах праздный люд плясал в снегу под балалайку; песни слышались отовсюду. Завтра будет произнесена божественная литургия и пройдёт крестный ход. Верующие наберут святую воду в вёдра и глиняные сосуды и унесут домой, чтобы пить и лечить больных. Многие окунутся в прорубь, дабы смыть со своих тел грехи и обрести новую духовную силу.

Мимолётом думая о празднестве, боярин направлялся к царю с докладом.

Приехав, он вылез из саней и подошёл к массивным дубовым дверям, отделанным бронзой и железом. Дорогу ему преградили два стрельца в длинных одеждах и высоких шапках, отороченных соболем. Навстречу вышел крепкого сложения человек — начальник охраны. Его проницательный взгляд внимательно изучил лицо пришедшего.

— Поторопись, Боборыкин, — вымолвил он, и охранники расступились. — Царь поджидает тебя.

xxx

Сидя в своей резиденции, Алексей Михайлович Романов с нетерпением ждал новостей о Никоне. Арочное окно, застеклённое полупрозрачной слюдой, сеяло неровный свет на гобелены сцен соколиной охоты. Интерьер европейского стиля, отделанный кожей, серебром и золотом, дополняла со вкусом подобранная мебель из резного дерева.

Самым необычным предметом в царских палатах были изящные часы с диском небесно-сапфирового цвета, инкрустированным золотыми символами Солнца и Луны. Часы работали, вращая циферблат вокруг неподвижной стрелки. Сидя перед ними, Алексей Михайлович в своём воображении поворачивал диск назад, переносясь в воспоминаниях в 1653 год, когда, по его предложению, Никон был избран новым патриархом.

Тогда, войдя в палаты, новый глава духовенства приветствовал царя:

— Я молюсь Всемогущему за тебя, государь, которому дано царствовать над нами на земле во славу небесной тверди.

Затем Никон представил свой новый план согласования религиозных обрядов Русской церкви с традиционным православием.

Вопреки его опасениям, Алексей Михайлович живо поддержал инициативу и даже пригласил в помощь патриарху выдающегося религиозного деятеля, Епифания Славинецкого, известного своим переводом Коперника на русский. Когда все 66 книг православной Библии были отредактированы, верующим, помимо прочих нововведений, было предписано креститься тремя пальцами и петь аллилуйя три раза вместо двух; тем самым подчёркивалась сущность Троицы, а не двойственная природа Спасителя. Никон рассуждал, что если ему удастся восстановить первоначальные обряды православия, он сможет использовать их как основу для смещения баланса сил между ним и царём в свою пользу.

Годами позже Никон вступил в первую открытую конфронтацию с сувереном.

— За монарха! — воскликнул он на одном из приёмов, и Романов сразу же уловил вызывающие нотки в голосе патриарха.

Они чокнулись, и напиток Алексея Михайловича перелился в кубок Никона; тот получил бы свою смертельную дозу, если бы осмелился отравить царя.

— Лот сказал Авраму: «Наши пути дожны разойтись, — цитировал Никон Библию, дерзко глядя в глаза

Романова. — Если тебе налево, то мне направо; или если тебе направо, то мне налево».

Прекрасно понимая новое значение, вложенное упрямым патриархом в библейский текст, суверен заставил себя притвориться, что эта коннотация была выше его понимания. Ему припомнилось, что в 1566, в год смерти Ностродамуса, царь Иван Грозный назначил Филиппа II митрополитом московским. Три года спустя он жестоко расправился с Филиппом за одно лишь упоминание, что власть Церкви может быть выше власти самодержца.

Мысли Алексея Михайловича вернули его в царскую резиденцию. Он слишком хорошо знал Никона, и терпение царя было уже достаточно им испытано. Шестнадцать лет назад Алексей Михайлович проложил дорогу Никону к патриаршему трону. Неблагодарный духовный лидер страны с тех пор требовал всё больше и больше власти для себя и Церкви. В один из недавних визитов Никон указал на эти самые часы в царских палатах и сказал: «Разве не ведомо тебе, государь, что Солнце больше Луны, и, значит, духовному надлежит быть выше материального?»

Теперь, глядя на циферблат, на котором золочёные Солнце и Луна были совершенно одинакового размера, Алексей Михайлович думал и о том, что тайная война, развязанная Никоном, была тонко продуманной шахматной игрой, в которой патриарх надеялся укрепить влияние Церкви путём массовых неповиновений. Для страны, в которой митра всегда считалась второстепенной по отношению к короне, это было бы опаснейшим прецедентом. Теперь Алексею Романову было очень досадно, что много лет назад, будучи молодым и неопытным царём, он распростёрся на полу перед Никоном — этим хитрым политиком — и упросил его взойти на патриарший трон. Борьба между ними теперь свелась к столкновению воли двух титанов, один из которых, царь, всё ещё находился в законной власти.

Алексей Михайлович поднялся с кресла и подошёл к своей библиотеке, где на одной из полок стоял его питьевой ковш, инкрустированный изумрудами и рубинами. Монарху в последнее время перестали нравиться рубины: для его мягкого характера их цвет был слишком насыщен кровавыми оттенками. Он, прозванный в народе «Тишайшим», предпочитал нежную прозрачность бриллиантов и спокойные переливы жемчугов. В рубинах и сапфирах Алексей Михайлович теперь видел то, что не было присуще ему, но чем было наполнено его перевёрнутое зеркальное отражение, патриарх Никон: обман, предательство и тирания.

А из изумрудов царя всегда восхищали синезелёные, оттенки которых напоминали ему глаза Ханны, всеми любимой пророчицы, точно предсказавшей блестящее будущее семьи Романовых, но самым подозрительным образом утонувшей в водах Москвы-реки.

— Боярин Боборыкин ожидает у дверей, — объявил распорядитель. — Ты хотел видеть его, великий государь.

Царь одобрительно кивнул и вернулся в своё кресло.

Глава XXVII

Татьяня Греблова находилась в приподнятом настроении: она ехала к Анне Браунлих, русскоязычной гадалке, с которой её недавно познакомила их общая подруга, Виктория. Тонко разбирающаяся в человеческих душах, Анна, словно магнитом, притягивала к себе людей. Её дом в престижном Анн Арборе слыл в русских иммигрантских кругах как «взгляд в будущее».

Когда раздался дверной звонок, Анна взглянула на своё отражение в настенном зеркале и поправила причёску. Безжалостному времени удалось накинуть лишь едва заметную сеть тонких линий вокруг её бирюзовых глаз, не испортив при этом экстраординарной красоты лица. Как выразилась однажды Виктория, «бронзовый шедевр часто выглядит ещё более очаровательным под тонким слоем патины». Анна часто улыбалась, обнажая ряд ровных, красивых зубов, которые, по мнению Виктории, обладали лишь одним недостатком — они были слишком белы. Однако за ангельской улыбкой Анны скрывался загадочный взгляд, в котором опытный физиономист сразу заприметил бы резкую грань между светлой и тёмной сторонами её души. По словам той же Виктории, «красота Анны была сотворена за пределами Земли».

xxx

— Рада видеть тебя, моя дорогая! — воскликнула хозяйка дома, обнимая Татьяну и принимая из её рук коробочку с эклерами. — Как мило! А я как раз пытаюсь похудеть на размер, чтобы снова надеть моё любимое платье.

— Ты Стрелец, как и я, — заметила гостья, глядя на подвеску со знаком Зодиака на шее Анны.

— Я — да. А какого числа твой день рождения?

— Двенадцатого декабря.

— Твой знак немного более замысловатый. Ты — Змеедержец.

То, как у Татьяны приподнялась бровь, нисколько не удивило Анну; она замечала подобную реакцию у своих клиентов довольно часто. — Да, дорогая, Змеедержец, тринадцатый зодиакальный знак. Его ступни почти касаются солнечного пути с 29 ноября по 17 декабря.

Она сняла с полки астрологическую карту и развернула её на столе.

— Змеедержец был одним из первых целителей. У римлян он был известен как Асклепий. Согласно легенде, он познал секреты бессмертия, наблюдая, как одна змея лечит другую травами. Прежде чем Асклепий смог поделиться своим открытием с людьми, боги послали змея, который убил его, но позже разместили его отражение в небе.

Татьяна нахмурилась. Отражение? С самого начала их замужества с Майклом она слышала это слово по нескольку раз в день.

Анна указала на греческое слово "ΟΦΙΟΥΧΟΣ" на карте.

— Змеедережец часто представлен буквой Φ, той же, что обозначает Золотое сечение, соотношение совершенства. В руке он держит созвездие Змея.

Взглянув на Φ, Татьяна ясно представила себе змею, свёрнутую кольцом вокруг вертикальной линии. Символического зеркала?

— Да, зеркала, — сказала Анна, словно читая её мысли. — Ты будешь кофе или чай, дорогая?

Татьяна, казалось, не слышала её.

— А какой зодиакальный знак больше всего подходит для жизненного партнёра Змеедержца?

Анна улыбнулась.

— Я знала, что ты спросишь меня об этом. Позволь мне сначала заварить для нас чай.

Татьяна села в кресло. Она была красива. Наполненное её элегантными формами, скромное синее платье напоминало экземпляр дизайнерской одежды. Её аристократически гладкая кожа создавала великолепный контраст с глянцевыми волнами чёрных волос. И всё же ещё более замечательными, чем остальные черты, были её небесно-голубые глаза.

Женщины возобновили разговор за чаем с эклерами. Нежное тесто в сочетании с восхитительным заварным кремом производило на Татьяну необыкновенный расслабляющий эффект. Всё в этом доме внезапно заставило её почувствовать себя очень комфортно.

— Итак, для того, чтобы найти вторую половинку для знака Зодиака, я всегда смотрю на его зеркальное отражение в небе, — сказала Анна. — Прямо напротив Змеедержца находится Орион, но он не истинный зодиакальный знак. Замкнутый за пределами солнечного пути, он живёт лишь в мире иллюзий.

По какой-то причине это замечание опять заставило Татьяну вспомнить о муже. Анна указала на карту.

— Торсо Ориона — это гексагон, заключённый внутри Зимнего шестиугольника, который простирается на 66 градусов и принадлежит шести созвездиям.

Зеркала́... гексагон... числа 66 и 6. Таня часто слышала, как Майкл произносил эти слова во сне и наяву.

Анна, казалось, снова сумела прочесть её мысли.

— 6 это число неопределённости, а его антагонист — это божественное 1. Они часто появляются вместе, например, на противоположных сторонах игрального кубика. Их отношение равно 0.1666. Разве это не напоминает тебе 1666, число и божественное, и дьявольское одновременно?

Мысли Татьяны спутались. Номер её дома был 1666, и Орион прекрасно сочетался с описанием её мужа, чья личность, казалось, была размыта между двумя мирами. Единственная проблема заключалась в том, что Майкл был Козерогом, и сейчас Татьяна радумывала, стоит ли ей делиться этим с Анной. Если Анна Браун-лих была столь же искусной гадалкой, какой Татьяна её себе представляла, она должна была прийти к этому заключению сама, без дополнительных намёков.

Анна продолжала:

— Человеческая душа входит при рождении в Млечный Путь, «реку жизни», которая течёт под рукой Ориона к Раку, «вратам человека». После смерти душа плывёт под ногами Змеедержца к Козерогу, «вратам богов», который находится в небе напротив Рака. Козерог и Рак принадлежат одновременно двум средам, земле и воде, и когда один из них появляется, другой исчезает. Эгоистичный Козерог смотрит в небесное зеркало, Змеедержца, но видит лишь своё собственное отражение.

Цвет на мгновение покинул лицо Татьяны, настолько данное описание подходило её мужу! Анна отпила чаю и съела ещё один эклер, подумав при этом: «Не влезть мне в моё любимое платье».

— Кто же тогда настоящий партнёр для Змеедержца? — спросила Татьяна.

— Твой идеальный вариант, моя дорогая, это не Орион и не Козерог. Это Телец, настоящий зодиакальный знак, сосед Ориона.

Она взяла руку Татьяны и внимательно рассмотрела линии на её ладони.

— А теперь расскажи мне о своём муже; ведь он по знаку Козерог. Или я ошибаюсь?

Татьяна Греблова думала, что была готова к этому вопросу. Входя в дом Анны, она точно знала, что именно её не устраивало в отношениях с Майклом, но теперь она поняла, что не сможет объяснить своих чувств.

Татьяна познакомилась с Гребловым в Чикаго 1 июня на концерте известного российского пианиста. Майкл рассказывал ей позже, что его в ней привлекли те же прекрасные черты, какими обладала его мать Полина. На удивление, даже дни рождения обеих женщин совпадали — двенадцатое декабря. Стильно одетый в хорошо сшитый зелёный костюм, Майкл предстал тогда перед ней ярким и полным изысканных манер.

Греблов начал регулярные визиты в Чикаго.

В одно из свиданий Татьяна привела его к своему любимому месту — Облачным воротам, — трёхмерной зеркальной структуре, длиною в 66 футов, в парке Миллениум. Монумент, казалось, отражал весь колорит города на своей замысловатой поверхности, имеющей форму и цвет огромной капли ртути. С первого же взгляда он почему-то напомнил Майклу зеркальный куб из его ночных видений. Глядя на своё расплывчатое отражение, застывшее над землёй, он чувствовал себя парящим в ином измерении.

Вскоре Греблов сделал ей предложение, и они поженились. Через месяц Татьяна перебралась в Мичиган.

С самого начала совместной жизни она отдала Майклу всю свою любовь без остатка, но вскоре поняла, что его в отношениях что-то сдерживало. Она узнала, что первая и единственная встреча Майкла с женщиной, которую звали Анна, произошла на его 16-й день рождения и оказалась неудачной.

А с недавних пор Татьяна начала подозревать привязанность Майкла к отражающим поверхностям: долгие взгляды в зеркала, странные заметки в его дневнике об отражениях и постоянные разговоры о Зеркале, главном предмете его рабочего проекта.

Интуиция подсказывала Татьяне, что её муж всё глубже и глубже впадал в некую зеркальную зависимость.

Теперь они спали в разных спальнях, а без телесного и душевного счастья их земной рай медленно превращался в ад. И тем не менее Татьяна продолжала играть свою роль, хотя этот маскарад становился для неё всё более и более нестерпимым.

xxx

— Так как насчёт твоего Козерога? — напомнила Анна.

Татьяна вдруг уловила язвительные нотки в голосе гадалки. «Странно, — подумала она, — ведь Анна даже не знает Майкла».

— Мой муж — очень талантливый человек, — произнесла Татьяна, собравшись с мыслями. — Он на грани великого технологического открытия.

Лицо Анны оставалось странно безучастным, но её бирюзовые глаза на секунду вспыхнули ярким огнём и тут же погасли. В то же мгновение Татьяну охватило странное чувство, моментально разлившееся по всему телу и проникшее глубоко в душу. Она пыталась изо всех сил противостоять гипнотизирующему эффекту взгляда Анны, но очень скоро потеряла контроль над собой. Несколько минут спустя она, бессильно развалившись в кресле, подробно рассказывала сквозь вуаль затуманенного разума все подробности, известные ей о проекте «Капсула».

Когда Татьяна вернулась в реальность, в её сознании эхом отдавались лишь странные фразы Анны: «Он не стоит тебя»... «Я познакомлю тебя с Тельцом»... «Ты идеально подойдёшь этому мужчине»...

К полному удивлению Татьяны, эти фразы, явно направленные против её мужа, не вызвали в ней ни капли возмущения.

— Хорошо, — ответила она. — Но лишь когда я вернусь из своей поездки в Россию. Это будет 1 июня, на годовщину нашего знакомства с Майклом. О дате моего возвращения он пока ничего не знает, я хочу сделать ему сюрприз.

xxx

Возвратившись домой, Татьяна посмотрела на себя в зеркало.

— Что со мной?

Но то, что ей не вспомнилось в доме Анны, теперь стало ещё более очевидным. Татьяна устала от того, что её муж всё реже замечал её. Она часто тщетно ждала от него пусть небольшого, но вполне заслуженного комплимента, а всё, о чём говорил и думал Майкл, была работа, работа, работа. И это глупое Зеркало, «невероятный прорыв в медицинской науке».

Смахнув с глаз две слезы, Татьяна открыла балконную дверь. Небо над головой было усыпано звёздами. Орион высоко поднял свой щит в противостоянии с Тельцом, глаз которого — звезда Альдебаран — враждебно глядел на небесного охотника.

Внезапно Татьяна почувствовала всей душой огонь Тельца, огонь, которого ей всегда не хватало. Но к этому чувству примешивалось ещё одно. Теперь она точно знала, что её мужу, очевидно, за какие-то грехи, пытается отомстить странная и могущественная сила.

Глава XXVIII

Проект «Капсула» вновь застопорился. Теперь Зеркало могло принимать биоимпульсы из Шлема, но не удерживало их. Алекс Бонин был первым, кто предложил снабдить Зеркало некой непроницаемой оболочкой, препятствующей утечке скопированного сознания. Неясным было лишь то, как изготовить такую оболочку.

Сегодня у Андрея Серова было плохое настроение, и не только из-за новой проблемы с Зеркалом. Плохо заваренный кофе, который он выпил утром, тоже был тому виной. Его жжёный привкус напомнил Андрею об отвратительном кофе, купленном много лет назад в центре Торонто перед его встречей с Джошем Дэвидсоном, пилотом ВВС в отставке и консультантом по авиационным мониторам для канадской фирмы, в которой тогда работал Серов.

xxx

Андрей вспоминал о Дэвидсоне с глубокой теплотой в душе. Будучи в уже очень немолодом возрасте, экс-пилот по-прежнему держал свою военную выправку. Профессиональный и смекалистый, он впечатлил Серова своим умением подмечать мельчайшие детали в самых, казалось бы, обыденных вещах.

Даже сквозь солнцезащитные очки Дэвидсон часто щурился от дневного света; время от времени у него возникало головокружение. С первой же минуты их встречи Серов понял, что, несмотря на свой дискомфорт, Дэвидсон нарочно привёл его под яркое солнце.

Они прошли на площадь Натана Филлипса и приблизились к зданию мэрии, окружённому двумя вогнутыми небоскрёбами. То, как окна каждого здания отражали солнечный свет, напомнило Серову легенду о воинах Сиракуз, которые под руководством Архимеда якобы сожгли флот консула Марцелла расставленными дугой бронзовыми щитами.

Дэвидсон предпочёл иную аналогию.

— Посмотрите на то, как палата Совета мэрии расположена между изогнутыми зданиями. Разве это не идеальная геометрия, чтобы резонировать коллективный разум во дворце, где подписываются приказы и издаются законы?

Андрею такое сравнение понравилось гораздо больше.

— Яркий солнечный день это худшее время для полётов, особенно если летишь над большим водным пространством, — произнёс Дэвидсон, переходя к основной теме беседы. — Небо и море могут поменяться местами, слившись в одно целое у горизонта, как в зеркале. Всё происходит мгновенно, и вы можете даже не заметить этого, пока не будет слишком поздно.

Во время одного из тренировочных полётов зеркальный блеск монитора управления в истребителе Дэвидсона сыграл с ним злую шутку, исказив показания приборов из-за отражённого солнечного света. Спустя несколько мгновений пилот понял, что ускоряется в направлении воды, а не неба. Осознав ошибку, Дэвидсон отчаянно потянул на себя руль высоты, чтобы избежать столкновения. Подвергнув своё тело чрезмерной гравитационной нагрузке, он на несколько секунд потерял сознание.

— Мне удалось стабилизировать самолёт в самый последний момент. Ещё секунды, и меня бы тут с вами не было. Мне даже привиделся тот свет. Я так никогда полностью и не оправился от того полёта. Теперь моё зрение уже не то, у меня частые видения, и странные голоса мерещатся по ночам.

Серов живо представил себе весь ужас очнуться из бессознательного состояния в кабине самолёта между двумя зеркальными реалиями — небом и морем — с недостаточным временем для исправления оплошности.

— Контраст монитора может легко стать зеркальной гранью между жизнью и смертью, — добавил Дэвидсон.

Подобрав с земли камешек, он подошёл к неработающему фонтану и указал на отражение солнечного диска на поверхности воды. Когда он бросил камень, отражение исчезло в ряби, разбежавшейся от места падения.

— Всё, что вам нужно сделать для вашего проекта, — это не дать солнечным лучам отразиться от монитора.

Вечером того же дня, размышляя над словами Дэвидсона, Серов остановился на тротуаре у лужи, мутной и бурой, как тот кофе, что он выпил утром. Поверхность лужи была покрыта масляным пятном, отсвечивающим всеми цветами, от тёмно-красного до синего и даже почти чёрного в некоторых местах. Это было результатом оптического эффекта, меняющего цвет отражённого света в зависимости от толщины плёнки на поверхности.

В следующую минуту Серов уже говорил по телефону со своим технологом. Оптическое покрытие, разработанное на основе этой идеи и советов Дэвидсона, значительно улучшило контраст самолётных мониторов. Это было самым значительным на тот момент изобретением в карьере Серова.

xxx

Теперь, спустя годы, Андрей стоял перед сапфировым Зеркалом. Задача изоляции волн сознания показалась ему схожей с изоляцией солнечных лучей в авиационном мониторе.

После серии расчётов и многочисленных обсуждений окончательный дизайн нового покрытия для Капсулы был, наконец, одобрен. Оно должно было состоять из семи тончайших слоёв и препятствовать утечке скопированного в Зеркало сознания. Лучшим кандидатом для первого слоя поверх сапфирового диска был выбран графен — гексагональная углеродная плёнка толщиной всего в один атомный слой. На графен должна была быть нанесена плёнка золото-палладиевого сплава. Качество этих двух слоёв имело решающее значение.

— Единственная компания, которой я бы доверил такую работу, это «Синтрокс», — посоветовал Шевчук.

— Та самая компания, в которой работал ты и Патрик Браун? — обронил Серов.

— Да.

— Но ведь есть множество других фирм, также занимающихся нанесением покрытий, — вмешался Греблов. — Чем же, интересно знать, «Синтрокс» лучше других?

Шевчук окинул своего босса долгим взглядом, не будучи уверенным, делиться ли своей историей. Догадываясь, что Шевчук всё ещё связан с предыдущим работодателем договором о неразглашении профессиональной тайны, Греблов решил не настаивать.

— Я сначала должен выпить кофе, — сказал Иван прежде, чем начать рассказ.

xxx

На протяжении ряда лет Шевчук работал в «Синтрокс» над процессами роста кристаллов. Рутина компании резко изменилась, когда однажды в вестибюль вошла ничем не примечательная женщина. Виктор Гилберт, вице-президент «Синтрокс» по технологиям, немедленно отвёл её в лабораторию, где проводились все новейшие эксперименты. Здесь, пройдя специальную очистку, воздух был лишён даже малейших следов загрязнения. Давление поддерживалось слегка выше нормы, чтобы избежать проникновения пыли извне. Одна из технологов компании помогла женщине облачиться в специальный костюм, перчатки, пинетки и капюшон, после чего проводила её в лабораторию. Через три часа женщина ушла. Она приходила каждое утро в девять часов и уходила ровно в полдень. Только Виктор Гилберт имел право находиться в лаборатории вместе с ней; доступ всем другим сотрудникам в это время был строго запрещён. Эта женщина никогда ни с кем не разговаривала, даже не здоровалась.

Прервав своё повествование, Шевчук отпил кофе, ловя в глазах слушателей нарастающее напряжение. Затем он продолжил.

Друг Шевчука, Патрик Браун, который тогда работал над тестированием экспериментальных образцов, однажды прокомментировал:

— То, как сформированы новые кристаллы, не поддаётся никакому научному объяснению.

Параметры полупроводниковых устройств, изготовленных из новых образцов, превосходили все самые современные стандарты. По словам Брауна, такое качество не могло быть достигнуто даже при выращивании кристаллов в условиях невесомости.

— Новые образцы всегда выдавались через небольшое окошко с двойными стёклами, — добавил Шевчук. — Вместе с ними из лаборатории исходило странное ощущение чего-то неземного.

Вскоре руководство компании объявило, что «Синтрокс» приобрёл уникальную технологию у одного из своих конкурентов. Для всех сотрудников компании, однако, было ясно, что новые кристаллы связаны со странной дамой, приходящей в лабораторию в 9 утра.

Все новые образцы были помечены «ψ-Φ» — комбинацией греческих букв, произносимых на английском «sci-fi», или «сай-фай», что в литературе использовалось как сокращённый термин «научно-фантастический». Шевчук резонно полагал, что на самом деле «sci» было сокращением английского «экстрасенс», а под «Ф» имелось в виду стандартное обозначение Золотого сечения — символа совершенства.

Очень скоро большинство основных проектов в компании были свёрнуты. Приоритетом стало создание высококачественных и очень дорогих прототипов в небольших объёмах. Многих специалистов, занимающихся микроэлектроникой, уволили. Несмотря на свою привязанность к компании, Шевчук начал подумывать о новой работе. Именно тогда он и получил приглашение из «РеМаинд».

— Так почему же всё-таки сай-фай кристаллы были так идеальны? — спросил Греблов. — Вы же понимаете, Иван, перед тем, как платить «Синтрокс» огромные суммы, мне нужно быть уверенным в них на сто процентов.

Шевчук рассказал, что перед увольнением из «Синтрокс» Патрик Браун, из чисто научного любопытства, совершил нечто незаконное: он вмонтировал миниатюрную видеокамеру в один из столов лаборатории.

На лбу Греблова выступили капельки пота.

— И он рассказал вам, что та женщина делала с кристаллами?

Взгляды Серова и Бонина молили Шевчука об ответе. Иван скользнул глазами по лицам сослуживцев и залпом выпил остатки давно остывшего кофе.

— Она ничего с ними не делала. Совсем ничего! Она просто глазела на кристаллы, пока они росли.

Наступила долгая тишина. Выражение недоверия на лице Греблова было очевидным. Он чувствовал, однако, что Серов без сомнения верил истории своего друга.

— Так что же всё это значит? — спросил, наконец, президент «РеМаинд».

— Расскажи им историю Абе, Андрей, — попросил Шевчук.

Греблов и Бонин в изумлении повернулись к Серову.

— Большинство кристаллов образуют тонкий дефектный слой в самом начале своего роста, — начал

Андрей. — Из-за этого образуются дефекты и внутри кристаллов. Много лет назад я познакомился в Одессе с кристаллографом, туристом из Питтсбурга, Абе Волбергом. Он рассказал мне историю об экспериментах по искусственному росту идеальных драгоценных камней.

Греблов напряг свою память. Фамилия Волберг вдруг показалась ему знакомой. Где он мог её слышать?

— По слухам, — продолжал Серов, — советские учёные использовали экстрасенсорное влияние для корректировки генетического кода кристаллов.

Греблов перевёл взгляд на Шевчука.

— Так вы утверждаете, что структура новых кристаллов компании «Синтрокс» была искусственно изменена? Но кем? Ведь не той женщиной!

— Не знаю, — ответил Шевчук. Вид у него был растерянный. — Одно мне ясно: день, когда та женщина впервые появилась в «Синтрокс», совпал с рождением первых сай-фай образцов.

После серии телефонных звонков и переговоров с Виктором Гилбертом Греблов отправил запасной сапфировый диск в «Синтрокс». Две недели спустя диск с новым покрытием был получен обратно. Семь слоёв, нанесенных на сапфир, придавали ему таинственный вид, делая новое Зеркало похожим на чашу Джамшида, через которую, как утверждалось в легенде, можно было видеть все семь небес Вселенной.

Сделанное из сапфира Зеркало прекрасно удерживало скопированное сознание, и всё же Алекс Бонин сетовал на несколько искажённые чувства, которые он испытывал на пробных экспериментах.

— Этой машине чего-то всё-таки не хватает, самую малость, — резюмировал он.

— Чего именно?! — прыгал вокруг него нетерпеливый Греблов.

Бонин пожал плечами.

— Такое чувство, что небольшая часть меня остаётся в теле.

— Этому есть совершенно логичное объяснение, — вмешался в разговор Серов. — Наше Зеркало регистрирует отражение внутренних, но не наружных особенностей. А ведь наша идентичность — это нечто большее, чем мысли и память. Это ещё и черты лица, мимика, даже морщинки вокруг глаз. Чтобы сохранить индивидуальность дублируемого сознания, Капсулу необходимо дополнить голографической приставкой, копирующей нашу внешнюю оболочку.

xxx

К тому времени как Капсула была полностью модернизирована, коллектив «РеМаинд» вырос до шестнадцати. Шесть персон представляли первоначальную команду; к ним относился и Царь.

Сибирский хаски был образцовым «сотрудником», и словосочетание «соблюдение правил» точно характеризовало его. Несмотря на своё любопытство, этот пёс всегда уважал конфиденциальность окружающих. В нём постоянно кипела энергия, но он никогда не давал ей ходу больше, чем того требовала ситуация. Он никому не выражал своего неодобрения, хотя глаза часто выдавали, что у него на всё есть собственное мнение.

Царь лишь внимательно наблюдал за тем, что творится вокруг него, и слушал Алекса Бонина, который любил размышлять вслух:

— Да, приятель. Эта штукенция работает так же, как пылесос. Она всасывает чью-то душу из тела и выплёвывает её во-о-о-н в то Зеркало.

Только единожды Царь запрыгнул на рабочий стол и обнюхал Шлем.

— Нет, нет, нет, — порицательно проворчал Бонин, бесцеремонно снимая его со стола и неся на кухню.

— Капсула это удел тех неудачников, которые верят в магию, а ты — умный пёс.

С прижатыми ушами Царь достойно снёс это унижение, и его морда оставалась обмазанной кремом пренебрежения к Капсуле в течение последующих нескольких дней. Позже, однако, он время от времени бросал сдержанный взгляд на блестящую поверхность Шлема, изобличая своё любопытство лишь энергичным помахиванием пушистого хвоста с белой кисточкой.

Без особых заминок проект был вскоре завершён. Все сотрудники вновь собрались вокруг кресла в лаборатории Гавронского. Алекс Бонин надел Шлем. Послышался лёгкий щелчок, негромкое жужжание микромоторов, подгоняющих датчики, и тихий шелест Персонализатора. Спустя несколько мгновений Бонин обнажил в улыбке свои неровные зубы, освещённые рассеянным малиновым светом 666-нанометрового лазера.

Капсула работала превосходно!

— Что вы чувствуете? — спросил Марк Кернер, не в силах скрыть нетерпения.

— Я нахожусь в двух местах одновременно! — произнёс Бонин слегка изменившимся голосом. — Я смотрю на своё отражение, которое смотрит на моё отражение, которое смотрит на моё отражение... Это отражение бесконечно!

— Достаточно! — решительно вмешался Шевчук, переключая Персонализатор в режим возврата. — Мы выполнили всё, что планировали сделать на данный момент, даже больше. Для продолжения экспериментов необходимы надлежащие медицинские условия.

Кернер нехотя кивнул в знак согласия.

Лицо Греблова было преисполнено гордости. Посаженное им дерево наконец-то заплодоносило. Конечно, перед тем как представить проект инвесторам, необходимо было внести множество усовершенствований и устранить массу шероховатостей, но сама концепция оказалась верной! Все фундаментальные инновации и технологические прорывы оставили следы совершенства на отражающей поверхности Зеркала. Это настоящее чудо инженерии выглядело теперь, как нечто доселе невиданное. Оно, казалось, обладало собственным разумом!

Обведя взглядом сотрудников, Греблов вдруг почувствовал глубокое уважение к их интеллекту. Эти люди помогли ему завершить труд невероятной сложности, достичь триумфа огромных философских, теоретических и экспериментальных усилий.

Греблов справедливо считал, что без его видений числа 1666 и без его упорства с Кернером ни эта фирма, ни этот проект вообще бы не появились на свет. Кроме того, это под его руководством сотрудники сумели преодолеть свои личные недостатки и превратить их в коллективные достоинства.

Но он также хорошо понимал, что «РеМаинд» никогда не был его фирмой. Все лавры триумфа опустятся теперь венком на голову Кернера.

Внезапно своим шестым чувством Греблов уловил ехидную ухмылку босса позади себя. Молчаливым протестом против надменности Кернера из желудка Греблова медленно поднимался нарастающий приступ изжоги. Его голова сильно дёрнулась вправо.

Через час изжога Греблова улеглась, и его гнев поостыл. Вернувшись к реалиям жизни, он, постучавшись, вошёл в кабинет Кернера.

— Нам необходимо позаботиться о большей безопасности Капсулы. Ведь всё, чем мы сейчас располагаем, это видеокамера в приёмной.

Выражение Кернера было дружелюбным, но его глаза выдавали раздражение.

— Позволь мне заняться этим, Майкл. У тебя, я уверен, есть куда более важные дела.

В конце дня Кернер вызвал Греблова в свой кабинет.

— Скоро, вероятно, мы станем компанией открытого акционерного типа, и, вполне возможно, все сотрудники, включая тебя, разбогатеют. Я буду крайне занят с оформлением необходимых документов в ближайшие пару недель. Почему бы тебе не взять троих своих ребят из основной группы и не свозить их в отпуск на Гавайи в качестве бонуса? Должны же у них быть некоторые привилегии! А после этого отправь одного из них на конференцию по искусственному интеллекту; она начнётся через десять дней в Брисбене.

Серов и Шевчук радостно восприняли новость об отпуске. А вот Бонин, ко всеобщему удивлению, объявил, что предпочёл бы продолжить работу с Капсулой вместо поездки на Гавайи. Греблов высоко оценил этот шаг самопожертвования. Кто-то из основного персонала должен был в любом случае остаться руководить командой начинающих инженеров.

Глава XXIX

Над Гавайским архипелагом сгущались сумерки. По мере того как самолёт приближался к острову Мауи, тот, казалось, вырастал тёмной массой из вод Тихого океана.

Через час после приземления Греблов, Серов и Шевчук, оставив вещи в отеле, отправились в торговый центр «Деревня китобоев» на ужин. Сидя за стойкой бара-ресторана, они наслаждались ночным океанским пейзажем, неровным светом факелов и вниманием учтивого персонала ресторана.

— Рёбрышки по рецепту «иму» — это наше фирменное блюдо, — порекомендовала официантка.

Серов и Шевчук безоговорочно согласились.

— Что это за рецепт такой? — вопросил Греблов с видом переборчивого гурмана.

Официантка объяснила, что рёбрышки иму медленно готовятся в подземной печи, а затем доводятся до совершенства в печи наверху при более высокой температуре. Покрытые манговым соусом и поданные под гарниром из батата с чесноком, они, по отзывам посетителей, были самым вкусным блюдом на планете.

Пережёвывая нежное мясо, Греблов глядел в печь напротив него. Охваченные беспощадным пламенем дрова потрескивали, превращаясь в чёрный пепел и выделяя тепло, точно так же, как смерть не оставляет после себя ничего, кроме разлагающегося тела и души, исчезающей в никуда. Только теперь Греблов начинал смутно понимать настоящие возможности Капсулы.

XXX

Хороший сон в тиши гавайской ночи оказался лучшим лекарством от усталости, и природа начала своё благотворное влияние на организм трёх отпускников без промедления. Бодрящий океанский бриз, казалось, вдувал спокойствие прямо им в душу.

На следующее утро Греблов, позабыв о всех своих заботах, мерно покачивался на волнах. После обеда он был замечен на небольшой сцене за отелем. Пытаясь двигаться в такт с ритмами, он отрабатывал непростые движения гавайского танца в компании какой-то маленькой девочки и старушки с тростью и ярко-красной помадой на губах. На второй день Греблов перебирал струны улуеа — гавайской гитары.

Тем временем Серов и Шевчук исследовали кристально чистые воды вблизи Чёрной скалы, вулканического образования в конце пляжа Каанапали. Фантастического цвета рыбы, очаровательные морские ежи и гигантские зелёные черепахи, напоминающие летающие тарелки, создавали неземной пейзаж.

Ночи здесь были наполнены нежным шелестом пальмовых крон. Украшенные разноцветными огоньками, круизные корабли виднелись в милях от берега. Воздух был невероятно чистым, позволяя чётко видеть лицо на лунном диске и Ориона, противостоящего Тельцу.

Утром третьего дня Греблов пригласил Серова и Шевчука на морскую прогулку. Раскинутый перед ними Молокаи — вулканический остров, размерами 16 на 61 километров, — был полностью покрыт толстым слоем облаков. Ближе к полудню, когда солнце согрело холмы, облака клочьями поднялись над островом, образовав великолепную белую корону.

День выдался жарким и солнечным, но время от времени порывы ветра нагоняли волну.

— Рекомендую каждому нашему уважаемому пассажиру придерживать свою шляпу, — объявил по громкоговорителю капитан катамарана. — Если её сдует ветром, я не остановлюсь, если только она всё ещё не будет одета на вас.

Вскоре заморосил дождь, раскрасив небо в необыкновенно яркую двойную радугу; её красота не поддавалась описанию. Капитан напомнил, что радуга это оптическая иллюзия, вызванная отражением солнечного света дождевыми каплями. В двойной радуге вторая дуга, называемая также «зеркальной», вызвана дополнительным отражением внутри капель, а отношение интенсивностей основной и зеркальной дуг равно 1,666. Цвета зеркальной радуги всегда перевёрнуты, так что красная полоса расположена ближе к центру.

— Для коренных гавайцев, — добавил капитан, — радуга священна. Она представляет собой дорогу, по которой их боги спускаются с неба, в то время как зеркальная радуга открывает путь для душ, отбывающих на небеса после завершения миссии на земле. Радугу видит лишь тот, кто стоит спиной к солнцу и чьи тень и молитвы сходятся к Ануэне, гавайской богине радуг.

xxx

Ранним утром последнего дня отпуска трио Греблов-Серов-Шевчук выехало в аэропорт Кахулуи и разместилось в небольшом самолёте Мауи Аэр для чартерного полёта над Большим островом. Этот остров знаменит двумя из шести расположенных на нём вулканических гор. На спящем вулкане Мауна Кеа стоит огромный двойной телескоп «Твин Кек», каждое зеркало которого состоит из 36 гексагональных сегментов. На горе Мауна Лоа извергается самый большой на планете действующий вулкан Килауэа. Обе горы — священные места, охраняемые Пеле, богиней вулканов и молний.

Когда самолёт подлетал к Килауэа, Греблов, Серов и Шевчук не могли оторвать глаз от невероятных цветовых гамм долин, утёсов и джунглей.

Через минуту пейзаж изменился, предоставив их взорам медленно текущую реку расплавленной лавы. Греблов сразу припомнил потоки раскалённого стекла, виденные им в плавильном блоке завода «Глобал Гласс». Захватывающее и удручающее одновременно, зрелище под крылом самолёта, казалось, соединило воедино красоту гавайского рая с ужасами подземного ада.

Тяжёлые мысли заняли и ум Андрея Серова. Наблюдая непостижимую по размерам и оттенкам огненную реку, вытекающую из земных недр, он вдруг вспомнил 1986 год.

xxx

Для Соединённых Штатов тот год начался со страшной катастрофы космического челнока «Челленджер». Для космической программы Советского Союза он стартовал на более позитивной ноте: на орбиту была успешно выведена космическая станция «Мир». Ещё тогда Серов заметил, что «мир» это половина английского слова «mirror», «зеркало».

Затем пришёл месяц апрель.

Стоя на платформе киевского железнодорожного вокзала, Андрей и его товарищи по команде прощались со студентами-пловцами местного университета.

Три дня, проведенные в Киеве, были насыщены мероприятиями: утренними соревнованиями, возможностями завести новых друзей, осмотром столичных достопримечательностей и обходом магазинов. Во второй вечер одесская команда отправилась на автобусе в город Припять, находившийся недалеко от самой мощной атомной станции страны — Чернобыльской АЭС.

Около шести миль от станции Серов заметил две огромные антенные мачты, возвышающиеся над лесом.

— Что это за антенны? — спросил он у одного из пассажиров.

— Наверняка какая-нибудь воинская часть, — ответил мужчина.

Это был «Ящик 1616», где Алексей Бонин год назад закончил воинскую службу; мачты были антеннами станции, обслуживающей проект по контролю над сознанием.

Все три дня погода стояла ясная, но перед самым отъездом одесских пловцов небо начали заволакивать густые облака.

Молодые люди обменялись последними рукопожатиями, и ребята столичной команды поспешили на автобус.

Облака быстро меняли свой цвет на свинцовый. Серову мерещилось, что он слышит странные, едва уловимые металлические звуки, наполняющие душу предчувствием надвигающейся опасности. Внезапно весь мир вокруг него сжался в выпуклом зеркале обзора над выходной дверью железнодорожного терминала. Ему даже почудилось, что он видит в нём какое-то начертание; он просто не мог понять его. Прозвучал последний свисток, и вскоре поезд тронулся в путь.

Колёса уже час стучали по суставам рельсов. Когда Серов выглянул в окно и снова посмотрел на небо, у него замерло всё внутри. Тяжёлые, непроницаемые облака наслаивались друг на друга, как расплавленный свинец, застывая слой за слоем и создавая картину настолько же захватывающую, насколько жуткую. Там, наверху боги, казалось, пытались оградить себя от страшной опасности, угрожавшей им с Земли. Даже они, могущественные властелины, дрожали от ужаса, предчувствуя, что невидимый, но всепроникающий «свет» вот-вот испустится из мира грешных, и всё, что можно будет сделать, это отразить его обратно, откуда он пришёл.

В облаках на несколько мгновений образовался небольшой просвет, и Серов увидел луну, похожую на зеркало с лиловым ореолом. Между ней и созвездием Весов сиял золотистый Сатурн, прозванный древними «старейшим из старейших», «планетой времени». Серов хмурился: что-то подсказывало ему, что время вот-вот остановится. Богиня справедливости, Астрея, поднимала свои небесные весы, собираясь судить человеческие души. Что-то страшное должно было произойти.

— Сегодня ночью разыграется шторм, — Серов поделился опасениями со своими друзьями.

И его предсказания сбылись. Ранним утром 26 апреля грянул атомный шторм, который навсегда изменил жизнь миллионов людей и до неузнаваемости исказил ландшафт обширной территории вокруг Чернобыля, в 60 милях к северу от Киева.

ххх

Вид расплавленной вулканической лавы под крылом самолёта заставил Шевчука вспомнить рассказ Алекса Бонина о той катастрофе.

— Через год после окончания службы в армии Бонин, как и сотни тысяч других военнообязанных запаса, был отправлен на ликвидацию последствий аварии, — начал Шевчук пересказ истории. — По иронии судьбы штаб-квартира была организована в военном комплексе «Ящика 1616», где Алекс недавно отбывал срочную службу.

Спустя много лет после тех событий Бонин тщательно изучил обнародованные документы, касающиеся аварии. Будучи внимательным к числам, содержащим цифры 1 и 6, он заметил множество совпадений.

Ядерная энергия Чернобыльской станции производилась 1661-им стержнем, каждый из которых был заполнен ядерным топливом и имел гексагональное сечение. В ту злополучную ночь на станции проводился эксперимент по восстановлению мощности на случай аварийного отказа генераторов. Во время теста была допущена ошибка. Из реактора были удалены все, кроме шести замедляющих реакцию стволов, что привело к переиспарению охлаждающей воды. Разоганный за пределы допустимых характеристик реактор не смог автоматически отключиться и начал действовать, как скороварка.

Мощный взрыв разорвал ночную тишину маленького городка. В небеса взлетел светящийся радиоактивный гейзер.

Первые прибывшие пожарные 6-ой части с ужасом смотрели с крыши здания управления на зеркальное озерцо расплавленного ядерного топлива. На губах сразу почувствовался металлический привкус радиоактивного йода и свинцовой пыли.

— Информация о масштабах катастрофы поначалу замалчивалась. Быстро расползающееся токсичное облако было обнаружено лишь двумя сутками позже на атомной станции Форсмарк, недалеко от шведского города Уппсалы, что в 1600 км от места аварии, — продолжил Шевчук рассказ. — 600 тысяч человек — Бонин один из них — были отправлены к Чернобылю на ликвидацию последствий аварии.

Для деактивации участков экстремальной радиоактивности привлекли тысячи биороботов. Этот термин применялся к людям, заменившим механических роботов, электроника которых отказывала из-за аномально высоких уровней радиации. Каждый шестой из ликвидаторов впоследствии умрёт или получит тяжёлую форму инвалидности.

Всем эвакуированным из близлежащих городов было запрещено возвращаться на родную землю. Они потеряли своё жильё и имущество. Военная радиостанция, обслуживавшая проект по контролю над сознанием, как и сам проект, оказались заброшенными. Над страной нависли тяжёлые политические и финансовые облака.

xxx

— Готовы лететь обратно? — раздался голос пилота.

Самолёт развернулся и взял обратный курс на остров Мауи; адская река чёрно-красной лавы начала исчезать из вида.

Мысли омрачённого Греблова медленно возвращались из услышанного рассказа; его тело постепенно расслаблялось.

— Что вы думаете об этом полёте? — спросил он Серова.

Андрей бросил прощальный взгляд на потрясающий контраст между земным раем и адом и ответил:

— Правду говорят, что у зеркала два лица.

Несколько минут спустя Греблов добавил:

— Кернер попросил, чтобы один из нас полетел на конференцию по искусственному интеллекту в Брисбене. Мне бы хотелось, чтобы это были вы, Андрей. Отель забронируете сегодня вечером. Зарегистрироваться на конференцию можно будет прямо на месте.

Глава XXX

Сидя в лаборатории Гавронского, Алекс Бонин самодовольно рассматривал мелькающие на экране компьютера цифры. Гений Бонина заставил их выглядеть превосходно.

Капсула была практически готова к презентации для избранных инвесторов 2 июня, на следующий день после общего акционерного собрания «РеМаинд». А потом: слава, гранты, дополнительное частное финансирование и огромные заказы для компании. Но что достанется ему, Бонину, истинному интеллекту этого проекта: премия в несколько тысяч, бесплатная поездка на Гавайи? Разве он не заслужил гораздо большего?

Уже три дня лил дождь. Пока Греблов, Серов и Шевчук нежились под ласковым гавайским солнцем, для Бонина создалась идеальная возможность выяснить, на что Капсула была действительно способна.

Введя в установку все скурпулёзно высчитанные параметры, Бонин заново прокрутил в уме тонкие нюансы эксперимента. Он наденет Шлем и позволит механизму защёлкнуть замки и оптимизировать давление датчиков. После этого автоматически включится Персонализатор, подавляя сознание и отделяя душу от тела. Бонин всегда хотел ощутить этот трепетный момент до конца, но был реальный риск того, что сознание отделится полностью и не сможет быть возвращено из Зеркала без посторонней помощи. По этой причине работа с Капсулой в одиночку была строго запрещена протоколом. В качестве дополнительной меры предосторожности устройство было оснащено цифровыми «тормозами» — компьютерной программой, останавливающей алгоритм на пороге несанкционированного перехода сознания в Зеркало. Так что душа Бонина, прямо перед тем как полностью там обосноваться, будет благополучно возвращена в его тело. Если... если, конечно, он не отключит эти самые цифровые тормоза.

Зловещая ухмылка исказила его лицо. Действительно, ведь он мог бы стать первым человеком, прижизненно заглянувшим в потусторонний мир: мечта всякого учёного! Неуверенной рукой Бонин потянулся к панели управления и, немного подумав, отключил защитное устройство. Когда он взялся за Шлем, дверь скрипнула. Бонин резко обернулся.

— Царь! — выдохнул он облегчённо. Полная абсурдность зеркальной бравады стала теперь очевидной его вмиг отрезвевшему разуму. — Тебе одиноко?

Пёс, казалось, внимательно слушал Бонина, но край его глаза был прикован к блестящему Шлему, который всё больше и больше терзал его любопытство.

— Пойдём, приятель. Ты заслужил печенье, а я — крепкий кофе.

На кухне Бонин угостил Царя лакомством и заварил себе чашечку арабского. Затем он отлучился в уборную.

Подобная возможность никогда не длится долго; момент показался Царю как нельзя более благоприятным. Он подбежал к незапертой двери лаборатории Гавронского, встал на задние лапы и потянул за ручку передними. Дверь открылась. Запрыгнув на стол, он внимательнейшим образом осмотрел Шлем, поверхность которого отражала авантюрный блеск в его голубых глазах.

Из чистого любопытства, но с величайшей осторожностью — лишняя предусмотрительность никогда не помешает умной собаке — Царь обнюхал Шлем и ткнул его носом. Он сразу учуял знакомые запахи; Бонин... Греблов... а чей это запах? Странно. Не померещилось ли ему? Стараясь определить принадлежность этого незнакомого запаха, Царь сунул голову чуть глубже, как вдруг что-то неожиданное произошло с молниеносной быстротой. Шёлкнули замки, и послышался мягкий шум микромоторов. Что-то плавно, но крепко прижалось к его голове.

Застигнутый врасплох, Царь дёрнулся назад, чтобы высвободиться из Шлема, но замки не поддались. Кнопка аварийной остановки была в пределах досягаемости передних лап, и Царь мог бы прервать рутину в любой момент, но он не был знаком с этой простой процедурой. Расфокусированный лазерный свет окрасил его испуганную морду в ярко-малиновый.

По мере того как летели секунды, ярость сменилась осознанием тщетности всех попыток освободиться. Самым разумным в этой ситуации было сидеть и скулить о помощи, стуча по столу своим хвостом. «Что Бонин делает так долго в туалете?»

Внезапно пёс оцепенел. Его ощущения были менее, чем приятными. Голубые глаза Царя выпучились и походили теперь на два больших сапфира. Несколько сильных содроганий прокатились по телу; нос вмиг стал сухим, а мышцы сковало, словно столбняком. Он попытался залаять, но этому помешал внезапно образовавшийся в горле ком. Странный приглушённый лай других собак начал доноситься до него из голубого диска Зеркала.

Быстрая последовательность воспоминаний заволокла глаза: кости, резиновые собачьи игрушки, зеркала и бесконечные рулоны туалетной бумаги. Затем Царь ощутил сжатие, словно Греблов от большой любви стиснул его несколько сильнее обычного, и, наконец, всё успокоилось.

xxx

Приятное тепло разлилось по венам животного. Нос Царя всё ещё дрожал, но шерсть на его спине опала. Несколько минут спустя он уже лежал полностью расслабленный и дышал глубоко и равномерно.

Алекс Бонин вернулся в кухню, напевая какую-то песенку. Он отхлебнул кофе, как вдруг у него возникло чувство, что случилось что-то неладное.

— Царь? — позвал он.

Ни звука в ответ.

Когда Бонин подошёл к полуоткрытой двери лаборатории, у него как-то странно заныло в самом низу спины. Он вошёл. Распластанный на столе, облачённый в блестящий Шлем, Царь напоминал спящего астронавта. Его язык жалостливо свисал, изо рта обильным потоком текли слюни.

— О, чёрт! — воскликнул Бонин, отирая лоб рукавом. — И что теперь?

Он сразу же представил себе Царя, лишённого Капсулой облика нормальной собаки. После этого перед Бониным промелькнули видения гораздо более угрожающего характера: конец его научной карьеры и, возможно, конец его земного существования. Никто бы сейчас не смог предугадать реакцию Греблова на тот факт, что над его питомцем проводили опыты, пока он был в отъезде.

— Царь в Зеркале! — твердил Алекс в отчаянии.

Его взгляд был полон ужаса, не лишённого, однако, восхищения и даже лёгкой зависти: этот сукин сын опередил самого Бонина!

В это время компьютер издал звук, и на мониторе отразилась симфония биоритмов пса. Бонин прыгнул в кресло, вглядываясь в два пика на противоположных сторонах спектра.

— Так я и думал, — прошептал он гордо.

Было просто удивительным, насколько биочастоты Царя были близки к человеческим. Теперь они отражали подавленную психическую активность в Шлеме и её быстрое усиление в Зеркале. Время текло, и Бонин начал успокаиваться, полностью переосмысливая ситуацию. Помимо очевидной странности самого момента, всё, согласно датчикам, выглядело совершенно нормальным. Душа животного, казалось, прекрасно обосновалась в Зеркале. Бонин мог вернуть сбежавшего пса обратно в тело прямо сейчас, но он не торопился. Застигнутый врасплох непредвиденным экспериментом, этот до самых костей учёный желал бы теперь выудить из него как можно больше полезной информации.

Бонин принёс из кухни резиновую кость Царя. Помахав ею перед Зеркалом, он с изумлением заметил, как гамма-волны на мониторе заиграли; душа пса, по-видимому, прыгала до потолка от радости в зеркальной реальности.

— Осторожней, приятель, — пробормотал учёный. — Не разбей эту штуку изнутри.

В течение следующих нескольких минут волновая картина в Зеркале продолжала радовать глаз, а затем исчезла. Бонин махал костью, но безответно.

— Его там уже нет! Где же он?

Не теряя драгоценного времени, он нажал кнопку аварийной остановки, запустив алгоритм активации сознания. Вскоре шерсть на теле Царя шевельнулась.

— Возвращайся, возвращайся, — твердил Алекс, слыша жужжание Персонализатора и наблюдая, как в Зеркале снова появляются колебания. — Твоя пушистая душа нужна мне здесь, в твоём теле.

Через десять минут Царь издал слабый звук.

— Вот молодчина!!! — радости Бонина не было предела. — Славный пёс!

Царь открыл глаза и посмотрел на учёного каким-то отрешённым взором. Наконец, дрожа от носа до хвоста, он слабо тявкнул и вильнул хвостом. Ещё некоторое время спустя, всё ещё вздрагивая от истощения, он доплёлся до своей миски и вылакал из неё всю воду.

Бонин резонно счёл необходимым провести эту ночь в «РеМаинд». Царю нужен был хороший отдых и бдительный глаз.

Немного поев, пёс улёгся на своём коврике и моментально заснул, часто вздыхая и время от времени обнажая свои белоснежные зубы в человекоподобной улыбке.

Переполненный гордостью, Бонин вернулся за рабочий стол. Его теория оказалась верной! Все споры со своим начальником были решены неожиданным экспериментом в его пользу.

— Греблов, — процедил он высокомерно сквозь зубы. — Ты — балбес, каких свет не видывал. Ещё тупее, чем Керн...

Слова уже соскользнули с кончика его языка, когда Бонина вдруг охватило чувство, что за ним кто-то следит. Он остановился на полуслове, едва успев проглотить окончание фамилии владельца компании. Бонин быстро обернулся, облизнув свои ставшие сухими губы. Странно, в комнате никого не было.

Через несколько минут Бонин успокоился и принялся резюмировать ситуацию. Тот факт, что сознание Царя отсутствовало и в Зеркале, и в Шлеме, могло свидетельствовать лишь об одном — оно отлучалось в какое-то другое место!

Только когда Бонин вышел в кухню, крошечная вебкамера, тщательно скрытая в одном из шкафчиков лаборатории, прекратила видеотрансляцию. Несмотря на то, что он оказался чуть меньшим балбесом в глазах Бонина, чем Греблов, Кернер, наблюдавший за несанкционированным экспериментом со своего домашнего компьютера, почувствовал себя глубоко оскорблённым.

— Вот же дебил, — охарактеризовал он вполголоса своего протеже, Бонина. — Но самое главное это то, что Капсула работает! Какая, однако, необычная группа индивидуумов мне досталась. Один, фактически, зеркальный наркоман. Второй терпеть не может зеркал, хоть и считается экспертом в зеркальном деле. Третий влюблён в самого себя, словно в зеркальное отражение. Шевчук, кажется, единственный нормальный человек в этом коллективе, да и то у него весь мир выражен зеркальными числами.

А тем временем в тысячах километрах от здания «РеМаинд», в московской штаб-квартире Управления экономической разведки два высокопоставленных генерала обменялись самодовольными улыбками. После просмотра живого видеопотока с инфицированного компьютера Кернера один из них прокомментировал:

— Я полностью согласен с выводами нашего психолога о Кернере. У такого человека должны быть гораздо более личностные планы на Капсулу. Тот, кто склонен видеть предательство в других, часто сам склонен к предательству.

— Верно, — ответил второй генерал. — Это означает, что нужно торопиться. Пришло время собирать урожай!

Глава XXXI

Царский распорядитель пригласил Романа Боборыкина на аудиенцию. Боярин вошёл в палаты с лёгким поклоном.

— Я пою Богу молитву за тебя, государь!

Ещё до недавнего времени подобный поклон был бы расценен как тяжкое оскорбление монарху. Но после религиозных реформ, изданных патриархом Никоном и одобренных самим царём, винить было некого. Правая рука Алексея Михайловича описала в воздухе короткую дугу, приглашая боярина сесть.

Роль бояр — основной поддерживающей силы русской монархии — существенно ослабла в годы правления Ивана Грозного, предпоследнего представителя династии Рюриковичей. После смерти жестокого царя бояре сделали ставку на Михаила Романова, отца Алексея. Взойдя на престол, Михаил Фёдорович немедленно вернул власть своим сторонникам. Подвох заключался в том, что те, чья родословная была чище, чем семьи Романовых, со временем поплатились головой. Остальные были активно задействованы в укреплении империи.

— Есть что-то новое о патриархе? — спросил Алексей Михайлович требовательным голосом. — Молви, коль знаешь!

Воздев к потолку свои хитрые глаза, как бы призывая небеса дать ему силы говорить о неприятном, Боборыкин отвечал:

— Не знаю, стоит ли упоминать, но, по слухам, Никон ежедневно занимается колдовством внутри своего Куба мыслей.

Краем глаза боярин увидел, что левая бровь царя приподнялась чуть выше, чем правая — верный признак гнева.

— Это тот самый зеркальный ящик, на который он потратил целое состояние? — усмехнулся верховный правитель.

Боборыкин утвердительно кивнул.

— Каждый раз, когда Никон бросает в зеркало свой нарциссический взгляд, дьявол вырывает клок из его души и уволакивает, как паук, в своё грязное царство.

Царь воспринял эти слова с большой осторожностью. Боборыкин, один из самых могущественных бояр, имел веские основания ненавидеть самонадеянного патриарха. Судебная тяжба из-за земли между их владениями сделала этих двух заклятыми врагами. Боборыкин уже долгие годы посылал челобитные царю, и теперь его душа трепетала в предвкушении скорой мести.

— Нарцисс стал первой жертвой отражения, — заметил царь, невольно проводя параллель с Никоном. — Но вспомни, что Библия говорит об этом: «Теперь мы видим только смутное отражение в зеркале, а тогда будем видеть лицом к лицу. Теперь моё знание частично, а тогда я буду знать так же полно, как знает меня Бог». Разве это не свидетельство того, что зеркало позволяет по-настоящему познать себя глазами самого строгого критика — нашего отражённого двойника?

— Зеркало — это изобретение дьявола, а также его потайное место, — возразил боярин. — К тому же зеркалами люди оскорбляют Бога, всё глубже вглядываясь в Его абсолютное знание — Великое Зеркало. Рано или поздно Господь обрушит месть на тех, кто пренебрежителен к Его уединению.

Алексей Михайлович не нашёлся, что ответить. Чувствуя нерешительность царя, Боборыкин продолжил.

— Опасность зеркала заключается и в том, что оно переворачивает истину, обманывая наши чувства. Перевёрнутая истина — это ложь, часто действительно более правдоподобная, чем истина. Дьявол использует отражающие поверхности, чтобы заманить души в западню, сделав невозможным попадание в рай. С помощью зеркáл главный противник Бога распространяет зависть, гнев и похоть. Всё, что хорошо с одной стороны зеркала, является злом с другой. Только такой глупец, как Никон видит мудреца в своём собственном отражении!

Внимая сказанному, царь дал Боборыкину возможность продолжить.

— Миром правят противодействия и отражения. Когда две зеркальные силы сталкиваются в небе, бъёт молния и рождается свет. Однако чистый свет может быть получен непосредственно от Бога. Удали зеркало, и ты, государь, избавишься от оппозиции; отражение — это не что иное, как предательский мираж.

Суверен начал постепенно понимать тайный смысл фигуративной речи боярина.

— Отражённый мир действительно кажется нам очаровывающим, но он лишён какого-либо реального смысла, — добавил Боборыкин. — Не в силах раскрыть нашу внутреннюю красоту, всё, что он делает, это выставляет напоказ нашу вывернутую наизнанку оболочку.

Алексей Михайлович опешил; эти же самые слова часто повторял его отец. Михаил даже приказал обернуть зеркала в своих хоромах тканью и запереть их, чтобы защитить от влияния их двойственности себя и свою семью.

Некоторые члены царского окружения, в том числе и Боборыкин, были горячими сторонниками запрета зеркал. Образованный и благочестивый Алексей Михайлович, однако, относился к этим попыткам с сомнением. Он видел технологический прогресс Эпохи Просвещения как Божие благословение. Царь знал, например, что Левенгук обнаружил ранее неизвестные формы жизни настолько крошечные, что их можно было видеть только под микроскопом. Была ли цель их создания такой же, как и создания тусклых звёзд, видимых лишь в телескоп? Были ли они чистой иллюзией или планом Всевышнего открыть людям Его могущество? А может цель, с которой Бог создал предметы настолько далёкие и настолько малые, была в том, чтобы дать человеку стремление открывать их скрытый смысл? Как бы там ни было, но все научные изыскания до сих пор сводились к одному основному выводу — доказательству величия Бога и смертности человека.

— Разве ты не видишь, государь, — прервал его мысли Боборыкин, — что твой двойник перерос твоё отражение и стал твоей искажённой тенью? Презренный даже научился копировать выражение твоих добрых глаз, чтобы манипулировать твоею душою. Он гипнотизирует тебя, словно подсыпая опиум в вино. Превосходительство царя всё более и более затменено зеркальной тенью — «превосходительством» патриарха. Тот, кто смотрит в зеркало, обязан видеть своё отражение по образу и подобию Божию, а вместо этого Никон ставит своё отражение не только выше твоего, но и Господнего. А это уже святотатство!

Глядя на своё собственное отражение в зеркале, Алексей Михайлович внезапно осознал, что он действительно больше не являлся единственным правителем империи. За плоскостью обманчивого стекла перед ним медленно выплывало плоское лицо его оппонента, патриарха Никона. Родившийся в нищете, обречённый умереть в нищете, но возведённый к власти и богатству монархом, неблагодарный патриарх осмелился бросить вызов автократии самого Романова. Он пытался затмить власть Великого государя, который, как надлежало, был превыше всех других правителей мира. Даже некоторые из самых лояльных в окружении Алексея Михайловича видели теперь образ Никона, а не царя, над их головами.

Каждый момент жизни Романова был преисполнен желанием нести счастье окружающим, если они, конечно, не угрожали его божественному праву автократа — праву, данному ему Богом, а не Церковью, и уж точно не патриархом, которого он по иронии возвёл ко власти. В развязавшейся борьбе за верховенство прежний приятель царя был теперь не только неудобным, но и опасным ренегатом. В своём отдалённом монастыре он, по информации Боборыкина, часами взывал к демонической силе, сидя в ящике, обставленном зеркалами.

Зеркала.

Медленно, словно из глубины времени, в памяти царя всё чётче звучала одна из любимых фраз патриарха: «Через зеркало Бог ведёт нас».

Только теперь верховный правитель начал понимать истинный смысл этого высказывания, и когда, наконец, понял, его глаза обрели твёрдую решимость.

«Запретить зеркала! — сказал он самому себе, стиснув кулаки. — Запретить их, и исчезнет необходимость быть ведомым Церковью!»

Остыв немного, он повернулся к боярину и вопросил:

— Что ты предлагаешь сделать с Никоном?

— Мы можем применить его проверенные методы к нему самому, — ответил Боборыкин, с напущенной смиренностью глядя в окно, будто он мог ясно видеть сквозь мутную слюду. — Можно отрезать ему язык, вырвать ноздри, четвертовать или удостоить всего вышеперечисленного.

Царь с любопытством наблюдал за тем, как быстро Боборыкин терял над собой контроль. Лицо боярина буквально на глазах меняло притворную мягкость на зловещие оттенки в предвкушении сведения счетов со своим заклятым врагом. Размышляя над предложением Боборыкина, Алексей Михайлович молча согласился, что это был действительно интересный вариант, позволивший бы утопить патриарха в его собственном отражении, за исключением одного небольшого неудобства. Если бы Никон был уничтожен прямо сейчас, все церковные реформы пропали бы даром, канув в небытие вместе с его ушедшим в могилу именем. Для царя эти реформы — преподнесенные народу надлежащим образом — могли бы стать искусным инструментом, позволившим ещё более отклониться от византийской концепции паритета между государством и Церковью к традициям греческого православия, гораздо более гибким в интерпретации.

Нет. Он, Алексей Романов, отстранит Никона от церковной власти постепенно, позволив ему, как козлу отпущения, унести со своим именем лишь вину за раскол, оставив при этом неприкосновенными сами реформы.

Лицо монарха снова приняло величественное выражение. Он повернулся к Боборыкину и произнёс:

— Ступай к Никону и попытайся убедить его покинуть патриарший престол. Если откажется, он будет судим Синодом. Молви ему, что это последний шанс уйти достойно, публично отрёкшись от титула.

Царь знал наверняка, что одиозный патриарх никогда не сдаст своих полномочий добровольно.

Глава XXXII

Андрей Серов провёл десять дней своей австралийской поездки в интереснейших обсуждениях на конференции по искусственному интеллекту, а также в экскурсиях по островам Кораллового моря. В последний день он посетил ботанический сад города Брисбена. Уже на обратном пути в гостиницу, в самом конце сада он заметил похожее на небольшую обсерваторию здание с названием: «Планетарий сэра Томаса Брисбена».

Этот храм астрономии сразу же вернул Серову давние воспоминания о его первом телескопе.

ххх

В течение многих лет Советский Союз и Соединённые Штаты были втянуты в космическую гонку, и все предметы, связанные с космосом, в то время были очень полулярны, особенно телескопы. Однако для покупки среднего рефлектора семье Серова пришлось бы работать больше года. Отец Андрея решил построить телескоп к 16-летию сына своими силами. Для этого нужны были две основные части: вогнутое зеркало и прочная трубка. На толкучке Николай очень дёшево купил подходящую трубу, а вот поиск оптической части привёл его к проходной одесского морского порта. В конце рабочей смены, изучая лица рабочих, уходящих домой, он заприметил среднего роста мужчину с живыми серыми глазами. Повинуясь интуиции, Николай проследовал за рабочим в пивную и заказал себе «Жигулёвского». Вскоре между двумя мужчинами завязался деловой разговор.

Рабочего звали Василием, а среди коллег он был известен как «да Винчи»; может, из-за иронии, поскольку у него были лопатообразные руки, может, из-за его, как и у великого Леонардо, склонности мечтать о вещах, слишком передовых для его времени. Но, скорее всего, это прозвище отражало его гениальную изобретательность и способности в добывании предметов из портового склада для случайных потребителей... с существенными скидками, разумеется. Василий был также философом — практическим материалистом — и большим ценителем алкоголя.

— Водка — это жидкая валюта, — намекнул он прямо за столом. — Она раскрывает сердца и объединяет души.

В следующий понедельник да Винчи разбогател на две бутылки жидкой валюты. Взамен Николай получил два корабельных иллюминатора, диаметром в десять дюймов каждый. Теперь они лежали на столе в его подвале, который на несколько месяцев превратился в оптическую мастерскую.

Шлифование иллюминатора производилось с помощью самодельного оборудования и книжных инструкций. Во второй вечер к отцу и сыну присоединился Иван Шевчук, с радостью принявший участие в строительстве телескопа. Один иллюминатор был закреплён в деревянной раме. Ко второму была приклеена ручка, за которую его двигали. Между двумя стёклами наносился пастообразный абразив.

Вскоре систематические движения начали слегка искривлять упрямое стекло. Николай то и дело проверял правильность формы с помощью фонарика, лезвия и зеркальца. Окончательная шлифовка выполнялась тончайшим абразивом. Полированную линзу тщательно протёрли, завернули в ткань и отнесли в политехнический институт для нанесения отражающего слоя.

Глядя на бутылку «столичной», которая прилагалась к иллюминатору, Олег Шапиро — диссертант кафедры — произнёс со вздохом:

— Почему-то зеркала и отрава всегда следуют рука об руку. Средневековые стеклодувы использовали в производстве зеркал ртуть и свинец. Исаак Ньютон добавлял мышьяк в оловянно-медные зеркала своих знаменитых телескопов. А теперь вот это?!

Однако плата в жидкой валюте была принята, а иллюминатор помещён в камеру напыления металлов. Минут двадцать ушло на создание вакуума.

— Я сам увлекался телескопами в раннем возрасте, — признался Олег. — Интересно, что многие из звёзд уже давно угасли, и то, что мы видим, это лишь их свет, до сих пор блуждающий в пространстве. Так что в следующий раз, когда вы посмотрите на звёздное небо, знайте, что вы наблюдаете за небесными призраками.

— Тогда в зеркалах мы тоже видим призраков, — предположил Андрей, усмехнувшись. — Отражённый свет возвращается к нам, когда мы уже немного состарились.

— Точно! — прокомментировал Олег. — Свет отражается от зеркала, возвращаясь к нам с информацией о нашем прошлом.

— А можно через зеркало заглянуть и в будущее? — с надеждой в голосе спросил Иван.

— К сожалению, нет, — сказал Олег. — С самого зарождения Вселенной время течёт только вперёд.

«Инга может через зеркало видеть будущее», — подумал Андрей. Он всем своим сердцем верил, что эта добрая гадалка была пророчицей.

Диссертант щёлкнул тумблером, и камера наполнилась ярко-голубым светом плазмы; он был похож на сияние далёкой звезды. После того как на иллюминатор был напылён тонкий слой алюминия, Олег открыл камеру и вручил Андрею великолепно сияющее вогнутое зеркало.

На следующий день зеркало закрепили болтами на одном конце пластиковой трубки; на противоположном приладили небольшое плоское зеркальце, направляющее отражённый свет на окуляр от сломанного бинокля. Когда Николай настроил телескоп, его лицо расплылось в улыбке. Вместо того, чтобы служить иллюминатором корабля, круглое стекло стало окном в скрытный мир планет, звёзд и галлактик.

Хотя сконструированный прибор был очень неплохого качества для самодельного телескопа, он слегка искажал форму объектов. По словам Николая, «сырный круг луны был немного оплавлен по краям». Кроме того, вогнутое зеркало придавало едва заметную окраску небесным светилам.

— Я думал, что зеркала не добавляют цвета отражениям, — прокомментировал Иван.

— Конечно добавляют! Причём все зеркала, — поспешил сказать Андрей, тут же спохватившись, что его аргумент был совершенно необоснованным.

— Ну-ну, — усмехнулся Иван, зацепившись за сказанное. — И ты можешь это доказать?

Андрей направился в ванную комнату. Пытаясь найти подтверждение своему необдуманно высказанному заявлению, он начал смотреть на висевшее там зеркало с разных сторон.

— Я был прав! — вдруг воскликнул он. — Посмотри-ка сам!

К изумлению Ивана падающий под острым углом свет преломлялся сошлифованным краем зеркала, как призмой, в крошечную разноцветную радугу.

Андрей почувствовал себя победителем.

Друзья проводили долгие часы зимних ночей за наблюдением необъятной бархатной черноты, по которой река «Млечный Путь» несла созвездия и туманности, блестящие, будто бы стайки кильки, пойманные в рыболовные сети. Воображение уносило мальчиков далеко-далеко, и только когда мать Андрея звала их на чашку горячего шоколада, они возвращались на землю, но и тогда лишь совсем ненадолго.

В морозные полнолунные вечера мальчики слышали слабый звон, доносившийся с соседнего балкона. Жившая там пожилая женщина трясла в руках монеты перед лунным диском; по поверию это должно было принести ей много денег рано или поздно.

Со временем друзья стали опытными наблюдателями и знали все видимые созвездия и звёздные скопления, от хорошо известного Ориона до неприметных Плеяд.

— Почему их называют Плеядами? — как-то Андрей спросил отца.

— Не знаю, — признался Николай. — Я только читал, что древние греки называли их «Семь сестёр».

— Я вижу лишь шесть звёзд, — сказал Андрей, явно заинтригованный.

— Сходи-ка в планетарий. Там-то ты уж точно получишь ответы на любые вопросы, касающиеся звёзд.

Как-то поздним вечером Андрей наблюдал в телескоп за Плеядами. Вдруг Иван тронул его за плечо и указал на незашторенное окно трёхэтажки напротив. Нацелив телескоп и настроив резкость, Андрей уставился на прекрасный силуэт. От увиденного кровь в его венах закипела.

— Имей совесть, мужик, — Ивану пришлось буквально оттащить своего друга от окуляра, чтобы и самому взглянуть. Затем, причмокнув языком, он промолвил, словно смакуя во рту ложку варенья: — Вот она, седьмая звезда! Мой отец был прав: все люди были созданы равными, а женщины — чуть более равными.

Прямо перед ними только что открылся совершенно новый мир, ещё более загадочный и захватывающий, чем тот, который мерцал над их головами. Двое друзей даже не могли себе представить, что с помощью телескопа они обнаружат, вместе с новой «звездой», новую цель в жизни прямо здесь, на этой самой планете.

В следующую субботу Андрей и Иван отправились в планетарий. Это здание когда-то принадлежало Пантелеймоновскому монастырю.

У входа стояла статуя Константина Циолковского, отца отечественного ракетостроения. Посмотрев друг на друга, мальчики вспомнили свой собственный ракето-строительный опыт. Их первая миниатюрная ракета, сделанная из рулонов целлулоидной фотографической плёнки, обёрнутых алюминиевой фольгой, влетела в соседский гараж, прямо в тряпку, лежащую возле канистры с бензином. К счастью, всё тогда обошлось благополучно.

После лекции мальчики подошли к куратору планетария и спросили его о созвездии Плеяды.

— Это не созвездие, а скопление звёзд, «Семи сестёр», — объяснил старик. — Охотник Орион влюбился в одну из них, прекрасную Меропу, и даже попытался похитить её. Меропа теперь прячется за небесным зеркалом и видна только тем, у кого острое зрение или есть телескоп.

xxx

Запах тропических цветов вернул мысли Андрея Серова в ботанический сад австралийского Брисбена. Он вошёл в планетарий.

Прямо у входа, как и в одесском планетарии, удивлённый Серов увидел статую Константина Циолковского. Его изумление ещё больше возросло, когда он рассмотрел экспонаты; многие были точь-в-точь как те, которые он помнил с детства. А когда он увидел куратора, он и вовсе опешил. Старик был копией куратора одесского планетария; он просто разговаривал на другом языке.

Вечерняя лекция была посвящена наиболее известной группе звёздных скоплений Южного полушария, трём крестам. Каждый из них является небесным отражением христианского креста, но один — Истинный Крест — также имеет пятую звезду, Эпсилон Крусис. Это звёздное скопление почему-то напомнило Серову русский православный крест с наклонной планкой для ног. По легенде, планка наклонилась от спазмов в последние секунды жизни Христа. Она указывала вверх, справа от Иисуса, на раскаявшегося вора Дизма, который был вознесён на небеса, и вниз, слева от Иисуса, на непокаявшегося вора Геста, который был брошен в ад.

Точный по своим пропорциям, Истинный Крест был виден древним грекам и римлянам, но исчез за горизонтом Северного полушария между 6-ым веком до н. э. и восходом Римской империи.

Куратор пояснил, что Истинный Крест можно увидеть на флагах пяти стран. На бразильском флаге пятая звезда представляет штат Эспирита-Санта, означающий в переводе «святой дух».

К тому времени, когда лекция в планетарии закончилась, на Брисбен опустилась ночь. Пройдя в самый тёмный уголок ботанического сада, Серов поднял свой взор к южному небу. Три небесных креста, Истинный Крест и два креста-обманщика — Алмазный Крест и Ложный Крест — сверкали бок о бок.

Эпсилон Крусис... святой дух. Серову внезапно вспомнились слова Бонина и Ларина об эпсилон-биоволнах человеческого подсознания и быстрых волнах сознания. Теперь он видел их взаимосвязь в небе над головой.

«Конечно! — подумал он. — Сознание это отражённое подсознание в замкнутом цикле бытия! Всё взаимосвязано в зеркальных параллельных мирах!»

Глава XXXIII

Сидя в Новоиерусалимском монастыре, патриарх Никон осмысливал события недавних лет своей жизни: заговор духовенства, конфронтация с царём, вызванные религиозными реформами бунты верующих и, самое главное, то изощрённое коварство, с которым все эти события были организованы его скрытым врагом.

В общей сложности царь прислал Никону шесть делегаций, пытаясь склонить его добровольно покинуть пост. С точки зрения Никона, он, как и Иисус, был обвинён шесть раз в сокрытии демона. И шесть раз, как Иисус, он должен был предъявить знак, доказывающий, кем он был на самом деле. Этим знаком для Никона являлся его нагрудный патриарший крест.

Он взглянул на отражение креста в круглом венецианском зеркале, оправленном бронзой. На долю секунды ему показалось, что две бирюзы в кресте похожи на бирюзовые глаза Ханны, утонувшей пророчицы и бывшей владелицы этого зеркала. Кроваво-красный рубин, символизирующий сердце Иисуса, был в отражении креста там, где ему и положено было быть. Но планка для ног, к величайшему удивлению Никона, показалась ему теперь скошенной в зеркале неправильно — вверх, слева от Иисуса, где должен был бы стоять нераскаянный вор Гестас.

«Неужели зеркало превращает правду в ложь?»

Странное отражение внезапно воскресило в Никоне пророчество Ханны о том, что в текущем, 1666, году заклятый враг Никона накопит достаточно сил, чтобы уничтожить его навсегда. Патриархом овладел великий испуг. Тогда он воззвал взглядом к своему звёздно-сапфировому перстню. Шестиконечная белая астерия в нём предстала перед Никоном двумя ложными крестами. Перстень больше не казался ему священным: вместо отражения Веры, Надежды и Судьбы он теперь напоминал обманчивый знак, предвестник мрачных перемен.

В ту ночь в своём тревожном сне Никон наблюдал в небе сияющие рядом друг с другом отражения истинного креста и двух ложных крестов, подобных виденным им в перстне. Множество окружающих их звёзд и созвездий были неведомы патриарху. Видение было настолько реалистичным, что Никон проснулся. Накинув на себя одежду, он вышел во двор монастыря, но, как ни вглядывался в звёздную ночь, не увидел ничего подобного трём небесным крестам из своего сна.

ххх

На следующее утро в Новоиерусалимский монастырь нагрянула царская охрана. Начальник подал Никону приказ об аресте и отправке в Кремль для суда.

А 12 декабря 1666 года в Соборе Святого Алексея митрополит Питирим, от имени монарха, созвал Священный синод — верховный совет Русской православной церкви.

Прямо перед входом в зал царя Алексея Михайловича внезапно охватило замешательство. В этом соборе он был крещён. Теперь он собирался свергнуть здесь яркого и благочестивого главу духовенства, которого сам возвысил и который был его другом на протяжении многих лет. Никон вырос из ничтожества во многом благодаря своему таланту, властным навыкам и внутренней энергии. Единственной причиной предстоящего суда был конфликт между короной и митрой.

«Но разве это не достаточный аргумент?» — подумал царь. Его замешательство длилось лишь мгновение.

Синод возглавил приглашённый греческий патриарх Паисий Александрийский. Другие иностранные экуменические сановники включали патриарха Макария III Антиохии, митрополита Афанасия Икона и митрополита Анания Синайского, представлявшего Иерусалимского патриарха.

Все 66 отредактированных книг православной Библии лежали на длинном дубовом столе, покрытом ярко вышитой скатертью. Они были молчаливым напоминанием как о вкладе Никона в церковные дела, так и о том, кто именно вызвал невиданную смуту в религиозных кругах великой империи.

Вход царя сопровождался волной лёгкого движения, прокатившейся по Банкетному залу. Вошедший владыка всея Великия и Малыя и Белыя России был окружён свитой бояр. Несмотря на недавно одобренное послабление ритуальных требований, все присутствующие в зале — от священников до епископов и иностранных светил — глубоко поклонились монарху.

Одетый в богатые регалии, гордо оглядывая своих склонившихся подданых, Алексей Михайлович Романов был великолепен. Он шагал решительно, как медведь. В нём чувствовались необыкновенная сила и злость, накопленные годами противостояния. Вся его телесная масса на несколько минут превратилась в энергию, и первый раз за многие годы он не выглядел тучным. Окинув ещё раз взглядом присутствующих, царь медленно опустился на трон.

Этот уникальный трон был сделан из сандалового дерева, инкрустирован золотом и серебром и тщательно украшен эмалью, бархатом и более чем двумя тысячами драгоценных камней, половину из которых составляли бриллианты. Сегодня трон сиял почти наравне с великолепием царя.

В руках суверен держал скипетр и шар, отделанные сотнями камней и жемчужин. Теперь, яснее прежнего, эти два символа демонстрировали его абсолютную власть, затмевающую власть Церкви и всех тех, кто смел думать о себе как о хозяевах собственных судеб. Шар был увенчан алмазным крестом, похожим на неведомый небесный крест, виденный Никоном во сне. Не в силах оторвать взгляда от этого креста, патриарх внезапно понял, что никакие мольбы о помиловании ему уже не помогут.

Царь Алексей Михайлович был краток. Он объявил, что Никон самовольно покинул патриарший трон, оскорбив тем самым не только монархию, но и Церковь. Единственной заслугой патриарху вменялась ревизия литургических книг и практик, а также его твёрдая позиция против тех, кто саботировал церковные нововведения. Речь монарха была тщательно рассчитана. Она обрушивала гнев толпы на личность патриарха, отвлекая внимание от попыток правительства подчинить себе Церковь.

— Византийские православные традиции учат доктрине симфонии, — заключил царь, используя идею своего противника в битве против него. — Однако Никон всегда стремился к господству Церкви, тем самым искажая саму суть божественного равновесия.

В своей защитной речи Никон утверждал, что это он пытался защитить Церковь от нападок государства:

— Царь имеет дело с финансовыми долгами, тогда как на священника возлагается решение проблемы долга гораздо более тяжкого, долга греха. Монарх не имеет права главенства над Церковью. Эта честь принадлежит Господу.

Ни один мускул не шелохнулся на лице царя. Да и присутствующие понимали, что речь Никона не имеет никакого значения, ведь приглашённые иностранные марионетки были, очевидно, щедро подкуплены. Этот суд был проявлением вопиющей лжи.

— Разжаловать его! Свергнуть Никона! — раздались голоса, быстро подхваченные толпой.

Наконец, был объявлен официальный вердикт Синода. Никон был признан виновным в личном оскорблении царя, а также монархии и Церкви. Он был официально лишён всех своих титулов и полномочий.

Несколько ведущих старообрядцев были также доставлены в зал. Некоторых из них осудили и приговорили к пожизненному заключению. Других позже сожгли на костре. Глядя на монарха, Никон поймал себя на мысли, что Алексей Михайлович был мягким и нравственным к своему окружению, но деспотичным и беспощадным по отношению к остальным. «Он составил бы отличное дополнение к списку тех, кого сейчас отправляют на пытку», — подумал разжалованный патриарх.

Никону сбрили бороду, что являлось высшей степенью унижения, и сослали на север, в Ферапонтов монастырь. В довершение всех несчастий, словно сыпя соль Никону на рану, Синод объявил зеркала злом. Их использование духовенством было запрещено.

xxx

Перед отъездом Никон послал челобитную царю с просьбой позволить ему взять с собой зеркала своего Куба мыслей, но его просьба была отвергнута. Однако несколько месяцев спустя настроение царя изменилось. Эйфория победы в долговременном конфликте угасла, уступив место старым добрым сентиментам. Алексей Михайлович вдруг почувствовал, что совсем не держал на Никона зла, а просто следовал царскому инстинкту защищать власть и обеспечивать целостность своей империи, оказавшейся под угрозой. Он не только отправил вслед за Никоном зеркальный куб, но и добавил к нему груз продуктов и подарков для своего бывшего друга и его новых братьев по монастырю.

Инспирированная Никоном реформа спровоцировала Великий раскол в России. Не подчинившиеся новым церковным обрядам были объявлены еретиками. Их жестоко пороли, им отрезали языки, вырывали ноздри и рубили головы. Волна бунтов прокатилась по стране. Когда правительственные войска подходили к деревням, целые общины старообрядцев запирались в местных церквях и сжигали себя, предпочитая смерть отказу от старой веры. Единственным способом избежать преследования, помимо подчинения, было бегство. Многие тысячи, отколовшись от Церкви, перекочевали в Сибирь, а затем, когда к власти пришли большевики, на Аляску или ещё дальше.

Прогнозы царя Алексея Михайловича сбылись. Никон пал, унеся с собой вину за нанесение глубокой раны Русскому православию. Многие в стране теперь видели в бывшем патриархе антихриста.

Глава XXXIV

В одну из пятниц Алекс Бонин и Иван Шевчук сидели в баре «Дежавю» оживлённого центра мичиганского городка Роял Оук. Было без пяти девять вечера. Свободных мест в зале не было, инструментальная группа готовилась к выступлению, а воздух был наполнен переливающейся какофонией голосов.

Бонин отдавал должное куриному крылышку, запивая его «миллером», к которому он в последнее время основательно пристрастился. Шевчук совершенно справедливо замечал, что его друг уже изрядно превысил свою норму.

В последние месяцы Бонин переживал радикальные перетурбации. Бремя разочарований наслаивалось в глубине его хрупкой души, и паровое давление его противоречивой натуры в любой момент грозило вырваться наружу. Бонин пригласил Шевчука в «Дежавю» поговорить о жизни в целом и о фирме «РеМаинд» в частности. Теперь, сидя здесь уже больше часа, осторожный Шевчук чувствовал, что их рандеву не сулит ничего хорошего. Что-то вот-вот должно было начаться.

— У меня есть серьёзные сомнения насчёт способности Греблова управлять нашей фирмой, — наконец объявил Бонин с кислым лицом. — Мне кажется, что он постепенно сходит с ума.

Шевчуку стало ясно, что вот оно и началось.

— Работая с Гребловым, я понял одну вещь, — продолжил Бонин. — Те, кто сами не способны создавать, как правило, являются ярыми критиками настоящих создателей. Угадай, кто в конце этой фантастической эпопеи пожнёт всю славу? В день, когда «РеМаинд» станет открытым акционерным обществом, никто и не вспомнит наших имён. Все обещания будут проигнорированы, а фактические создатели Капсулы — ты и я — забвенны. Вместо нас Греблов и Кернер наймут кучку дешёвых исполнителей, чтобы довести устройство до массового производства.

Тонкие губы Бонина дрожали. В горле рос ком негодования, мешая ему дышать, но Алекс быстро загнал его глотком пива в пищевод.

— Не делай глупостей, мужик! — предостерёг взволнованный Шевчук, предчувствуя восстание. Сказав это, он покрутил головой из стороны в сторону, но никто не обращал внимания на странный дуэт, говорящий на странном языке. — Где ты ещё найдёшь такую работу и такого босса?

Бонин усмехнулся и похлопал своего друга по плечу.

— Не волнуйся, «мистер Преданность». Не за этим я позвал тебя сюда.

Ответом Шевчука был вопросительный взгляд: «Что, ещё больше дурных новостей?»

— Это, конечно, может звучать как признание сумасшедшего, но... В общем, Царь попал в Зеркало, — выдал Бонин. Его конспиративный полушёпот резонировал с шипением пивного диспенсера на барной стойке. Алекс наклонился вперёд и добавил: — Это было непредвиденной случайностью.

Шевчук только наполовину понял смысл сказанного. Он ещё не закончил первую бутылку пива, но его голова уже шла кругом.

— Подожди! Ты намекаешь, что... Ты всё это выдумал, правда?

В этот момент инструментальная группа взяла первые аккорды, и толпа приветствовала начало вечера аплодисментами. Подошла официантка с ещё одним пивом.

— Пока я был в уборной, — начал объяснять Бонин, принимая бутылку в руки, — Царь, должно быть, проник в лабораторию и стал обнюхивать Шлем. Одно неловкое движение и... Когда я вернулся, его души в теле уже не было. Неукротимое собачье любопытство взяло над ним верх.

Шевчук всё ещё отказывался верить.

— Эй, — Бонин раскинул свои тонкие руки, как бы занимая оборонительную позицию. — Эта нелепость не входила в мои планы, но поскольку она уже случилась, я решил, что глупо было бы не извлечь пользу из такого эксперимента.

— Ну и?..

— Сознание Царя в Зеркале реагировало на все мои движения. Затем оно исчезло, но позже вернулось вновь.

— Исчезло куда??? — вскричал Шевчук.

Последовала долгая пауза, заполненная журчащей разноголосицей толпы и струнными аккордами. Бонин надул щёки и показал пустые ладони.

— Не знаю. Пёс находился в Капсуле не более двадцати минут, но он вернулся оттуда загнанным, словно часами гонял с другими собаками. Время, вероятно, течёт в Зеркале по-иному, нежели в реальной жизни.

— Верно! — воскликнул Шевчук. — Сны ведь тоже тянутся намного дольше, чем время, которое мы проводим в них.

— Морда Царя была, словно обмазанная арахисовым маслом. Уши стояли торчком, а ноги то и дело вздрагивали. Не поверишь, но он даже как-то по-человечески улыбался от удовольствия во сне. Для меня мораль всего этого проста: бегал ли он со своими предками-собаками или был вожаком стаи волков, я держу пари, что Царь нашёл-таки себе подругу в этом чёртовом Зеркале!

Взгляд у Шевчука был, как у сумасшедшего.

— Расслабься, Иван, — успокаивал его Бонин. — Ты же работал с собаками, и должен знать, что их мозг не сильно отличается от нашего.

Шевчук был явно озадачен. Если сказанное его другом действительно было правдой, а не плодом воспалённого воображения, то Капсула могла переносить души в другие места и времена. Теперь всё это звучало очень даже логично.

— Невероятно! Ведь это настоящий прорыв в науке! — воскликнул он. — Ты должен немедленно сообщить об этом Греблову.

Губы Бонина растянулись в снисходительной улыбке.

— Не суетись, мой друг. Во-первых, Греблов повесит меня за мою небрежность к его питомцу. А во-вторых...

Бонин наклонился вперёд и, говоря весьма связно для основательно пьяного человека, изложил детали своего плана.

Доверчивый Шевчук быстро клюнул на эту приманку. Бонин нуждался в нём для подстраховки, ведь Иван был единственным, кто смог бы вернуть его из Зеркала в случае непредвиденных обстоятельств. Бонин предлагал переместить свою душу в тело человека, жившего во время строительства Исаакиевского собора — точке схождения снов и мыслей Алекса. Там он планировал найти своего предка, Виктора Бонина, чтобы от него побольше узнать о своём прошлом.

— Почему в наших снах мы часто путешествуем в определённые места и времена? — Бонин развивал перед опешившим Шевчуком детали своего мысленного эксперимента. — И почему, прожив эпизод из прошлого во сне, мы всегда возвращаемся обратно? На это существует лишь один разумный ответ: наше подсознание каким-то образом соединено с теми местами и временами.

Шевчук не перебивал.

— Один день в Зеркале равен примерно часу реального времени. Если мне понравится в прошлом, я расскажу тебе об этом по возвращении. А вдруг мы оба захотим перенестись туда? — втолковывал Алекс, говоря всё медленнее, чтобы придать своим словам больше значимости. — Да ты только подумай: с нашими знаниями и способностями мыслить мы могли бы жить там, как цари, наслаждаясь плодами труда наших предшественников!

Внимая убедительным доводам, Шевчук, наконец, расслабился. «И в самом деле, — подумал он. — Что же криминального в том, чтобы посмотреть, как жили наши предки? Ведь всего лишь на один день».

— Разве ты не заслужил прожить хоть часть своей жизни по своим правилам? Или ты хочешь остаться до конца своей карьеры зависимым от прихотей Греблова и Кернера? — закончил Бонин, положив вишенку поверх только что испечённого им философского пирога.

Единственная проблема такой идеи заключалась в следующем: чтобы сознание Бонина заняло чей-то мозг, его владелец сперва должен был быть лишён разума. Шевчук даже вспомнил высказывание: «Оставайся собой; все остальные уже заняты». Однако Бонин предпочитал не обсуждать эту конфузную деталь. По его мнению, всё должно было утрястись само собой. Он предложил ловить момент, пока Греблов находился в отъезде.

xxx

В конце рабочего дня, когда все сотрудники «РеМаинд» разошлись по домам, Бонин и Шевчук заперлись в лаборатории Гавронского. Переключив Капсулу в режим ручного управления, Иван нервно наблюдал, как его друг надел на голову Шлем, позволив внутреннему механизму произвести фиксацию. Мягкий шум микромоторов прекратился, и светодиод на контрольной панели моргнул, означая начало активации Персонализатора. Расфокусированный лазерный луч окрасил лицо Бонина в ярко-малиновый цвет. Со сжатыми до боли челюстями, он напоминал камикадзе, готового направить самолёт на вражеский корабль.

Шевчук медленно добавил напряжение.

— Началось, — прошептал Бонин.

Разница между предыдущими «сухими» экспериментами и полностью оптимизированной работой Капсулы была ошеломляющей. Тысячи иголок впились в мозг. Бонин никогда не думал, что игра с сознанием может так чувствоваться телом.

— Добавь ещё немного, — вымолвил он, несмотря на свои страдания.

— Ну как теперь? — с тревогой спросил Шевчук.

Бонин не ответил. Внезапный спазм сузил его зрение и укротил дыхание, парализовав в то же мгновение душу. Глаза хаотично двигались, сердце билось с лихорадочной частотой. Ощущения были похожи на те, которые он испытал во время инфразвукового воздействия в армии много лет назад.

— Алекс, Алекс! — позвал Шевчук, наблюдая за страшной трансформацией своего друга.

Выждав ещё несколько моментов, Иван потянулся к кнопке аварийной остановки Капсулы. Единственным, что мешало ему прервать эксперимент, был рассказ Бонина о том, как Царь успешно завершил свой переход.

Наконец, тело Алекса замерло, и его лицо приняло выражение неимоверного блаженства. Последним земным ощущением было упоительное погружение в густой гель, который убаюкивал душу и наполнял её сладостным ароматом. Всплески сознания постепенно ослабли, позволив разуму разорвать пространственно-временную материю и выйти за пределы физических границ бренного мира. Его «я» теперь было пропитано неизъяснимым ощущением невесомости и комфорта. Прямо перед собой Бонин видел вечную пустоту, из которой, как он чувствовал, не смогла бы вырваться ни одна его мысль.

Сигнал в Зеркале усилился, а затем исчез. Шевчук не мог позволить себе терять ни секунды и тут же запустил Персонализатор, чтобы вернуть душу своего бедного друга в тело. Одна... две... три минуты проползли, казалось, как часы.

— Его душа исчезла, как по ветру развеялась! — причитал Иван, не веря, что он поддался на такую глупость. — Если я не верну его в тело прямо сейчас... О, Боже! То что тогда?

Всё, что оставалось теперь делать горе-инженеру, было надеяться и ждать.

xxx

Быстрая прогрессия странных видений вывела Бонина из его сна, очень долгого и ужасного сна. Собранные воедино осколки сознания заставили его почувствовать, что это был снова он, Алекс Бонин.

— Слава Богу, вы живы! — раздался над ним озабоченный голос.

Зрение Алекса понемногу возвратилось в фокус. Вместо Ивана он увидел женщину и двух мужчин у своей постели. Выражение их лиц было таким, словно Бонин был чудесным образом воскрешён из мёртвых. Нестерпимая головная боль заставила его пожелать вернуться в свой сон. Было очевидным, что Капсула нуждалась во множестве дополнительных усовершенствований.

Алекс осмотрелся. Он лежал на узенькой кровати, в маленькой комнате с белыми стенами и иконами в углу. Дневной свет казался невыносимо ярким. За окном виднелись открытые постройки. В них рабочие покрывали блестящие медные листы какой-то вязкой золотистой жидкостью и помещали их поверх больших печей с металлическими решётками. Вдали Бонин разглядел недостроенное здание, напоминающее пирамиду из гранитных колонн и мраморных лестниц, окружённую рядами строительных лесов. В середине, возвышаясь над массивной ротондой, красовался почти завершённый купол. Создавая феноменальный контраст с ярко-лазурным небом, он походил на золотой глаз, повисший над землёй и рассечённый длинным, вертикальным зазором.

Бонин сразу узнал в этом недостроенном сооружении Исаакиевский собор в своём родном городе Санкт-Петербурге. Это было то самое место, которое не покидало его мысли с тех пор, как он уехал оттуда.

«Это, видимо, продолжение моего сна», — подумал он.

— Всё самое страшное позади. Теперь вы пойдёте на поправку, Артемий, — прозвучал голос женщины, стоявшей над его постелью.

«Артемий? Почему Артемий? А ведь я и вправду ещё не проснулся».

Бонину вдруг нестерпимо захотелось привычного спокойствия лаборатории Гавронского и даже нудных нотаций Майкла Греблова, которые обычно раздражали его.

Он оглядел двух мужчин, стоявших у его кровати. Они улыбались ему, но так, как обычно улыбаются очень больным людям. По выражению их глаз Бонин понял, что они знали его. У одного из мужчин были узкие губы, высокий лоб и добрые глаза. Бонин много раз видел это лицо в книгах об Исаакиевском соборе. Оно принадлежало Августу Монферрану, главному архитектору собора! Другой человек был двойником Бонина: долговязое тело, длинные руки и серые глаза.

Подталкиваемый долгожданным предчувствием, Алекс с трудом поднял голову с подушки и протянул руку, словно пытаясь прикоснуться к своему зеркальному отражению.

— Вы мой предок, Виктор Бонин, — сказал он, но его голос прозвучал, как слабый стон. — Почему вы не узнаёте меня?

— Вам, господа, лучше оставить его в покое на время, — произнесла женщина.

На ней было длинное платье. Её чёрные волосы были подобраны наверх.

— Кто вы? — наконец смог выговорить Бонин, когда Монтферран и другой Бонин уже ушли. Его голос еле звучал. — И что я здесь делаю?

Малахитово-зелёные глаза женщины пристально посмотрели на него.

— Во время работы вы отравились парами ртути. Ртуть олицетворяет Меркурия, бога коммерции и расчёта. Но он также — бог воров. Он крадёт души из ослабленных тел. Меня зовут Лара, я здесь, чтобы помочь вам.

— Как?!

Только когда Лара описала рукой дугу, Бонин заметил, что вокруг его кровати были расставлены зеркала. Их, очевидно, принесли в комнату, пока он был без сознания.

— Сила шести зеркал поможет воссоединить ваше тело с его отражением, душой, — торжественно пояснила Лара.

У Бонина невольно открылся рот. Он вспомнил, что много лет назад сам пришёл к подобному выводу после экспериментов с многократным отражением в зеркалах.

Тем временем женщина помогла ему сесть в постели. Увидев своё лицо, Бонин ужаснулся. Белое и безжизненное, оно было покрыто болезненными пятнами и изборождено преждевременными морщинами. Но самым страшным было то, что это было вовсе не его лицо; зеркало отражало... кого-то очень похожего на его сослуживца, Андрея Серова. Лицо выглядело больным, усталым и неестественно бледным, словно сделанным из матового стекла. Бонин заговорил, и лицо двойника Серова неохотно завто́рило движениям его рта. Он остановился, но губы в отражении продолжали шевелиться. В какое бы зеркало он ни смотрел, Бонин видел лишь лицо Серова, отражённое множество раз.

— Почему вы зовёте меня Артемием? — спросил Алекс.

Лара снова окинула его пристальным взглядом.

— Не пугайте меня. Вы — Артемий; Артемий Серов. А теперь посмотрите в зеркало перед собой, но не понукайте в него свою душу. Дайте ей возможность самой войти в него.

Внезапный спазм заставил Бонина схватить свою голову руками.

«Кто я?»

Вдалеке зазвонили колокола невидимой церкви, и Алекс почувствовал, будто находится на собственных похоронах. Сильная боль полоснула резью в животе. На губах появился металлический привкус.

«Кто я?!!»

Окружающие вещи, наконец, начали обретать смысл.

Артемий, предок Андрея Серова, был, очевидно, отравлен ядовитыми парáми ртути во время позолотных работ, и душа временно покинула его. Тело Артемия чудом побороло смерть, но было занято путешествующей душой Алекса Бонина.

Мало того, что Алекс смог осуществить свою давнюю мечту — увидеть строительство одного из величайших соборов мира, — он также встретил своего предка-архитектора Виктора Бонина.

Проблема заключалась в том, что Алекс видел Виктора глазами Артемия Серова, душа которого — законная обладательница возрождённого тела — теперь отчаянно пыталась вернуться в него обратно.

Внезапно Бонина сотрясли сильнейшие судороги. Его «я» было бесцеремонно вытолкнуто чужим телом, которое теперь казалось ему вполне удобной для жизни капсулой. В его ослабшем разуме прогал между золочёными листами купола раздался, втянув его в себя.

Промчавшись сквозь пространство и время, его сознание воссоединилось с его неподвижным телом, сидящим в кресле лаборатории Гавронского.

Исаакиевский собор... главный архитектор... отравление ртутными пара́ми.... В тот момент, когда душа Алекса вернулась, все эти воспоминания растворились без следа, не оставив за собой ничего, кроме бренных земных ощущений: непомерной усталости и раздражающего сдавливания датчиками Шлема.

— Ты жив! — донёсся до Алекса радостный голос Шевчука. — О, этот час показался мне вечностью.

Взгляд Бонина был кристально чистым и наивным. Его губы застыли, изогнувшись в кривой улыбке. Он чувствовал себя, как лосось после нереста.

— Что со мной произошло?

Слушая своего приходящего в норму друга, Шевчук хмурился. Бонин подробно описывал все физические страдания, которые он испытал, но ровным счётом ничего не помнил из того, что именно с ним произошло за время пребывания в Капсуле.

Глава XXXV

1 июня Марк Кернер поднимался на лифте в свою консалтинговую фирму «Кернер Солюшнс», расположенную на десятом этаже престижного офисного здания. Сегодня, в три часа дня у Кернера был запланирован доклад о Капсуле на общем собрании инвесторов. Его блестящая речь развеяла бы неуверенность даже самых скептически настроенных толстосумов. А назавтра самые крупные инвесторы были приглашены посетить лабораторию Гавронского, где их ожидала демонстрация Капсулы под наблюдением специально приглашённого светилы нейронауки, доктора Стивена Джонсона.

Направляясь в свой кабинет, Марк раздумывал над телефонным разговором, имевшим место ранним утром с Джоном Макнейром, председателем совета директоров «РеМаинд». Кернер полировал тончайшие детали предстоящей презентации, когда зазвонил телефон.

— Доброе утро, Марк, — голос Макнейра звучал непринуждённо, но Кернер сразу почувствовал нарастающее беспокойство. — Я уверен, что вы готовы к докладу, но наши инвесторы, посовещавшись, хотели бы попросить вас несколько изменить регламент. Как насчёт того, чтобы дать Майклу Греблову возможность рассказать о проекте?

Кернеру показалось, будто на шее у него туго затянули галстук. Он не знал, что ему ответить, потому что сказать «нет» тем, кто вкладывает в тебя крупные суммы было невозможно.

— Прошу прощения? — выцедил он из себя, делая лишь неуклюжую попытку протеста.

— Я должен извиниться за изменения в самую последнюю минуту, но, как вы знаете, серьёзные вкладчики любят такого рода сюрпризы.

— Да, конечно, — пролепетал Кернер, — без проблем.

— Ну вот и отлично. Спасибо, Марк. Я знал, что вы меня не подведёте. Да, кое-что ещё. В последнее время я несколько раз видел Греблова в его зелёном костюме. Он, конечно, превосходно сидит на нём, но придаёт президенту нашей фирмы дьявольский вид, особенно когда он приезжает в нём на работу за рулём своего зелёного «диабло». А засим передайте ему, что на этой презентации ожидаются несколько новых крупных вкладчиков — известных религиозных фигур, — и мне бы не хотелось, чтобы у них сложилось неправильное мнение о духовной чистоте нашей затеи.

Не дождавшись ответа, Макнейр положил трубку.

Хотя было ещё очень рано, Кернер набрал номер Гребова.

— Слушай внимательно, Майкл, у нас чрезвычайная ситуация.

Следующие полчаса Кернер тщательно инструктировал Греблова о том, что рассказывать и, самое главное, чего не рассказывать на презентации. Всё это время Греблов чувствовал себя школьником, которого пичкают никчемными нотациями об общеизвестных вещах. Как протест всей его сущности против раскомандовавшегося босса, изжога с новой силой подступила к горлу.

Под конец Кернер резюмировал:

— Мы начинаем ровно в три. Никаких эзотерических терминов. И, пожалуйста, никаких зелёных цветов на этот раз. Кстати, где ты подхватил эту идейку с зелёным «диабло»? Итальянское имя дьявола ну никак не гармонирует в глазах моих инвесторов с задачами проекта по очищению человеческих душ.

Греблова разобрала глубокая досада. Несмотря на то, что имя главного противника Бога идеально соответствовало его старому «ламборгини», для Майкла этот автомобиль был ангелом, а не дьяволом. Что же касалось истинной причины его выбора, Греблов не нашёл в себе сил рассказать начальнику о рекламе, в которой вместо мчавшегося с сумасшедшей скоростью «ламборгини» на полицейский радар попал медленно плетущийся по шоссе трактор.

— Я приеду на презентацию в такси, — пообещал Греблов скрипучим голосом, едва скрывая своё раздражение.

Размышляя об этих телефонных разговорах по дороге в свой кабинет, Кернер почти забыл, что за дверями лифта его ждёт нечто приятное. Он взглянул на часы. «Она всё ещё должна быть там». Когда лифт остановился, Кернер выпрямил спину, выпятил вперёд грудь и шагнул в коридор.

— Доброе утро, мистер Кернер, — приветствовала его молодая женщина с ведром, полным чистящих принадлежностей.

Она уже окончила свою утреннюю работу в офисах «Кернер Солюшнс» и закрывала кабинет Марка. Уборщицу звали Лиза, и у неё был какой-то лёгкий восточно-европейский акцент.

Кернеру не нравился предыдущий уборщик, проработавший в здании чуть больше года. Его поддельная улыбка раздражала, а сверлящие глаза и нескромные вопросы, зачастую совсем бестактные, и вовсе выводили Кернера из себя. Марк несколько раз жаловался хозяину здания, но уборщик и его глупая улыбка, казалось, не исчезнут отсюда никогда. Случайно или нет, но первое появление того человека в офисном здании совпало с днём, когда Кернер почувствовал, что у него появилась тень, изучающая каждое его движение. Хуже того, тень часто опережала Кернера, будто читая его намерения. Результатом были несостоявшиеся крупные сделки, казавшиеся почти заключёнными, подозрительные звуки статики во время важных телефонных разговоров и странное чувство, что кто-то наблюдает за ним через монитор компьютера.

Недавно Кернер убедился, что вся его паранойя, конечно же, была несостоятельной. Уборщика сменили, а чувство, что за Кернером следят, осталось.

Лиза, напротив, была вежливой, спокойной и не задавала лишних вопросов. Она источала бодрящую энергию, которая часто передавалась Марку. Несмотря на род её работы, кожа рук Лизы была безупречной, а ногти неизменно ухоженными. Но самым главным для Кернера было то, что на её пальце не было обручального кольца. Её интеллигентное лицо и сногсшибательная фигура принадлежали, скорее, королевскому дворцу, нежели агентству по уборке офисов. Изменив своим давним привычкам, Кернер начал приходить на работу чуть пораньше, чтобы успеть сказать Лизе «привет». Иногда Кернер даже мечтал об этой женщине, вдыхая в воспоминаниях шлейф дразнящих ароматов её духов.

— Доброе утро, Лиза, — сказал он, улыбаясь. — Как поживаете?

— Хорошо, спасибо, — уборщица обнажила свои прелестные белые зубы. — Занята, как всегда.

— Так заняты, что даже не сможете найти время поужинать вместе со мной сегодня вечером? — неожиданно для самого себя спросил Кернер.

У Лизы дрогнула бровь — то ли от восторга, что такой богатый и уважаемый бизнесмен приглашает её на свидание, то ли от негодования, что какой-то самонадеянный нахал пытается воспользоваться своим высоким положением. Её смущённая улыбка дала Марку понять, что первое предположение было вернее второго.

— Я даже не знаю. Это звучит очень необычно и... так неожиданно.

— Могу ли я попытаться настоять на своём предложении? — Кернер решил схватить момент. Он смотрел на Лизу снизу вверх, потому что она была намного выше его. — Если бы вы дали мне номер вашего телефона, я бы позвонил после работы.

— Я не уверена, что это хорошая затея, — колебалась Лиза. Но затем, к величайшему восторгу Кернера, она вытащила из кармана ручку и бумагу и записала свой номер телефона. — Позвоните мне после шести, но я не могу обещать, что получится.

— Благодарю вас, я позвоню обязательно, — прошептал Кернер. Его карие глаза блестели.

xxx

Тем же утром Майкл Греблов пригласил двенадцать человек — всех сотрудников «РеМаинд», кроме командировочных, отпускников и Марка Кернера, — прийти вечером к нему домой и отпраздновать прогресс проекта. Начало вечеринки было назначено на шесть, после выступления Греблова на общем собрании инвесторов.

Майкл покинул здание «РеМаинд» ровно в два.

Увидев входящего в зал Греблова, Кернер опешил. Проигнорировав все его утренние наставления, тот явился на презентацию в своём зелёном костюме. Следуя насмешливым взглядам некоторых инвесторов, Кернер выглянул из окна на парковку. Там, среди чёрных и белых «кадиллаков» и «линкольнов» красовался зелёного цвета «дьявол» — «Ламборгини-Диабло».

Греблов взошёл на подиум прежде, чем Кернер смог обрушить на него свой гнев. Презентация началась.

— Сегодня мне оказана высокая честь провести это собрание. Я уверен, что многие из вас знают, кто я такой. Моё имя Майкл Греблов. Я президент компании «РеМаинд».

Греблов поймал на себе испепеляющий взгляд Кернера, но это ещё больше раззадорило его. Он неожиданно для себя решил превратить нудную задачу ознакомления инвесторов с проектом в захватывающее шоу одного актёра. Его движения на сцене ворожили, его голос гипнотизировал.

Первая минута — самая важная в любой презентации: аудитория ещё бодрствует, и мало кто смотрит в свой мобильный телефон. Если в эту минуту полностью на завладеть слушателем, он будет потерян безвозвратно до конца доклада. Греблов часто практиковал эту первую минуту перед зеркалом своего гардероба, зная, что на него с той стороны стекла смотрит самый взыскательный критик, он сам.

Начало его выступления было насыщено красноречием и убедительностью. Ступни Греблова, казалось, отбивали по паркету чечётку, щёки взбивали воздух.

— Мозг — это очень своеобразный орган, — излагал Майкл. — Когда он есть, его никто не замечает. Но если мозг отсутствует, образно говоря, конечно, это сразу становится очевидным. Мы решили, что человеку запасной мозг не помешал бы.

В зале раздались первые смешки.

— Вот тогда-то и пригодилась концепция Капсулы, — продолжал президент фирмы, демонстрируя на проекционном экране первый слайд со схематическим изображением устройства. — В отличии от обычных зеркал, которые искажают реальность, наше Зеркало идеально копирует её в параллельный мир, временно отделяя сознание от тела. Сейчас я расскажу вам, как мы реализовали эту идею на практике. Как видно на этой анимации, биоволны сознания регистрируются Шлемом и перемещаются в Зеркало через специальный оптоэлектронный кондуит.

Жучки, представляющие собой сигналы мозга, быстро забегали по экрану, «перенося» человеческую душу из Шлема в Зеркало. Разогретые вступлением Греблова слушатели доброжелательно засмеялись.

Презентация представляла собой серию великолепно рассчитанных фраз, электризующих и чарующих аудиторию. Шагая по сцене взад-вперёд с «зеркальным» чванством, Греблов рассказывал свою историю через глаза сидящих в зале, заставляя их поверить, что он — это их отражение. Слушая безукоризненную речь своего от рук отбившегося подчинённого, даже Кернер на мгновение забыл о своём к нему отвращении. Он сам не мог бы лучше преподнести эту идею! К концу выступления Греблова каждый инвестор в зале задавался лишь одним вопросом: как он или она до сих пор жили без Капсулы — этого величайшего технологического чуда всех времён.

И только Греблов знал, что он обрёл эту силу убеждать после перехода в зеркало своего гардероба, и что эта сила когда-то принадлежала кому-то другому. А ещё Греблов знал, что в обмен на это умение у него были отобраны многие ранее присущие ему качества, те, которых с той поры ему так не хватало.

— Капсула проложит путь для будущих поколений технологий искусственного интеллекта, — продолжал Греблов. — Врачи смогут временно уводить душу из тяжело больного тела. Люди с психическими расстройствами получат облегчение или даже полное исцеление. Наше устройство поможет бороться с болезнями Паркинсона, Альцгеймера, эпилепсией и многими другими недугами, поражающими мозг. Учёные в тысячи раз увеличат свои умственные способности при решении сложных задач. Но я вижу и другое применение для Капсулы. Известно, что в человеческом мозге каждую секунду умирает одна нервная клетка, приближая нас к концу.

Чувствуя, что тема презентации внезапно приобрела новое направление, Марк Кернер нервно заёрзал на своём стуле и засопел. Его взгляд прожигал Греблова насквозь, но это только придало тому новых сил. В знак протеста против властного поведения своего босса, Греблов, стараясь забыть про нарастающую изжогу, сделал несколько шагов ближе к краю сцены и произнёс акцентирующую фразу:

— Хотя основная предпосылка нашей концепции замечательна сама по себе, я могу также заявить, что человеческая душа может быть успешно перемещена из тела в Капсулу не только временно, но и на неограниченный срок!

Горло Кернера сдавил внезапный спазм, рот начал непроизвольно раскрываться, словно у рыбы, выброшенной волной на берег. Его кулаки судорожно сжались, а глаза налились кровью. Он даже не слышал удивлённых восклицаний инвесторов вокруг него. Этот сукин сын Греблов только что выдал его сокровенные планы!!!

— Вы что же, утверждаете, что Капсула может проложить путь к бессмертию? — осторожно спросил Джон Макнейр.

— Именно это я и хотел сказать! — лицо Греблова растянулось в дьявольской улыбке. Его голова дёрнулась вправо. — На поверхности обычного зеркала свет умирает, но рождается его отражение. В нашем Зеркале угасающая жизнь обретает новое начало.

Зал наполнился гулом комментариев.

— Есть также некоторые организационные вопросы, которые я хотел бы затронуть, — Греблов теперь с трудом перекрикивал нарастающий людской гомон. — Я решил говорить сегодня то, что должно быть сказано, а не то, что некоторые присутствующие в зале хотят, чтобы я говорил.

Все повернули головы и осмотрели Марка Кернера.

— Нам совершенно необходимо обновить систему контроля доступа в здание «РеМаинд», а вот господин Кернер почему-то очень неохотно относится к этой идее, — продолжал Греблов. — Ведь сейчас в нашем распоряжении лишь ночной охранник и старая видеокамера наблюдения в приёмной. Нам также необходимо осовременить доступ к зданию и всем его лабораторным помещениям. А ещё было бы неплохо иметь сейф для Капсулы и всех рабочих файлов. И это всё нужно организовать как можно скорее. И, наконец, последняя просьба, которую Марк Кернер также игнорирует по каким-то непонятным соображениям. Нам срочно необходимо подать заявку на ряд патентов для защиты интеллектуальной собственности. В конце концов, мы имеем дело с потенциально многомиллиардным бизнесом, который может вскоре перевернуть всю мировую медицину.

Присутствующие снова оглядели Кернера, который, по-видимому, препятствовал развитию многомиллиардного бизнеса.

Кернер смотрел на сцену остекленевшими глазами. Эта сволочь Греблов не мог выбрать худшего момента, чтобы тронуть роковую карту, заставив весь карточный домик закачаться перед обвалом. Греблов мог думать всё, что ему заблагорассудится, но его разыгравшемуся вольнодумию нельзя было больше потворствовать. Подозревая, что его помощник и был той тенью, которая следила за каждым его шагом, чтобы, улучив момент, предать его, Кернер теперь был твёрдо уверен в своём решении: от Греблова нужно было избавиться немедленно.

Как только презентация закончилась, Кернер в бешенстве вскочил с места, намереваясь рассчитаться с предателем, которому всегда доверял. Но пока он пробрался сквозь толпу воодушевлённых инвесторов, Греблова в зале уже и след простыл.

Выглянув в окно, Кернер заметил только номерные знаки «MIR 1666» зелёного «диабло», покидающего паркинг.

Голос за спиной заставил его вздрогнуть.

— Люби Бога, но и дьявола не зли.

Он повернул голову и увидел насмешливое лицо Джона Макнейра. В этот момент Кернер ненавидел и его.

— Не желаете ли чего-нибудь из напитков, джентльмены? — спросила их подошедшая официантка, обслуживающая презентацию.

— Нет, благодарю вас, — индифферентно ответил Кернер.

Через полчаса та же официантка закончила смену, вышла из здания, и сделала едва заметный знак в сторону припаркованного белого «мерседеса». В следующий момент гладкие и эластичные пальцы набрали номер на телефоне.

xxx

Греблов вернулся домой измученным, чувствуя, будто его мозг был обвит колючей проволокой. Взглянув в зеркало, он сразу заметил вокруг глаз новые морщинки, как и те, что появлялись в его кошмарных зеркальных снах. Внезапно взгляд Майкла остановился на отражении именно́й таблички, приколотой перед собранием к нагрудному карману его костюма и до сих пор не снятой.

В зеркале Греблов прочёл: «ВОЛБЕРГ».

Было что-то очень знакомое в его фамилии, написанной наоборот. Ну конечно! Он видел это написание во время экскурсии по стекольному заводу, когда Андрей Серов нанёс его маркером на стекло перед зеркалом. Но Греблов видел или слышал его где-то ещё. Шаря по уголкам своего сознания, он вспомнил рассказ Серова об американском кристаллографе, Абе Волберге.

Руководствуясь внутренним чутьём, Греблов подошёл к шкафчику, достал свой семейный архив и просмотрел те самые старые документы, которые видел уже много раз. Ничего необычного: те же знакомые имена, те же письма, адресованные неизвестным людям.

Греблов снова пролистал документы, и на этот раз его внимание привлекли два письма, которые он всегда игнорировал. Оба были адресованы неизвестному человеку, Иосифу Волбергу. На обратном адресе значилось имя Мария Минина.

В течение многих лет Майкл, как и его отец, считал эти два письма не принадлежащими его семье, и всё же он не выбросил их. По-прежнему незнакомые, имена теперь выглядели для Греблова как относящиеся к кому-то, кого он мог знать. По тексту Мария была матерью Волберга. Посмотрев на имя адресата снова, Греблов припомнил, что Иосиф был русским гипокоризмом Джозефа.

Деда Греблова звали Джозефом!

Джозеф Греблов.

Или Иосиф Греблов?

А может быть, Иосиф Волберг?!!

В сознании Майкла мгновенно промелькнула цепочка возможных событий. Мог ли его дед изменить свою еврейскую фамилию Волберг на её зеркальное отражение Греблов, чтобы избежать репрессий евреев и, в конце концов, улизнуть за границу? Джозеф и его жена погибли в автокатастрофе на 66-ом шоссе, а отец Майкла Борис, единственный оставшийся в живых после аварии, был тогда слишком мал, чтобы знать что-либо о реальной истории своего отца.

С этой поразительной догадкой, резонирующей во всём сознании, стремясь глубже проникнуть в истоки своей родословной, Греблов почувствовал, как его голова дёрнулась вправо сильнее, чем когда-либо.

Он перевёл взгляд на отражение своего сапфирового перстня с белой астерией. Застывшая в нём шестиконечная звезда теперь не казалась ему символом надежды и проницательности, а была одинокой снежинкой, падающей на землю из тёмно-синего неба.

Греблов вытащил свой мобильный телефон и набрал номер Серова. Сейчас ему во что бы то ни стало необходимо было с кем-нибудь поговорить. И только когда раздались короткие гудки, он вспомнил, что Андрей несколько дней назад вылетел в Европу, чтобы навестить своих родственников и друзей в Одессе. Там сейчас была глубокая ночь.

Глава XXXVI

В дождливую майскую субботу белый «субару» Серова подъезжал к детройтовскому аэропорту. В правом зеркале заднего вида знакомая надпись напоминала:

«ОБЪЕКТЫ В ЗЕРКАЛЕ БЛИЖЕ, ЧЕМ ОНИ КАЖУТСЯ».

И только прилипшие капли дождя казались не ближе, но и не дальше, потому что они были на поверхности зеркала, а не в нём самом.

Последние несколько месяцев душу Серова разрывала нестерпимая ностальгия. И вот через два часа после прибытия в аэропорт он сидел в самолёте и летел туда, где часть его души осталась навсегда, туда, где когда-то был его дом под сияющими звёздами Восточного полушария. «А где мой дом сейчас?»

На следующее утро Серов смотрел в окно уже другого самолёта на ландшафт раскинувшейся внизу Одессы.

xxx

В январе далёкого 1966 года майору одесского отделения КГБ, Степану Сафронову, было поручено расследовать причины смерти известного профессора-космолога, Евгения Минина, найденного мёртвым в своей квартире после празднования 50-летия в компании коллег. Профессор приходился дальним родственником высокопоставленного сотрудника госбезопасности. Осознав с самого начала, что этот случай не имел каких-либо политических или финансовых мотивов, а был результатом нелепого научного эксперимента — затеи самого профессора, — Сафронов попросил своего помощника, лейтенанта Валерия Папасова, прощупать гостей на готовность замять дело быстро и без шума. Папасов проявил себя энергичным и способным дипломатом, принеся Сафронову в клюве увесистую взятку от членов так называемого Зеркального клуба — безобидного общества преподавателей вузов, тративших свободное время на толкование философской атрибутики зеркал и отражений. После того как Сафронов поднёс дань своему непосредственному начальнику, дело было закрыто, а причиной смерти Минина объявлен сердечный приступ.

Вскоре майор Сафронов отплатил за услугу, походатайствовав о внесрочном присвоении Папасову звания капитана. Годы спустя, став начальником межрегионального отдела КГБ, уже полковник Папасов назначил сына Сафронова, Владимира, на выгодную должность в офисе КГБ Одесского морского порта. Незадолго перед распадом Советского Союза Папасов сделал несколько телефонных звонков, и Владимир был переведен в Москву. Несколько лет спустя Владимир Сафронов перевёз в Москву сына Папасова, Игоря, который затем был переведен в Управление промышленного шпионажа. После неудавшегося государственного переворота КГБ в 1991 году организация была существенно изменена, превратившись в Федеральную службу безопасности. Расположенное в Ясенево, агентство теперь подчинялось непосредственно Президенту Российской Федерации. Хотя болезненная реорганизация стала для многих источником неприятностей, некоторые, благодаря способности выживать, поднялись вверх по карьерной лестнице.

Теперь генерал-лейтенант Владимир Сафронов — первый заместитель начальника Управления экономической разведки — и генерал-майор Игорь Папасов — помощник начальника Управления научно-технической разведки — сидели в элегантно обставленном офисе, обсуждая последние сообщения, переданные их агентом из Мичигана. Среди прочих задач агенту было поручено изучить детали новой технологической разработки, своего рода коллектора сознания, названного его создателями «Капсулой». Доступ к устройству казался на удивление простым. Единственными средствами безопасности в здании компании была видеокамера наблюдения в приёмной и безоружный ночной охранник.

xxx

1 июня, в полпятого вечера, когда все сотрудники ушли готовиться к празднованию в доме Греблова, здание «РеМаинд» опустело. Неизвестная рука просканировала карточку доступа у входной двери. Минуту спустя та же рука набрала номер на клавиатуре двери лаборатории Гавронского. Зелёный свет и звуковой сигнал подтвердили правильность кода. Капсула была разобрана и вынесена в считанные минуты.

Прибывший ровно в пять ночной охранник запер здание и, усевшись поудобнее в кресло, занялся своим обычным делом — игрой в компьютерные игры.

xxx

Около шести вечера гости начали съезжаться к дому Греблова по адресу: Лунный переулок, номер 1666.

Дубовый стол в главном зале был завален заказанной едой — огромными коробками с жареными куриными окорочками, пиццей и бутылками кока колы и пепси. Несколько ящиков пива и эля были принесены из подвала. Всё было готово к празднованию. Взгляд на еду вызвал в Греблове воспоминания о дне его 16-летия. Тогда этот же самый стол был накрыт изысканными блюдами, приготовленными нежными руками его матери: салат оливье, фаршированная индейка, холодец, голубцы, вареники и блинчики с красной икрой. Греблов сейчас отдал бы всё на свете, чтобы вернуться под крыло своей мамы.

Последним из приехавших был Иван Шевчук. Он привёз большой торт.

— Как прошла презентация? — поинтересовался Иван.

— Это тема для отдельного разговора, — ответил Греблов уклончиво. — Я расскажу вам позже. Сейчас, Иван, я должен кое о чём спросить вас. Андрей как-то поделился историей об американском кристаллографе, встреченном им много лет назад в Одессе. Его звали Абе Волберг. Что ещё вы знаете о нём?

Шевчук напрягся, чтобы вспомнить рассказ своего друга.

— Андрей упоминал, что Леонид, отец Абе, иммигрировал в Соединённые Штаты после революции 1917 года. Брат Леонида, Иосиф, замешкался в Одессе и не успел уехать. Позднее он изменил фамилию и начал работать на большевиков. Позже это помогло ему улизнуть от режима и сбежать за границу.

— Что-нибудь ещё?

— У Иосифа и Леонида был сводный брат Евгений. Он был известным профессором, тем, по чьему надгробию Андрей стучал разбитым венецианским зеркалом на кладбище. Их матерью была Мария Минина; она утверждала, что являлась потомком патриарха Никона.

Греблов рассеянно кивнул и ушёл в гостиную. Чувствуя, что боссу нужно побыть одному, Шевчук не последовал за ним.

В течение нескольких долгих минут Греблов смотрел на горящие в камине дрова. Завтрашнее утро он посвятит поиску в Интернете контактной информации Абе Волберга. Если этот человек был его двоюродным братом, он смог бы пролить больше света на родословную Греблова.

Вдруг Майклу нестерпимо захотелось, чтобы его жена была сейчас рядом с ним. Как и его мать, Татьяна всегда могла сделать этот дом уютным и душеуспокаивающим лишь одним своим присутствием. Но она вернётся из поездки в Россию лишь через неделю.

Греблов прошёл на кухню. Там, отражённое гранитной столешницей, на него бесстрастно смотрело «лицо» в лунном диске. Когда Греблов коснулся его рукой, космический холод, казалось, сковал его сознание. Майклу нужно было выпить.

— А вот и босс! — приветствовали его собравшиеся в зале сотрудники.

Греблов сходил ещё раз в подвал и вынес «Пайп Ван Ванике» и несколько бутылок «666 Чистой Тасманской Водки». Бокалы быстро наполнились.

— За Капсулу! — предложил Алекс Бонин, поднимая бокал.

— За Капсулу! — поддержали остальные.

Греблов отпил немного бурбона и по-гурмански подержал его во рту, наслаждаясь приятным привкусом ириса и мёда. Затем он проглотил напиток, предоставив ему оттаивать замёрзшую душу. Пытаясь повторить аристократический глоток босса, Алекс Бонин тоже отхлебнул «Пайп Ван Ванике» и поводил его во рту языком, но это движение в его исполнении больше напомнило полоскание рта. Приверженец пива, Бонин не оценил вкус знаменитого бурбона.

Греблов скользнул взглядом по лицам окружающих его талантливых людей.

— Я поднимаю бокал за всех вас, друзья мои, — сказал он. — Превращая Капсулу в совершенство, вы помогли и мне измениться к лучшему.

Час спустя пришлось звонить в пиццерию и делать новый заказ «Гавайской», чтобы продолжить вечеринку. Напичканный едой и алкоголем, Греблов теперь рассеянно смотрел на Алекса Бонина, который произносил заплетающимся языком:

— И увидел Бог, что Зеркало — это хорошо.

Затем все пили за мумификацию душ и за Царя, который лежал на диване, повиливая хвостом и наблюдая за необычным ажиотажем, творящемся вокруг его пушистой персоны.

Когда Греблов вышел на кухню, чтобы приготовить кофе и чай, он увидел торт, принесенный Шевчуком. Удостоверившись, что никто не смотрит, он двумя пальцами снял с торта вишенку и отправил её в рот. Тут же он почувствовал жгущий взгляд на своей спине, словно кто-то прикоснулся к ней горящими углями. Он медленно повернулся, хотя точно знал, кому этот взгляд принадлежал.

За стеклянным окошком одного из кухонных шкафов, бок о бок стояли две фотографии — матери Греблова и его жены Татьяны. Глаза Полины были полны любви и безусловного одобрения: «вишни полезны тебе, мой мальчик, невзирая ни на что». В глазах Татьяны Майкл видел лишь строгость. Она никогда не давала ему ничего попробовать до обеда. Даже нисколечко. Теперь, глядя на две фотографии, Греблов подумал, что любовь его матери была настоящей и безраздельно принадлежала ему, её сыну, в то время как любовь Татьяны была любовью общей. Для Греблова теперь зияла пропасть между этими «настоящей» и «общей».

В тот самый момент зазвонил дверной звонок, заставив Греблова замереть от неожиданности. «Кто бы это мог быть?» Он подошёл к двери и, с волнением в сердце, открыл её. Как ему в этот миг хотелось, чтобы это раньше времени вернулась из отпуска его строгая Татьяна!

Голова Греблова дёрнулась вправо так сильно, что шейные позвонки громко хрустнули.

— Анна?!!

Не дожидаясь приглашения, Анна Браунлих сбросила с себя куртку и, оставив её в руках ошеломлённого хозяина дома, направилась в гостевую под сопровождением любопытных взглядов сотрудников «РеМаинд». Проходя мимо Царя, она посмотрела на него, как на единственную потенциальную угрозу, способную раскрыть её истинный облик.

— Какая милая собака, — произнесла она и наигранно улыбнулась.

В ответ Царь издал глухое рычание.

В гостевой комнате мало что изменилось с того вечера, когда Анна была здесь первый и единственный раз. Тот же сланцевый камин, та же мебель, глубокая и комфортная. Анне даже показалось, что стены комнаты всё ещё хранят эхо её звонкого смеха.

Осмотревшись, она поднялась по лестнице в спальню Майкла. Как и много лет назад, Греблову ничего не оставалось, как последовать за ней, чувствуя, будто его тащат на невидимом поводке.

Войдя в спальню и посмотрев на своё отражение в зеркале старого гардероба, Анна усмехнулась. Уже более трёх десятилетий минуло с того далёкого дня.

Когда он тоже посмотрел в зеркало, Греблов внезапно осознал шестым чувством, что во входную дверь вошёл ещё кто-то.

xxx

Татьяна Греблова, понимая что её преждевременное возвращение-сюрприз, вероятно, оказалось чересчур уж неожиданным, растерянно созерцала вакханалию, царящую в её собственном доме. Обглоданные куриные косточки, картонные коробки с кусками пиццы и пустые бутылки от алкоголя валялись по всем углам. Несколько недоеденных окорочков приклеились к когда-то белому и пушистому ковру «дильмагани». Танина любимая соусница — подарок её матери — валялась на полу, истекая в чей-то беспризорный туфель.

Гости были основательно пьяны. Единственным оставшимся носителем интеллекта в доме был Царь; он грыз куриную ножку, обильно слюноточа на зернистую поверхность кожаного дивана от Натуззи. Он один, похоже, спокойно воспринимал общий восторг и был первым, кто заметил неожиданный приезд жены босса. В одно мгновение тело пса обмякло, потеряв весь свой лоск и привлекательность. Забившись в самый дальний угол дивана, этот потомок волков спрятал свою морду между передними лапами в выжидательной позе. Выражение его глаз было осуждающим: «эти варвары едят, как собаки».

В поисках мужа Татьяна поднялась наверх к его спальне. Подойдя к двери, она остановилась; в уме пронеслась шальная мысль о том, что Майкл, возможно, был не один.

— Не надумывай лишнего, — подбодрила она шёпотом саму себя.

xxx

Майкл Греблов стоял в трёх футах от зеркала своего гардероба, глядя на отражение Анны Браунлих. Ему вдруг показалось, что эта женщина, как и десятилетия назад, пришла отомстить ему за проступки, которых он не совершал.

— Боишься? — спросила гадалка с той же игривой интонацией в голосе, как и много лет назад.

Она вдруг поняла, что снова оказалась в этом доме не по собственному желанию, а исполняя чью-то волю.

— А чего мне бояться? — растерянно ответил Греблов, отчаянно пытаясь успокоиться.

В этот момент скрипнули ступеньки лестницы, и едва слышные шаги приблизились к двери. Словно она ждала этих звуков, Анна сделала быстрый шаг вперёд, обхватила Майкла за шею и притянула к себе. Она встала на цыпочки и впилась губами в губы опешившего Греблова, который сделал лишь неуклюжую попытку освободиться из объятий. В тот же миг дверь отворилась, и в комнату вошла Татьяна. Её взгляд встретился в зеркале со взглядом мужа. В продолжении нескольких секунд они молча смотрели друг на друга. Весь мир перевернулся в его глазах.

Объяснения Майкла не были ни нужными, ни ожидаемыми. Татьяна развернулась и ушла. Греблов последовал за ней, хотя теперь он предпочёл бы оказаться где-нибудь в другом месте: в зеркале своего гардероба или, быть может, даже в Зеркале Капсулы.

Татьяна завела машину и уехала. Наскоро прощаясь, гости спешили покинуть очевидную семейную драму. Опустевший дом теперь напоминал заброшенный замок, в котором поселился призрак. Только Иван Шевчук и Алекс Бонин подошли к своему боссу и предложили помощь. Греблов поблагодарил их, но попросил уйти. Ему сейчас нужно было побыть одному.

Несколько минут он неподвижно стоял в темноте, кусая язык, затем пристально посмотрел на номер своего дома. Вся жизнь Майкла, казалось, сошлась сейчас в числе 1666, которое теперь виделось ему состоящим из 1 и 666 яснее, чем когда-либо прежде. Из нескольких домов, выставленных когда-то на продажу на этом квартале, его отец, по неизвестной причине выбрал именно этот.

Между верхними ветвями одинокой ели повисла убывающая луна, золотистая и однобокая. Изжога заныла внутри Греблова с новой силой. Он медленно поднялся в свою пустую спальню, подошёл к зеркалу гардероба и плюнул в своё отражение. Этот день сильно состарил его.

xxx

Стоя на балконе своего дома, Греблов смотрел на луну, которая теперь казалась ему ярче и крупнее обычного, может быть, потому, что он был пьян. Тысячи сверкающих звёзд перемигивались друг с другом, обмениваясь потоками невидимых волн между частями необъятной Вселенной. Низко в небе мерцала звезда, отсвечивая всеми оттенками сапфира.

Сириус.

Майклу вдруг подумалось, что у него было что-то общее с этой двойной звездой: у Греблова ведь тоже был двойник, сокрытый в зеркале и, тем не менее, как и Сириус, он тоже был одинок.

Древние называли Сириус «собачьей звездой», носом в созвездии Канис Минор, одного из четырёх псов Ориона. Действительно, Канис Минор очень походил на собаку, глядящую на огромный размотанный рулон бумаги — полосу Млечного Пути.

Греблов припомнил, что у индусов Сириус был известен как Свана, любимая собака принца Юдхистиры. Когда принц попал к вратам Царства небесного, его приветствовал лорд Индра, не позволив при этом взять собаку с собой. Гордый принц заявил, что никогда не променяет своего преданного четвероногого друга даже на рай. Тронутый такой искренней привязанностью, Индра впустил их обоих.

Дверь на балконе скрипнула, и появился Царь. Его глаза мерцали в лунном свете.

— Ваша Светлость, — вымолвил Греблов. Пёс был единственным, кому он мог сейчас излить свою душу. — Я бы хотел взять тебя с собой, но душа собаки не может войти в Зеркало.

Царь удивённо наклонил голову, как бы утверждая, что это не так.

— Ты хочешь сказать, что жизнь моя — полная неудача? Да я и сам об этом знаю.

На этот раз чисто-голубые глаза пса выразили явное несогласие.

Совершенно подавленный, Греблов спустился вниз, в свою библиотеку и налил себе хорошую порцию бурбона.

«И что мне теперь делать?»

Он думал, что у него был ответ на этот вопрос, но теперь чувствовал себя полностью потерянным. Во время таких приступов разочарования он обычно отдавался на время зеркалу своего гардероба или мысленно разговаривал со своей покойной матерью. Но на этот раз ему необходима была гораздо более существенная помощь, может быть даже спасение.

«А что если исчезнуть отсюда на время? И что будет завтра?»

По достоинству оценив масштабы конфликта со своим боссом, Греблов теперь не питал никаких иллюзий насчёт завтра. Внутренний голос подсказывал, что глава его жизни с фирмой «РеМаинд» и Марком Кернером бесславно завершилась.

Греблов запер дверь. Позволив гравитации опустить своё уставшее тело в кресло, он внезапно почувствовал себя несчастным, как зачастую чувствует тот, кто только что достиг цели после долгого и трудного пути к ней. Разочарование в жизни душило. Рука непроизвольно потянулась к столу.

Царь громко скулил за дверью, словно предчувствуя что-то неладное.

Глава XXXVII

Неделя отпуска в Одессе прошла для Андрея Серова незаметно. После бесконечных встреч и бесед с родственниками и друзьями он выкроил вечер, чтобы повидаться с морем.

Пройдя неспеша по лабиринту узких улочек, он вышел к Потёмкинской лестнице, ведущей к набережной. Многое здесь осталось таким же, как и до его эмиграции, многое изменилось. Трудно было не заметить контраста между богатством и бедностью. Теперь городские трущобы вглядывались в свои унылые отражения в блестящих фасадах роскошных высоток.

Темнело, и Андрей почувствовал незримое притяжение знакомых силуэтов. Далёкий Воронцовский маяк выдавал себя вспышками красного света, посылаемыми в быстро сгущающийся мрак. В порту замерли на ночь контуры подъёмных кранов. Раскинувшийся над набережной город чётко обозначился ореолом разноцветных ночных фонарей. Над ним, сквозь густые облака, пробивалась убывающая луна.

Зачарованный мелодиями знакомой песни, Андрей вошёл в небольшой ресторанчик на берегу и заказал шашлык с соусом тзатзики. Свет восковой свечи на столе мерцал, воскрешая воспоминания о призрачном зеркальном отражении огонька в квартире гадалки.

Инга.

Андрей с глубокой благодарностью вспомнил о той, кто помогла ему взглянуть на жизнь в ином ракурсе. Многие предсказатели могут рассказать о прошлом, некоторые о настоящем, и лишь избранные, истинные пророки, поведать, что именно случится в будущем. Инга была для Андрея пророчицей: события в его жизни произошли именно так, как она предсказала.

За её несколько грубоватой манерой разговора скрывалась нежная и сострадательная душа друга и учителя. Она щедро делила с другими свою исцеляющую силу, а её часто ехидный юмор всегда заставлял людей забыть о своих проблемах. Андрей также знал, что Инга, если бы была жива, гордилась бы тем, чего он достиг.

Этим утром он зашёл во двор, где находилась когда-то принадлежавшая ей крошечная квартира. В ней теперь ютилась семья из четырёх. Сосед рассказал, что вечером, перед тем как умереть, Инга всё ещё шутила: «Я никогда не умру, потому что не могу себе позволить расходов на похороны».

Андрей вспомнил глаза Инги — голубые, как сапфиры высшей чистоты. Они напомнили ему ещё кого-то, не менее близкого. Он вытащил из кармана свой мобильный телефон и набрал короткое сообщение. Последовал быстрый ответ: «Я тебя тоже люблю. Возвращайся скорее».

Потягивая принесённое официанткой пиво, Андрей вспомнил рассказ университетского профессора-философа о смысле жизни. Заполнив пустую банку большими камешками, всегда можно найти в ней место для камешек помельче, и, наконец, для песка. Это означает, что в жизни всегда есть время для пусть маленьких, но приятных вещей. Один из студентов тогда добавил, что после заполнения банки камнями и песком в ней всегда найдётся место и для пива.

Андрей внимательно посмотрел на своё пиво. В нём, влекомые стремлением к свободе, пузырьки пены, напоминающие миниатюрных мотыльков, рвались на поверхность к свету, лишь для того, чтобы быть обманутыми и закончить свой путь. Но в своём упорстве каждый пузырёк выполнял предназначенную для него миссию — он нёс с собой послание в новый мир, где одно путешествие заканчивалось, а другое начиналось с самого начала.

Получалось, что пиво обладало разумом!

После ужина Андрей отправился к маленькому, скрытому скалками пляжу, на котором так любил проводить летние месяцы своей юности. Он знал это место как свои пять пальцев. Даже в непроницаемой, казалось, темноте он теперь свободно различал каждую деталь окружающего ландшафта: текстуру каменных глыб, форму пирса и силуэт далёкого холма.

Андрей часто думал, какой могла бы быть его жизнь, если бы он никуда не уезжал. Он иногда ловил себя на мысли, что отдал бы всё, лишь бы вернуться в те давно ушедшие дни, когда он был наивным и счастливым в кругу друзей. Но в данную минуту он с той же полнотой наслаждался уединением.

Ветер быстро усиливался. Нависшие грозовые облака были пропитаны электричеством. Кроны деревьев дрожали, издавая стон высоковольтных проводов. Море не на шутку разыгралось, приветствуя Андрея порывами ветра, напоённого солью и йодом. Вдохнув морские запахи, он ощутил в душе переполненность чувствами и глубокую пустоту одновременно. Он бродил вдоль берега, наслаждаясь звуками моря — воем ветра под аккомпанименты волн. Эти мелодии звучали, будто репетиция оркестра перед гранд-концертом, и теперь Андрей чувствовал, что этот концерт вот-вот начнётся. Сейчас было самое время искать укрытие, но странная сила пригвоздила его к тому месту, где он стоял.

xxx

Рёв нарастал с каждой минутой. Стихия неистовала. Хлысты бури взбивали белые барашки в высокие гейзеры, взметающиеся в чёрное небо. Оглушительные раскаты грома, визуализированные частыми вспышками молний, вторили басу чудовищных волн.

Энергия шторма зажгла тысячи дразнящих искорок в душе Андрея. Его инстинкты пробуждались, призывая подчинить сознание высшему порядку среди нарастающего хаоса. Он ощущал каждое движение этого огромного организма, и теперь ему казалось, как никогда прежде, что он был его неотъемлемой частью.

Гонимые жестокими шквалами, огромные водные массы разбивались о берег, а затем неохотно отступали, чтобы набраться сил для нового удара. Низкие, непроницаемые облака и гигантские гребни вздымающихся волн простирались друг к другу, словно два лица невероятных размеров в мимолётной, но жестокой ссоре. Это два непримиримых брата — Посейдон и Зевс — вступали в ярый спор, покрывая друг друга проклятиями и клочьями пенной слюны.

Чем больше расходилось море, тем больше Андрей чувствовал нарастающую бурю в своей душе. Кровь в его венах кипела, по всему телу пробегали прикосновения тысячи незримых игл. Неведомое влечение неумолимо тянуло его всё ближе и ближе к беспределу этих смешанных штормом масс. Внезапно, бросая вызов самой природе или, вернее, вступая с ней в союз, он, скинув с себя одежду, отдал морю свои душу и тело. Снова, как и много лет назад, он плыл по волнам прочь от берега, чувствуя себя в своей стихии.

А тем временем буря, всё больше подчиняя индивидуальность волн групповой дисциплине, неожиданно погнла их прочь от берега. Через несколько минут Андрей понял, что недооценил мощь и коварство моря. С трудом держась на плаву, он теперь изо всех сил грёб к берегу, но у волн, похоже, был на это свой план.

«Они ведь не ополчились против меня, — судорожно думал Андрей. — С чего бы им было ополчаться?»

Ему вдруг показалось, что волны начали атаковать хорошо скоординированным образом. Их новые эшелоны, по-видимому, принимали к сведению ошибки уже отступивших предшественников и наносили по нему всё более тщательно рассчитанные удары.

Нарушив шаткий баланс между небом и морем — этими двумя параллельными мирами, — ещё один ослепительный разряд молнии прорвал кромешную тьму, ударив в воду в каких-нибудь ста метрах от Андрея и насытив воздух едким запахом озона. Грянул оглушительный раскат грома, и дьявольская ночная радуга, такая же красивая, как и зловещая, окрасила поднявшееся шарообразное облако пара.

Андрей был отличным пловцом, и только благодаря этому ещё держался на воде. Избитый волнами, исхлёстанный жутким ливнем, он вдруг почувствовал полную покороность перед мощью природы. Следующий разряд молнии мог ударить в любой момент. С трудом переводя дыхание, Андрей поплылыл туда, куда молния уже ударила, поскольку знал, что Зевс никогда не поражает одно и то же место дважды. Когда он почти достиг своей цели, море перед ним разверзлось водоворотом, похожим на разинутую пасть морского чудовища. Вздымаясь над головой Андрея, волны, как огромные языки, облизывали его, пробуя на вкус, прежде чем отправить в бездну.

Это была смертельная западня!

Преданный морем, своим бывшим союзником, Андрей оказался в плену его чрева, не в силах даже определить, в каком направлении находилась поверхность: бурная вода стискивала его с сокрушительной силой со всех сторон. Единственными доносящимися до Андрея звуками теперь были сердитые хлопки разрывающихся пузырьков воздуха, в коконе которых он оказался.

Неистовство стихии подавило в нём приступы отчаяния и внесло странное утешение. В голове промелькнула мысль о смирении и о том, что прекращение его мирского бытия попросту означало подчинение высшему порядку, сопротивляться которому у Андрея уже не было ни сил, ни желания. Его дыхание почти прекратилось, сознание таяло.

За секунду до того как его губы готовы были разжаться, впустив в лёгкие солёную воду, почти прямо над ним воздух раскалился вдоль километрового зигзага молнии. Перегретые пары разорвались с неистовым грохотом, прозвучавшим на глубине оглушительным бумом.

С огромным трудом, цепляясь за край своего угасающего сознания, Андрей открыл глаза. Против всех шансов, молния ударила в то самое место второй раз. Её свет, пронзив толщу воды, разлился в ней ослепительными тонкими лучами, похожими на давно виденные Андреем игловидные кристаллы в бразильском агате профессора Колецкого.

«Нет, этот свет не может нести смерть, — мелькнуло в голове Андрея. — Этот благодетельный знак — маяк жизни».

Свечение озарило подводный мрак всего на несколько мгновений, но этого нежданного везения оказалось вполне достаточным.

Пробившись сквозь слабое сознание Андрея, обида на то, что его обманул тот, кому он привык доверять, добавила ему сил, открыв второе дыхание. Теперь всё его существо было обурено стремлением выжить. Собрав последние силы, он оттолкнулся от воды ногами, сначала слабо, потом сильнее, потом ещё сильнее, всплывая к месту, где только что на поверхности вспыхнул свет.

Порыв ветра безжалостно ударил его в лицо, но Андрей, жадно вдыхая живительный воздух, воспринял эту пощёчину как самый сладкий поцелуй.

xxx

Раннее утро застало Андрея распластанным на мокром песке. Смерть лишь пофлиртовала с ним, оставив дрожащим от изнеможения. Он вдруг понял, что великая сила уберегла его, сила намного более могущественная, чем та, которая пыталась его убить.

Волны всё ещё накатывались на берег, но буря ослабла, и ветер заметно утих. Мало-помалу стихия отступала, и всё вокруг постепенно возвращалось к норме. Восточный край горизонта зарделся рассветом.

Усталой поступью Андрей побрёл к Потёмкинской лестнице. Ранние пешеходы поднимались по ней, словно восходили на небо. Окинув взглядом её мраморные ступени — широкие внизу и сужающиеся кверху — Андрей в который раз был поражён асимметрией расстояния и времени. Ему внезапно показалось, что вся его жизнь была сжата в каждый свой момент. Он жил её много раз взад-вперёд, словно наблюдая за постоянно меняющимся миром сквозь вращающуюся стеклянную дверь, в которой его собственное отражение оставалось неизменным. Как только он сейчас доберётся до самого верха, ему придётся снова начать свой путь, конец которого приведёт к другому началу в замкнутом круге.

В этот самый миг один из участков неба на несколько мгновений очистился от туч, и выглянули убывающая медно-жёлтая луна и золотистый Сатурн. Андрей с ужасом смотрел на «планету времени» перед искривлённым «небесным зеркалом»; эти два светила были расположены точно так же и в ночь перед чернобыльской катастрофой.

«Сегодня небеса будут судить чью-то невинную душу, — подумал он. — Что-то ужасное должно произойти».

В Одессе ночь уже умирала. На другой стороне земного шара, в Мичигане, ночь только зарождалась. Андрей внезапно вспомнил, что там подходило к концу 1 июня 2016 года; число 6-1-16, в котором единицы находились в хрупком балансе с шестёрками. Это был также день общего собрания инвесторов «РеМаинд».

Осознание того, что Капсула была ничем иным, как иллюзией реального мира, искажённым зеркалом, внесло глубокое смятение в душу Андрея. Копирование души означало обман. Попав в Зеркало, найти путь назад было уже невозможно.

Вдруг в его голове, словно падающая звезда, промелькнула мысль: «Греблов...»

Андрей схватил свой «самсунг», чтобы предупредить босса об опасности, но промокший от ливня телефон не работал.

Глава XXXVIII

Марк Кернер подъехал к зданию «РеМаинд» в семь утра. На стоянке его встретил охранник, которого Марк пригласил накануне из офисного здания для подстраховки.

Пока Кернер шёл к входной двери, мрачные события прошлого вечера вновь предстали перед ним: предательство Греблова, провокационные вопросы инвесторов, странные намёки Макнейра о возможном подчинении проекта «Капсула» Министерству обороны.

Кернеру было о чём беспокоиться.

Его отец Джеймс при жизни был искусным финансовым манипулятором; он создавал ажиотаж вокруг какой-нибудь фирмы, помогал взвинтить её акции, а затем сбрасывал свою долю по завышенной цене. Позже в жизни Джеймс занялся более честным ремеслом, скупая за бесценок шаткие бизнесы, консолидируя их, а затем продавая. Дела с Марком обстояли несколько иначе. Он специализировался на создании технологических пузырей, заведомо обречённых компаний, к которым, путём ложных посулов, привлекался капитал обманутых вкладчиков. А это уже злоупотребляло доверием инвесторов и делало Кернера де-факто мошенником. Не удивительно, что он успел нажить себе немало врагов. Судебные иски и шантаж становились всё более частыми явлениями в его практике, хотя до сих пор он оставался формально чистым перед законом.

После вчерашней презентации, независимо от будущего «РеМаинд», репутация Кернера была основательно подмочена. И тем не менее, преданный всеми и гонимый, именно он, благодаря своей прозорливости, оставлял арену финансовых сражений истинным победителем. Подходя к входной двери своей фирмы, Кернер знал, что сейчас получит от судьбы главный приз, а затем исчезнет из поля зрения оппонентов навсегда.

Он мечтал о бессмертии со дня безвременной кончины своего отца, которому, как Марку всегда наивно казалось, было суждено жить вечно. Теперь мечта Кернера сохранить в веках индивидуальность своей генеалогической линии должна была сбыться. Он предвидел этот день по возвращению из Чичен-Ицы, где ему явилось чудесное метафорическое знамение, зашифрованное в древнем святилище цивилизации майя: миграция человеческой души между телом и «зеркалом». Только Кернер мог разгадать это скрытое значение в змеиной тени пирамиды Кукулькана. Именно тогда он поверил, что великий создатель не позволит его душе кануть в небытиё.

Внутри «РеМаинд», спрятанная в недрах тщательно сконструированной Капсулы, находилась его, Кернера, земля обетованная. В этом дворце бессмертия, скрытом от завистливых глаз простых людей, его избранный разум переживёт и его, и всех остальных смертных. Кернер построил этот дворец с помощью собственного интеллекта и на свои средства. Ну, точнее, на деньги инвесторов, которых он смог убедить в этой затее.

Марк Кернер часто воображал загробную жизнь в Капсуле, где его дублированный разум, сохраняя его идентичность, мог бы наслаждаться вечными земными благами через тела смертных. Единственная проблема этого подхода заключалась в том, что он должен был завершить переход сознания в Зеркало до того, как оборвётся его физическая жизнь. Другими словами, он должен был добровольно прекратить своё земное существование для достижения бессмертия. Ещё более простым языком, Кернеру надлежало убить себя, чтобы пережить собственную смерть! Хотя эта идея и звучала абсурдно, он знал, что выбора у него нет.

Кернер явно недооценил Греблова; теперь его нужно было как можно быстрее убрать с пути упреждающим ударом. Кернер ожидал горького разочарования, быть может даже агрессивного возмущения со стороны своего бывшего союзника. Вот почему минувшим вечером он пригласил охранника из здания, где находились офисы «Кернер Солюшнс». Вместе с ночным охранником из «РеМаинд» они могли справиться с любой неожиданностью. По прибытии Греблова Кернер официально объявит ему об увольнении прямо в приёмной. Было несколько предлогов, чтобы позже оправдать этот шаг перед Макнейром и другими инвесторами: эксперименты, одобренные Гребловым и ставящие под угрозу жизнь людей; несанкционированные покупки на средства компании; игнорирование правил техники безопасности и многое другое.

Кернер удалит все файлы, связанные с проектом, чтобы никто и никогда больше не смог построить подобное устройство. Лишь он один знал все мелочи и тонкости, без которых новая Капсула была бы лишена функциональности. Затем он организует вывоз Капсулы для якобы тестирования в одну из больниц. На самом же деле, он отвезёт её в потайное место, недавно им сооружённое в одном из его владений. После этого он объявит, что устройство похищено. А имея в кармане этот чудесный билет в бессмертие, он уже сам решит, когда именно оставить грешный мир и слиться с миром, в котором живут боги.

В приёмной Кернер поздоровался с ночным охранником и направился прямо к лаборатории Гавронского. Когда он начал вводить код доступа, его вдруг охватило тошнотворное предчувствие. Зайдя за ним в лабораторию, двое охранников застали Кернера остолбеневшим перед рабочим столом, где всегда стояла Капсула. Зеркало, Шлем, лазер, Персонализатор — всё исчезло. Единственным оставшимся свидетельством об этом эпическом проекте был плакат, старательно прикрепленный Бониным и Шевчуком к стене:

«Будь осторожен со своими мечтами, потому что здесь они могут сбыться».

Кернер внятно выругался. Его мечта об увековечении души была теперь под угрозой. Долгий стон просочился сквозь его искажённые губы.

— Греблов!

xxx

Сидя в своей домашней библиотеке, Майкл Греблов глядел на самое удивительное и дорогое зеркало, когда-либо созданное руками человека. Оно напоминало золотые диски фараонов, отполированные рабами до совершенства. Нарушив правила фирмы «РеМаинд», Греблов накануне привёз Капсулу к себе домой, чтобы отпраздновать завершение проекта в кругу подчинённых. Теперь, после того как эта идея провалилась, в его голове зародился другой план.

«Или, может быть, мне просто нужно?.. — подумал он. Нетвёрдой рукой он взял Шлем и замахнулся им. — Единственный способ вырваться из зеркала — это разбить его».

На мгновение Греблову показалось, что из глубины сапфирового диска на него, словно со дна реки, смотрят бирюзовые глаза Анны Браунлих. Затем они медленно исчезли под рябью, разбежавшейся по водной глади. Не найдя в себе сил разбить своё собственное творение, Майкл вернул Шлем на стол.

Зажужжал мобильный телефон. Это Андрей Серов звонил из Одессы, но сейчас Греблову не хотелось разговаривать даже с ним.

Майкл налил в бокал ещё бурбона и залпом выпил. Воспоминания разрозненных эпизодов жизни замелькали в помутневшем сознании: его 16-летие... глаза Анны... Капсула... монах... неукротимое чувство, что он, Греблов, расплачивается всю свою жизнь за чужие проступки.

— Проклятье! Мне кажется, я схожу с ума!

Затравленный, Греблов не в силах был больше переносить этот моральный натиск. Вглядевшись в манящую глубину сапфирового Зеркала, он схватил Шлем и быстро, чтоб не передумать, надел его на голову.

Вспышка светодиодного света отразилась в его широко раскрытых глазах. Он услышал слабый щелчок застёжек и жужжащий звук микромоторов, подгоняющих датчики. Включился Персонализатор, и рассеянное лазерное излучение озарило его лицо малиновым светом. Царь завыл за дверью, словно предупреждая хозяина о грядущей опасности, но Греблов уже ничего не слышал.

Внезапность превращения оказалась ошеломляющей. Ощущение было таким, словно пуля, выпущенная из револьвера русской рулетки, пробила висок и, не убив, застряла в голове. В мгновение ока язык покрылся жалящими искрами; судороги прокатились по телу, сковав конечности. На цифровых часах секунды отсчитывались в три раза медленнее, чем билось сердце. Зрение сузилось, превратив окружающие объекты в размытые чёрно-белые формы.

Греблов увидел полупрозрачный куб и сердитое лицо того самого монаха, размахивающего деревянным посохом. Руководствуясь остатками своего быстро уплывающего сознания, Майкл протянул руку, чтобы нажать кнопку аварийной остановки... Увы, слишком поздно.

Его буквально вырвали из тела и грубо втиснули в неизвестность, и лишь после этого по душе разлилось странное ощущение невесомости и полной отрешённости.

Когда он наконец очнулся, Греблов впервые в жизни почувствовал себя полностью независимым от своего тела. Его сознание представляло теперь совокупность взаимосвязанных энергетических сгустков, заменивших в зеркале реальные чувства. Самые слабые окружающие звуки, невосприимчивые для обычного уха, вдруг стали слышимы.

Греблов теперь смотрел на знакомые ему предметы сквозь совершенно другие глаза, задаваясь вопросом, как он вообще мог видеть. Сам этот факт был чудом, поскольку в сетчатке его «глаз» не было фоторецепторов, так же как и не было самой сетчатки, и, впрочем, как не было самих глаз. Зрение в Зеркале было чистым воображением, на удивление убедительной иллюзией. Спустя несколько минут он научился видеть и слышать в любом выбранном направлении и игнорировать все остальные направления.

Греблов различал мельчайшие детали даже неосвещённых предметов. Он вдруг вспомнил, как Андрей цитировал слова Леонардо да Винчи о том, что картины часто выглядят лучше в зеркале, чем в оригинале. Теперь Греблов убедился сам, что и Зеркало Капсулы делало мир лучше, чем он был на самом деле.

Будучи всего лишь смысловым двойником самого себя, он мог играть с эластичностью этого нового мира так же, как часто играл со своими люцидными снами. Ему достаточно было подумать, и мир вокруг него изменялся по его желанию.

Сначала все его движения были медлительными и неуклюжими и нуждались в тщательном осмыслении. Затем он ощутил гордость, словно ребёнок, самостоятельно делающий первые шаги. Греблов даже улыбнулся в Зеркале, но так, как мог улыбнуться только призрак.

Вскоре его мысли уже легко скользили по комнатам дома, привыкая менять «право» на «лево» и чувствуя удары воображаемого сердца с правой стороны его воображаемой груди. В то же время все физические дискомфорты, включая изжогу, остались в его бренном теле.

Над городом прокатился раскат грома, заставив Греблова в Зеркале съёжиться. Его голова сильно дёрнулась — на этот раз влево. Даже отделившись от тела, его сознание всё ещё сохраняло это странное стремление к симметрии.

Подойдя к спальне своей жены, Греблов остановился на несколько секунд и только затем вошёл. В его памяти Татьяна всё ещё лежала на кровати, раскинувшись меж двумя атласными простынями, словно жемчужина в ракушке. Греблов почти слышал её мерное дыхание, почти чувствовал аромат её тонких духов и почти видел, как она улыбается во сне. Её образ был для него настолько реальным, что он протянул свою воображаемую руку, чтобы прикоснуться к ней, но быстро отдёрнул, поняв, что кровать пуста.

xxx

За окном снова грянул гром.

Возвращаясь в свою домашнюю библиотеку тем же путём, которым пришёл, Греблов остановился перед посудным шкафом и ещё раз внимательно посмотрел на фотографии матери и жены. Черты лиц двух женщин были поразительно схожими, разве что Полина выглядела более уверенной и эмоциональной, в то время как лицо Татьяны покрывала вуаль очаровательной хрупкости. Только теперь Греблов понял, что его мать была состоявшимся духовным центром своей семьи. Её муж, агностик по убеждению, глубоко уважал её религиозные чувства. В своей взаимности Полина восхищалась страстью Бориса к науке, хотя сама и не была склонна к пониманию, как именно устроен мир. Татьяна, с другой стороны, была угнетённым мечтателем, которого Майкл по сути лишил всех прав на принятие каких-либо решений; черта, которую он сам не переносил в своём боссе Марке Кернере.

Взгляд Греблова случайно переместился от фотографий на маленькое зеркальце, висевшее на дверце того же шкафа, заставив его сознание отпрянуть. Ему показалось, что он видит в нём своё собственное размытое отражение!

Греблов вернулся к Капсуле и взглянул на таймер. Через пять минут Персонализатор воссоединит его душу с телом. Сейчас он не хотел ничего, кроме чашки крепкого кофе. Может быть, двух чашек.

Греблов мог вернуться в своё тело прямо сейчас, просто пожелав этого, но он не торопился. Он проведёт эти оставшиеся пять минут здесь, в Зеркале, потому что он знал наверняка, что больше не вернётся сюда никогда. Более того, он теперь точно знал, что никогда не вернётся ни в какое другое зеркало. Независимо от того, что Татьяна могла думать о нём, он разыщет её, объяснит всё, что с ним случилось, и проведёт остаток своей смертной жизни, моля её о прощении.

В этот самый момент Греблов ощутил ужаснейший шок. Его мысли завертело вихрем.

«Молния!»

Как бы повинуясь инстинкту, его душа ринулась к телу, но была безжалостно отброшена назад.

Что за чёрт?!

Греблов предпринял ещё одну попытку, затем ещё одну и ещё... Всё безрезультатно.

Непреодолимый барьер сознания Капсулы прекрасно справился с задачей изолирования души. Был лишь один путь из Зеркала в Шлем и затем в тело — через кондуит, подключённый к порталу. Греблов осмотрел соединение, и его охватил ужас: едва заметное повреждение у основания портала напоминало смертельную рану.

Никакие слова не могли описать состояния Греблова. Вероятность случившегося несчастья была близка к нулю, и тем не менее оно произошло. Электромагнитное поле молнии каким-то образом повредило самый слабый элемент Капсулы. Майкл не мог представить подобного исхода даже в своих худших кошмарах. Путь назад к телу был отрезан, и его душа оказалась в капкане.

Посулив временный приют, зеркало, наконец, сыграло свою развенчивающую роль.

Судьба Греблова приняла неожиданный оборот, и никаких оснований надеяться на скорое освобождение у него, к сожалению, не было.

Глава XXXIX

Опираясь на деревянный посох, Никита Минин расхаживал взад-вперёд, топча грязь Ферапонтова монастыря, куда, разжалованный в монахи, он был сослан Алексеем Михайловичем Романовым. Лишь несколько человек здесь величали его «Никоном» и только один, молодой монах Кирилл Громов, — «патриархом».

Для Никона 16 лет ссылки были временем ретроспекций. Всё ещё пытаясь понять истинную причину своего бесславного политического падения, он был склонен думать, что за ним стоял один из его врагов, сумевший путём коварных интриг расшатать его могущество. Раскрытие личности хитрого врага могло помочь Никону вернуться в мир влиятельных.

Враг был, бесспорно, умён; он не только ускользал от Никона в миру, но также был невидимым в зеркальном Кубе мыслей.

Размышляя о своём прошлом, экс-патриарх вспомнил Ханну, чьё пророчество о его изгнании в далёком 1666 году в точности сбылось. Сейчас на дворе стоял год 1681, когда, по прогнозам Ханны, Никону суждено было умереть, если он не сможет раскрыть имени врага и изобличить его перед власть держащими. Задумавшись на минуту, Никон усмехнулся. Его смерть в 1681 году была предсказана 16 лет назад, и сумма всех цифр в числе 1681 равнялась 16.

Тёмная тень тяжёлых раздумий снова легла на морщинистое лицо старика. Кто же всё-таки был его неуловимым противником?

Никон ясно припомнил последнюю попытку царя убедить его отказаться от патриаршего престола добровольно. Алексей Михайлович отправил к нему тогда четырёх самых влиятельных бояр и Паисия Лигаридеса, самопровозглашённого митрополита Газы. Никон всегда подозревал, что этот подлый грек был марионеткой папы Урбана VIII. Приглашённый в Москву помочь патриарху, Лигаридес быстро обнаружил свою двуличность, переметнувшись в лагерь бояр. Вскоре после этого, однако, он дискредитировал себя в православных кругах, опубликовав прокатолическую книгу, которую Константинополь немедленно объявил ересью. Рассуждая над этим, Никон исключил Лигаридеса из возможного списка имён своего главного врага; если бы падение Никона было проделкой Лигаридеса, он, безусловно, давно был бы амнистирован. Вместе с тем все когда-то открыто выступавшие против Никона бояре к настоящему времени либо умерли, либо публично попросили прощения за клевету на него.

Вскоре после изгнания Никон начал было подумывать, что под образ его главного врага подходил сам царь. Но позже он вспомнил, что и в ссылке он часто получал письма от суверена с миротворными заверениями и даже просьбами дать совет по тому или иному государственному делу. Царь также посылал ему деньги, меха и прочие знаки великодушия, которые Никон всегда отвергал, но которые заставляли его теперь скептически относиться к идее, что Алексей Михайлович был единственным источником всех его бед.

В 1672 году судьба, наконец, благословила царя здоровым сыном, Петром, рождённым его второй женой. Два других, слабоумных, сына Алексея Михайловича проживут ещё некоторое время, но суверен теперь видел в Петре своё истинное продолжение. Обуреный завистью, Никон послал монарху письмо со слёзной просьбой. Все его дети от брака давно умерли, но, по слухам, был ещё и выживший ребёнок — незаконнорожденный сын, — для которого его мать даже решила сохранить мирскую фамилию Никона, Минин, как признание славы великого в своё время церковного главы. В то время Никон даже не хотел слышать о своём отпрыске, но теперь жаждал найти его, дабы в глазах других не дать своей индивидуальности кануть бесследно в темноту веков. Алексей Михайлович изо всех сил старался помочь своему бывшему другу, но все его попытки оказались бесплодными. Деревня, где раньше жила та женщина, была опустошена голодом, и все следы её и её сына исчезли без следа. Теперь, на закате своей жизни, заточённый в стенах Ферапонтова монастыря, Никон до слёз жалел, что когда-то давно отпустил мать своего ребёнка.

Шесть лет назад Никон получил известие о том, что царь тяжело заболел. Ему тогда даже показалось, что он чувствует, как холодный ветер проносится по улицам Москвы, словно сама Смерть пожаловала за монархом. Никон знал, что тело царя страдало, но его душа, наконец, обретала глубокое утешение. Но он не мог знать, что на смертном одре Алексей Михайлович Романов спокойно благословил свою семью, а затем тихо произнёс:

— Скажите патриарху, что я про...

Царь умер, так и не закончив эту фразу, оставив её открытой для толкования на годы.

Только теперь Никон, казалось, понял всю сущность его конфликта с царём. Подобрав упавшую с дерева ветку, он начертил ею на земле примитивную фигурку человека в кругу. Руки и ноги у этого человека были широко расставлены. Это было отражение Никона в духовном зеркале по образу и подобию Божию. Поверх него он нарисовал другого человека — немного по-иному — и обвёл вокруг него квадрат. Это было отражение царя в мирском зеркале. Никон и царь оба ошибались, нарушая древнюю византийскую доктрину, в которой власть государства гармонировала с духовным авторитетом Церкви. Эгоистичные в своей сущности, они оба зашли слишком далеко, стремясь утвердить приоритет друг над другом. Но странное дело. Чем дольше Никон смотрел на нарисованные им две человеческие фигуры в квадрате и круге, тем больше он чувствовал, что уже где-то видел этот рисунок.

Вместо того, чтобы злорадствовать над смертью своего бывшего соперника, Никон опустился на колени перед святой иконой и горячо помолился за душу навеки усопшего царя.

xxx

Как-то раз, переступив через свою гордыню, Никон попросил брата Кирилла посодействовать ему в толковании прошлого. Кирилл обладал глубоким духовным прозрением и математическим складом ума. Он добровольно отказался от учёной карьеры во благо более высокой жизненной цели: служению Богу. Со дня принятия в Ферапонтов монастырь он завоевал репутацию среди братьев как человек, ясно видящий скрытую сущность вещей.

Кирилл разделял многие взгляды экс-патриарха и был большим поклонником его зеркального Куба мыслей. Он даже залез в него однажды и испытал то, что назвал «незабываемым чувством, благословением с неба».

Никон рассказал молодому монаху о своих ухабистых отношениях с ныне покойным царём и о конфронтации с подлыми боярами, на чьём пути Никон оказывался не раз и которые, в конце концов, ополчились против него. Кирилл был весьма польщён оказанным ему доверием. Он удалился с глубоким поклоном, обещав в самое ближайшее время поделиться своим мнением.

xxx

Кирилл и Никон сидели в тени старой берёзы на южной стороне монастыря. День выдался жарким. Две пчелы жужжали над деревянным ковшом, наполненным медовым взваром.

— Бог сотворил человека на шестой день, — напомнил Кирилл. — Он сотворил его по образу и подобию Своему. Это утверждение раскрывает божественную сторону зеркала. В противоположной же стороне его сокрыта сила дьявола. Теперь слушай внимательно, ибо, как мне кажется, я смогу помочь тебе в раскрытии врага твоего.

Сердце Никона заколотилось.

— 1666 был годом, когда две зеркальные силы твоей судьбы — добро и зло — сошлись в битве за твою душу, — продолжал Кирилл.

Он развернул свиток, который держал в руках, и положил на стол. Сначала белый лист показался Никону совершенно пустым. «Неужели мой враг так неуловим, что может скрываться и на бумаге?» Но, вглядевшись внимательней, он различил короткую надпись в самой середине белого поля:

$$666 = 3\,(6 + 6^3)$$

Никон вдруг почувствовал, что символическая сущность этой надписи с каждым мгновением всё глубже проникает в его сознание, жаля, словно яд. Он вдруг отшатнулся, точно увидел привидение.

— Три раза число дьявола составляет 6 и 6 в кубе, — прошептал он.

Куб.

Потрясённый простотой этого откровения, Никон почувствовал, как волосы на его седой голове медленно поднимаются. Кулаки его непроизвольно сжались, и он посмотрел на молодого монаха требовательным взглядом.

— Ты не можешь видеть своего врага в обычных зеркалах, — произнёс Кирилл. — Ты должен искать его в зеркальном кубе.

— Я ищу его в зеркалах моего Куба мыслей уже 16 лет! — воскликнул Никон голосом, полным отчаяния.

Но как только он закончил эту фразу, вся скрытая сущность сказанного Кириллом приобрела для него явный смысл. Его как громом поразило.

— Мой куб незавершённый?

Взгляд Кирилла был сострадательным. Он знал, что экс-патриарх сам придёт к этому выводу.

— Тебе нужен куб, у которого все шесть сторон покрыты зеркалами, — сказал он, кладя свою руку Никону на плечо. — По крайней мере это следует из формулы.

Лицо Никона внушало жалость. Под непомерной тяжестью этого внезапного вывода он, казалось, стоял над самым обрывом здравого смысла. Пытаясь раскрыть своего врага, он — когда-то один из самых богатых и влиятельных людей огромной империи — не смог понять, что его Кубу мыслей не доставало двух зеркал: одного вверху и одного внизу деревянного ящика. Если бы он внимательнее отнёсся к своей затее с самого начала, всё бы случилось именно так, как предсказала ему пророчица, и он бы раскрыл своего врага до того, как началась цепочка его страшных неудач.

Ханна.

Никон взял со стола круглое венецианское зеркало, некогда ей принадлежавшее. Ему показалось, что он видит в нём отражение бирюзовых глаз утопленной пророчицы. Разве это не её рука мстила ему последние шестнадцать лет? Морально измождённый, экс-патриарх рухнул на землю.

xxx

После разговора с братом Кириллом Никон послал прошение сыну Алексея Романова, Фёдору III, новому царю. Никону не только были высланы два купленных по его просьбе недостающих зеркала, но он был также частично помилован с разрешением вернуться в Москву. Амнистированный экс-патриарх знал, что подобный шанс представляется в жизни лишь раз, и всё же он колебался. Цель его многолетних исканий всё ещё не была достигнута: его тайный враг так и не был раскрыт. Теперь же, с помощью брата Кирилла и с Кубом мыслей, дополненным двумя зеркалами, он расчитывал на успех более, чем когда-либо. После получения зеркал Никон испросил царя о небольшой отсрочке с отъездом и принялся за доработку куба.

xxx

Настал последний вечер перед отъездом Никона в Москву. Вползя на четвереньках в завершённый Куб мыслей, экс-патриарх с нетерпением вгляделся в своё отражение, надеясь, что чудо, наконец, свершится, и он увидит своего врага. Но этого не произошло. Как и все прошедшие шестнадцать лет, из зеркала на него глядело его же отражение; только теперь перед собой он видел старого монаха, сжимающего в руке деревянный посох и облачённого в рваные лохмотья вместо богатых одежд.

С глубоким сожалением Никон понял, что потратил лучшие годы жизни на самообман, преследуя свои политические амбиции. Один взгляд на цвета реального мира стоил гораздо большего, чем часы заточения в проклятом зеркальном кубе, который не возвращал взамен ничего, кроме обманутых ожиданий и стареющего отражения. Вдобавок у Никона возникло великое чувство вины перед всеми теми, кого он когда-то обидел из-за своего скверного характера и кому ничего не оставалось, как мстить ему в ответ. Тебя всегда ненавидят, когда ты ненавидишь сам.

Сжав от горечи свой посох, Никон вдруг почувствовал, как что-то больно врезалось ему в палец. Это был его сапфировый перстень с шестиконечной белой астерией.

Старик улыбнулся, потому что когда-то по глупости верил, что этот амулет поможет ему быть наравне с высшими силами. Два ложных креста, которые он теперь видел в нём вместо шестиконечной звезды, заставили его почувствовать себя обманутым дважды.

Внезапная игра света в одном из зеркал оборвала мысли старика. Никон отпрянул в ужасе, словно увидел призрак. Плечи бывшего патриарха вздёрнулись, а пальцы скрючились, словно когти орла. Ощущение было таким, что он глядит в пропасть времени, из которой на него смотрит сюрреалистический человек, одетый в причудливый зелёный наряд. Видение явилось перед Никоном так же неожиданно, как переодетый дьявол когда-то предстал перед Мартином Лютером.

«Дьявол?»

Несмотря на то, что существо в зеркале выглядело безумно демонически, его сходство с Никоном было неоспоримым.

«Мой враг!!! — пришло на ум экс-патриарху. — На этот раз ты не обманешь меня».

Наконец-то он увидел того, кто был истинной причиной его свержения и унижения, но кто теперь угодил в ловушку, так искусно им расставленную. Крепко сжав свой посох, Никон собрал оставшиеся в нём силы и, замахнувшись, с яростью ударил по видению.

Звон разбитого венецианского стекла нарушил спокойствие обычно тихого монастыря. Когда кровавокрасные солнечные лучи просочились сквозь трещину в куб, победоносный монах нагнулся, чтобы поближе рассмотреть агонию своего заклятого врага, но, к его великому изумлению, дьявольский образ исчез без следа.

Неужели ещё один обман?

Прищурившись, Никон снова пристально вгляделся в зеркало, обезображенное трещиной, которая напоминала рану, нанесённую Никоном самому себе. Несмотря на все его старания, всё, что он видел, было его собственное тусклое отражение, растерянно глядевшее на него. Никон коснулся холодного стекла, и глубокое осознание пронзило его до глубины души, заставив лишь одно слово слететь с уст.

— Я???

Он медленно поднялся на ноги и с трудом выбрался из куба. Упав на колени, он устремил свой взор в небо. Пути провидения были неисповедимы. Теперь он ясно понимал, что его крах это Божия кара за попытки нарушить устоявшееся равновесие вещей. Когда дыхание вернулось к нему, Никон воскликнул:

— Проклятье! Мне кажется, я схожу с ума!

xxx

Возвращаясь на родную землю, помилованный экс-патриарх часто жаловался на видения зелёного призрака. Он чувствовал, что часть его души осталась там, в плену разбитого зеркала. А на одной из стоянок число 1666 неожиданно вспыхнуло перед его мысленным взором и распалось на 1 и 666, заставив его голову резко наклониться вправо. Глубокий спазм сковал его, разорвав мысли в бессвязные клочья и ввергнув их в чёрную бездну безрассудства.

17 августа 1681 года по дороге в Новоиерусалимский монастырь, который он когда-то основал, Никита Минин, более известный как патриарх Никон, умер.

Последние секунды его жизни были оглашены шокирующим откровением:

— Мой враг — это я!

Глава XXXX

Греблов в отчаянии наблюдал, как замигал красный светодиод на панели управления Капсулы: начиналась процедура персонализации. Душа Греблова должна была вернуться в Шлем, но из-за повреждённого портала оказалась застрявшей в Зеркале.

Майкл в ужасе смотрел на свою просыпающуюся материальную капсулу, облачённую в зелёный костюм. Через несколько минут его тело глубоко вздохнуло и как-то странно потянулось; затем начало бормотать что-то невнятное, бесцельно размахивая руками в воздухе и раскачиваясь в кресле взад-вперёд. Кожа на лице была бледной, открытые глаза остекленевшими, а серые губы широко раскрытыми. Это был он, Майкл Греблов, но без разума. Если бы его тело всё ещё было связано с душой, от всего увиденного его волосы непременно встали бы дыбом.

Десять минут спустя лицо Греблова исказилось, и вены на лбу вздулись. Жизнь быстро оставляла его. Ещё несколько конвульсивных движений, и тело замерло. В Зеркале все эмоции Греблова ринулись к его материальным останкам, но снова были жестоко отброшены назад непроницаемым барьером сознания. Всё, что он мог теперь сделать, это стиснуть свои воображаемые зубы в немой ярости.

И лишь через некоторое время его посетило мрачное утешение: «Моё тело умерло, но я всё ещё жив!»

После нескольких неудачных попыток вырваться на свободу — плен заключения был непреодолимым — Греблов потерял желание продолжать борьбу. По ужасной прихоти судьбы он превратился в своё отражение, и что-то внутри подсказывало, что ему следовало поскорее привыкнуть к этой тюремной камере.

Лёгкое движение в комнате заставило мысли Греблова снова собраться воедино. Чья-то тень скользила в его сторону.

Это было живое существо! Или призрак с той стороны Зеркала?

Тень приблизилась к неподвижному телу и проверила пульс на его холодеющей руке.

«Кто это?»

Как только силуэт повернулся, немой стон вырвался из сапфирового диска.

«Где она пряталась всё это время? Неужели за зеркальной дверью моего гардероба?»

Силуэт покрыл Зеркало тряпкой, чтобы оно не поцарапалось. Греблову это символично напомнило обряд, в котором зеркала в доме недавно умерших завешивают, чтобы уберечь души от попадания в зеркальную западню. Какая зловещая ирония!

Женщина спрятала Зеркало и все аксессуары Капсулы в большую сумку на колёсах. Она вывезла из дома свой трофей и уехала в белом «мерседесе».

Куда именно, оставалось загадкой.

Рано утром входная дверь в доме Гребловых открылась: Татьяна пришла упаковать свои вещи и сказать Майклу, что она сама подаст на развод.

В прошлую ночь её мучали кошмары и чудилось какое-то откровение, доносящееся до её сознания свыше.

Не найдя мужа в спальне, она прошла в библиотеку. Майкл, казалось, спал в кресле, что было обычным явлением в последние несколько месяцев. Татьяна ушла, не разбудив его; она вернётся сюда позже.

xxx

— Ну, что там? — Марк Кернер с нетерпением спросил ночного охранника «РеМаинд».

— Вот он, мерзавец, — прокомментировал мужчина в униформе, с презрением указывая на монитор компьютера.

На записи с видеокамеры был чётко виден Греблов, покидающий здание с тяжёлым багажом. Марк вдруг явственно вспомнил, что он сам помешал Греблову обновить систему безопасности, поскольку не хотел усложнять процесс изъятия Капсулы, когда настанет подходящий для этого момент. Теперь же он понял, что совершил стратегическую ошибку, которая могла оказаться роковой.

— Идиот! — воскликнул он, и охранник уловил в его голосе нотки самого горестного разочарования. Кернер повернулся и рявкнул: — В машину!!!

— Может лучше вызвать полицию?

— Не надо. Справимся сами.

«У нас ещё есть время, чтобы упредить его», — размышлял Кернер, судорожно взвешивая свои шансы вернуть Капсулу. Любое участие полиции означало бы потерю её навсегда, и тогда двери в его рай захлопнулись бы окончательно.

Только по дороге к дому Греблова Кернер вспомнил, что накануне вечером, в суматохе неприятностей он забыл позвонить очаровательному объекту своих воздыханий — молодой уборщице Лизе.

Глава XXXXI

После долгой поездки в багажнике автомобиля, полёта в качестве дипломатического груза из Чикаго в Москву и транспортировки в Санкт-Петербург, выкраденная Капсула была доставлена в секретную лабораторию Министерства обороны Российской Федерации.

Сконструированная с изысканной тщательностью, она предстала перед командой лучших военных учёных не как набор неорганических частей, а как наделённое интеллектом существо. Генерал Владимир Сафронов прибыл из Москвы лично руководить экспериментом.

В течение нескольких месяцев российские эксперты прилагали все усилия, чтобы понять принцип работы уникального устройства. Сознание Греблова было свидетелем каждого шага этой кропотливой работы. К его удивлению, русский язык не показался ему незнакомым. Заточённый внутри Зеркала, Греблов невольно понимал общие идеи разговоров.

Все старания учёных, однако, оказались напрасными: несмотря на относительно простую конструкцию, Капсула не функционировала.

xxx

Будучи пленником Зеркала, словно комар, застывший в янтаре, Греблов ещё какое-то время сохранял надежду на избавление, но эта надежда таяла с каждым днём. И даже если бы он смог освободиться, его душе не было куда вернуться, ведь его материальная капсула исчезла навсегда, и все мосты с прошлым миром были уже сожжены. Вот оно, бессмертие!

Иногда, не в силах вынести лишений неволи, Греблов мысленно дышал на поверхность Зеркала, надеясь, что его думы осядут на ней туманом, дав учёным понять, что внутри кто-то есть.

Он часто вспоминал о своей ручке «монтбланк». Вертеть её было нелепой привычкой, но теперь он понимал, что эта странность была также частью его идентичности. Сейчас бы он многое отдал, лишь бы подержать её в руках, пусть хоть на самое короткое время.

Размышляя о своей овдовевшей жене, Греблов ловил себя на мысли, что он покинул тот мир непрощённым и что ему вряд ли уже удастся искупить свои грехи. Теперь, застряв в своей церебральной тюрьме, он понял, что Татьяна и была той идеальной женщиной, о которой он так часто мечтал, будучи молодым. Одержимый химерами технологических сокровищ, он не смог распознать истинное сокровище в дюйме от своего носа.

Греблов также посочувствовал поколениям учёных и историков, которые будут ломать голову над таинственной Капсулой и её Зеркалом — самой странной гробницей всех времён и народов, с душой Греблова забальзамированной внутри неё. Это чудо технологии, может быть, будет даже показано в документальном сериале о следах иных миров, найденных на планете Земля. Но что, если Зеркало просто окажется погребённым на одной из городских свалок вместе с индивидуальностью Греблова? Если только индивидуальность может иметь хоть какой-то смысл в такого рода карцере.

В один из приливов отчаяния Греблов вспомнил историю своего деда, Иосифа Волберга. Ему внезапно стало ясно, что он теперь расплачивается не только за проступки неведомого монаха, но и за измену Иосифа своей отчизне, точно так же, как некоторые из стеклодувов поплатились жизнью за предательство секретов венецианского зеркального ремесла.

После того как все попытки восстановить Капсулу претерпели неудачу, генерал Сафронов приказал полностью переделать Зеркало. Несколько недель ушло на создание нового сапфирового диска и изготовление сети выгравированных лазером канавок и контактов. Когда этот этап был закончен, была нанесена копия семи тонких прозрачных слоёв барьера сознания. Кристаллические слои в точности повторяли оригинал, за исключением одной важной детали. Без экстрасенсорного вмешательства, подобного тому, что использовалось в компании «Синтрокс» при нанесении слоёв, новое Зеркало не обеспечивало правильной обработки скопированного сознания.

Несколько добровольцев, протестировавших Капсулу с новым Зеркалом, не испытали ничего, кроме ужасного ощущения, словно зубной врач работал над корнями их зубов без анестезии.

Невольный участник этих экспериментов, заточённый в Зеркале Греблов чувствовал, будто над ним проводят психическое вскрытие. Его внезапно обуял страх, что в Судный день, когда всем придётся отвечать перед Богом, его тело будет единственным, не представленным душой. Всё, чего он теперь желал это воссоединиться со своим телом, живым или мёртвым.

«Боже, вызволи меня из зеркала!»

XXX

— Конструкция этого устройства обманчиво проста, — докладывал руководитель научной группы генералу Сафронову. — Она очень схожа со структурой человеческого мозга. В ней, однако, есть какой-то изъян, быть может, ошибка дизайна, которую мы, вероятно, никогда не раскроем.

— Вы намекаете, что мы зря тратим наше время? — начал закипать Сафронов.

— Нет, что вы, товарищ генерал. Я лишь говорю, что мы не знаем наверняка, была ли Капсула изначально сконструирована с дефектом или претерпела поломку во время работы. В любом случае перед нами стоит задача восстановить порядок из хаоса, а это, к сожалению, не всегда возможно. Самое странное в устройстве это первые два слоя на сапфировом диске. Согласно законам физики, они должны быть слегка неидеальными, но в действительности это не так!

Сафронов собрался было снова изречь комментарий, но руководитель группы быстро продолжил:

— Есть ещё одна странная деталь: зеркало испускает слабое зелёное свечение в темноте. Это может показаться нелепым, но я думаю, что в нём содержится какая-то энергия. Я бы нисколько не удивился, если бы узнал, например, что внутри находится призрак.

У Сафронова округлились глаза и приоткрылся рот. Он ничего не ответил.

— Мы трудимся день и ночь, чтобы понять природу этого явления, — добавил руководитель. — Поскольку заново переделать Капсулу оказалось невозможным, мы предпримем последнюю попытку и попробуем исправить повреждённый портал в исходном устройстве. В худшем случае мы навсегда потеряем информацию, заключённую в нём.

ххх

Словно растворяясь в Зеркале, Майкл Греблов впал в безразличие, с каждым днём всё больше и больше приближаясь к грани безумия.

И вот однажды ему послышались странные слова, доносящиеся со всех сторон одновременно: «На этот раз ты меня не обманешь, враг мой!»

Когда Греблов увидел старого монаха, размахивающего деревянным посохом, он почувствовал, как будто Зеркало покрывается испариной. Впервые после заточения Греблов разглядел в этом тумане своё собственное отражение. Оно было перевёрнуто, но не слева направо и не задом наперёд. Оно было вывернуто наизнанку!

Мысль, долетевшая до него сквозь последние проблески разума, была проста и безжалостна:

«Мой враг — это я!»

Оставшись с вечностью наедине, Майкл вскоре забыл, кто он.

xxx

Потеряв свою индивидуальность, Греблов стал частью Великого Зеркала, одним из НИХ — сгустков интеллекта, вечных хранителей знания.

Он явно услышал голос: «Сейчас ещё одна исчезнет».

Подчиняясь чьей-то воле, Греблов сосредоточил своё внимание на быстро сжимающейся сфере, одной из множества вселенных в бесконечном разнообразии рождающихся и исчезающих миров. Обладая теперь ИХ интеллектом, он знал, что исчезновение одного мира всегда сопровождалось появлением его зеркального образа.

ОНИ были независимы от времени, но могли ускорять или замедлять восприятие времени. ОНИ существовали независимо от пространства, но могли заглянуть в любую точку пространства. ОНИ были свидетелями того, как материя сбивается в планеты, звёзды, и галактики. ОНИ видели многие жизненные формы, большинство из которых были чувственными сгустками электромагнитных волн.

Наблюдаемый теперь ИМИ исчезающий мир был единственной вселенной, породившей органическую жизнь, — самую маловероятную форму организованной энергии, — развившейся на одной из крошечных планет. Живые существа, которые здесь называли себя «людьми», взобрались на эволюционную вершину из животного мира. Их мозг представлял собой серую массу, схожую по структуре со строением их вселенной.

ОНИ с интересом наблюдали за правителями этих людей и правителями, правившими их правителями. ОНИ видели, как люди создают своих богов и молятся этим богам.

Теперь всё, что когда-либо было создано из ничего, а затем стало всем в этом мире, снова становилось ничем. Все галактики, все маленькие и большие звёзды и их планеты, и спутники этих планет, все кометы и астероиды, вся космическая пыль и все виды радиации, все формы жизни, все те, кто правит людьми и те, кто правит их правителями, все боги этого мира — всё сжималось в одну точку.

Но по другую сторону Великого Зеркала зарождалось отражение этого мира, его зеркальная вселенная. И снова, вопреки вероятности, органическая жизнь быстро развивалась на одной из её крошечных планет.

В этих двух зеркальных мирах, управляемых вечной дуальностью, субатомные частицы вращались в противоположных направлениях, а атомы и молекулы образовывали материю с различными свойствами. Хотя эти миры развивались от предсказуемого момента их создания до предсказуемого момента их разрушения, всё, что происходило между этими моментами, управлялось Шансом.

ОНИ радовались, так как во второй раз вселенная развивалась иначе, чем миры, ИМ уже известные, и ОНИ наслаждались, наблюдая за новыми людьми — почти идентичными копиями людей в мире умирающем.

Будучи одним из НИХ, Греблов тоже наблюдал за этим развитием. Ему казалось, что в новом мире он видит пса, глядящего в безбрежное звёздное пространство. В его голубых глазах Греблов видел не только сознание, но и интеллект. Было странным, что интеллект принадлежал иному, чем человек, живому существу. Рот этого пса иногда изгибался в человекоподобной улыбке.

Греблов вдруг почувствовал себя глубоко связанным с этим новым миром. Он думал о его людях как о собственном зеркальном отражении. Но он также знал, что выше НИХ находятся существа ещё более могущественные и разумные, которые наблюдают и за всеми мирами, и за НИМИ.

Видение Греблова оборвалось так же внезапно, как и началось, и его сознание снова кануло в непроницаемую мглу.

Глава XXXXII

Вскоре после смерти Греблова фирма «РеМаинд» прекратила своё существование. Капсулу так и не нашли; она исчезла самым странным образом, как сквозь землю провалилась. Полиция арестовала Марка Кернера при попытке проникнуть в дом Гребловых. За это преступление, а также под всё нарастающим давлением обманутых инвесторов, у Кернера, наконец, начались серьёзные проблемы с законом.

Алекс Бонин собрал свои вещи, купил авиабилет и отправился обратно в Санкт-Петербург работать над книгой о загадках уникальной архитектуры Исаакиевского собора. Иван Шевчук и Андрей Серов нашли достойные исследовательские должности в одной из технологических компаний.

После похорон мужа Татьяна Греблова зажгла в церкви свечу за упокой его души. Затем, подумав, она зажгла ещё одну свечу; не для искупления, так как она не чувствовала собственной вины за происшедшее, а из благодарности, потому что она, наконец, получила от судьбы то, чего давно жаждала.

А когда она спросила Анну Браунлих: «Ты же могла сама. Почему ты этого не сделала?», та пристально посмотрела на Татьяну и честно ответила: «Покорить сердце твоего нового мужчины не было моей миссией в этой жизни».

xxx

Лёжа в постели, Андрей Серов снова размышлял над своей удивительной зеркальной историей — искусно скованной цепочке невероятных событий из своей жизни, жизни тех, кого он знал, и жизни людей ему не известных. Совпадение такого количества несовместимых фактов казалось непостижимым. Андрею приходилось вновь и вновь переосмысливать многие вещи, но если бы ему заново был дан шанс, он бы не изменил ни одного эпизода своей жизни по одной причине. В конце всех этих событий его ожидало самое желанное вознаграждение, о котором он когда-либо мог мечтать.

Много раз в прошлом, лёжа с закрытыми глазами, Андрей представлял себе свою идеализированную женщину. И каждый раз его воображение создавало совокупность черт женщин, которых он знал, — тело Ольги, глаза Инги, смех Стефани... Теперь же рядом с собой он видел неопровержимое доказательство того, что его идеальная женщина существует в действительности.

Красивая женщина.

Его Татьяна, вдова Майкла Греблова.

Её глаза, цвета небесно-голубого сапфира самой высокой пробы, казалось, поглощали холодность окружающего мира, излучая взамен тепло и комфорт.

Татьяна медленно просыпалась рядом с ним, посылая воздушный поцелуй своим тающим снам.

xxx

Воскресным днём Андрей Серов припарковал свой автомобиль на извилистом берегу реки Гурон. Шесть звёзд на эмблеме — шесть из семи сестёр звёздного скопления Плеяды в интерпретации фирмы «Субару» — ярко сияли на солнце. Седьмая «звезда» сидела на пассажирском сиденье. Она чувствовала себя заново открытой Меропой, высвобожденной из плена небесного зеркала.

Стояли тёплые осенние дни, последний поцелуй бабьего лета. Плакучие ивы наклоняли грациозные кроны прямо к поверхности воды, всматриваясь в свои отражения. Напоминая мерцающие чешуйки, мириады крошечных волн делали реку похожей на змею, ползущую по долине. Они, видимо, знали что-то очень важное, то, что позволяло им течь неторопливо и спокойно: рано или поздно они возвратятся в эту же самую реку, и весь цикл бытия повторится заново. К тому времени они забудут своё прошлое. Но сейчас они не сомневались, что любой вошедший в эту реку сможет войти в неё снова.

У Андрея было схожее чувство. Оставив свой родной город и уехав за тысячи километров, он нашёл новый дом, где теперь гармонично чувствовал себя волной, одной из многих в реке, текущей по долинам жизни.

Лёгкий ветерок коснулся блестящих, чёрных волос Татьяны, заставив их заиграть на солнце каскадом волн.

— Быть может, Капсулу когда-нибудь найдут, — промолвила она. — Её Зеркало смогло бы пролить свет на многие из величайших тайн.

— Кто знает. В этом мире ведь всё переплетено, — ответил Андрей. — Мы учимся и создаём, и наше сознание, вполне вероятно, отражается в других временах и вселенных. Иногда даже сложно понять, на какой именно стороне зеркала мы находимся. Возможно, наши знания уже используются для создания других, лучших миров.

— Ты всё ещё увлечён идеей других миров?

— Нет, — признался Андрей. — Люди стремятся к далёким планетам в надежде на чудо. А я начинаю верить, что самые чудесные вещи происходят прямо здесь, прямо сейчас, в момент, когда мы размениваем прошлое на настоящее и настоящее на будущее.

— И что ты видишь в своём будущем?

— Тебя.

Глава XXXXIII

Как-то раз Шевчук и Серов получили сообщение от Алексея Бонина. У их сбежавшего на родину друга всё было в порядке, и он заканчивал работу над своей книгой. На прилагаемой фотографии Бонин стоял рядом с красивой женщиной на фоне великолепно освещённого солнцем собора с золочёным куполом. Снимок был подписан словами: «Марина и я». Серов сразу же узнал Исаакиевский собор в Санкт-Петербурге. Осознание чего-то чрезвычайно важного, но скрытого завесой времени, снова взбудоражило его душу.

В течение нескольких недель в Андрее крепла идея поездки в этот город, где выросли его родители, но где сам он никогда не бывал.

— Я собираюсь взять отпуск и слетать туда на пару недель, — объявил он однажды Шевчуку. — Не желаешь присоединиться?

Ивану всегда хотелось побродить по историческим улицам знаменитого города на Неве, и он быстро согласился. Татьяна, почувствовав, что для её мужа и его друга эта поездка имеет особенное значение, решила остаться дома.

Через несколько недель Андрей и Иван взяли отпуск и заказали авиабилеты.

xxx

Перед прилётом в Санкт-Петербург Серов и Шевчук провели несколько дней в Москве. Прошло более двух десятилетий со дня их последнего посещения столицы России. Они прогулялись по Красной площади, сфотографировались на фоне собора Василия Блаженного и Теремного дворца — резиденции русских царей 16-18 веков, — побродили по Арбату. Последнее место в их списке отводилось посещению Новоиерусалимского монастыря.

Святыня была основана патриархом Никоном в 1656 году в городе Истра. Задумкой его дизайна было воссоздание на русской земле Храма Гроба Господня и других святилищ Палестины. Живописный ландшафт, окружающий выбранное для строительства места, по мнению Никона, напоминал Землю обетованную.

Вскоре после закладки монастыря патриарх получил щедрое пожертвование от царя Алексея Михайловича Романова, его тогдашнего друга и покровителя. Царь и не подозревал, что в амбициозные планы Никона входило постепенное смещение центра религиозного влияния из Москвы в новую духовную цитадель.

Лучшие дизайнеры того времени работали над внедрением в архитектуру монастыря технологических новинок. Основным связующим материалом для каменных стен была смесь гашёной извести, цельных куриных яиц, молока, отварного риса, вулканического пепла и водорослей. Уже в наши дни, используя изощрённые аналитические методы, учёные доказали, что эта смесь способствовала кристаллизации карбоната кальция в гексагональном бета-кальците, что делало прочность соединения непревзойдённой даже по сегодняшним стандартам.

Интерьер монастыря был отделан поразительной майоликовой керамикой, изображающей красочные церковные сцены. После смерти Никона и по его плану вокруг комплекса была построена гигантская каменная стена в форме неправильного гексагона.

Гексагон. Шестиугольник.

После всех событий прошедших лет у Серова и Шевчука сформировалось трепетное отношение к этой геометрической фигуре, спутнице таинственного, чего-то потустороннего. Теперь, словно за порогом недоступного, они видели за гексагональной стеной внушительное строение, где столетия назад жил один из самых противоречивых деятелей Православной церкви.

xxx

На обратном пути в Москву двое друзей заметили вдалеке огромную установку, отделённую от остального мира заборами и пространствами полей. Это был исследовательский центр «Тесла», состоящий из массивных электрических конденсаторов, имитирующих разряды молнии при тестировании военных самолётов и другой техники.

— Никола Тесла родился ночью, во время шторма, — рассказал экскурсовод. — Повитуха объявила, что новорожденный мальчик станет человеком тьмы. Но в это время ударила молния, и мать Теслы сказала: «Нет. Мой сын принесёт людям свет».

Серов вдруг подумал об этом гигантском электрическом конденсаторе, виднеющемся вдали, как о ещё одной капсуле, накопителе антагонистических сил — воли богов. Установка напомнила ему также рассказ Бонина о контроле над сознанием и о том, как часто в истории самые яркие человеческие умы использовались и используются для подчинения самых тёмных сил природы.

Следующим утром два друга выехали в аэропорт Шереметьево.

xxx

Рейс номер 6 Аэрофлота только что получил разрешение на посадку в международном аэропорту Санкт-Петербурга — города, расположенного в 6,6 градусах к югу от параллели 66,6, более известной как «полярный круг».

Капитан начал снижение, и стюардесы прохаживались по салону, напоминая пассажирам пристегнуть ремни. Иван Шевчук и Андрей Серов сидели в 16-ом ряду.

Шевчук с любопытством рассматривал приближающийся прямо по курсу самолёта мегаполис. Серов дремал. В Санкт-Петербурге выросли его родители, но он там никогда не был. Полюбоваться этим городом было давней мечтой Серова, но, по иронии судьбы, цепочка недавних событий превратила это долгожданное желание в необходимость. Шесть дней назад он и Шевчук покинули Соединённые Штаты, где они теперь жили, и отправились в страну царей. Что-то подсказывало Серову, что Санкт-Петербург является точкой схождения всех его видений и мыслей и, возможно, тем самым местом, где он сможет отыскать ответ на главную загадку своей жизни.

Глаза Серова быстро двигались под сомкнутыми ве́ками. Череда цифр, преследовавших его в течение многих лет, замелькала в его дрёме уже хорошо знакомыми комбинациями:

1666... 1-6-66... 16-66... 166-6.

Внезапно его подсознательная память растворила все пространственно-временные ограничения, и сон приобрёл ясность реальности. Он снова сидел в доме Анны Браунлих, поддавшись гипнозу её бирюзовых глаз. «Вот номер телефона Татьяны, — услышал он голос Анны. — Она бы хотела встретиться с тобой».

Видения потянулись назад во времени, и минутами раньше Серов увидел, как Анна вытряхнула из вышитого мешочка семь маленьких костей на стол. Все кости легли друг рядом с другом.

Отрывки воспоминаний поплыли ещё дальше в прошлое, сначала медленно, затем быстрее и быстрее. Через призрачный огонёк свечи в доме Анны он теперь смотрел назад в века́, в дверную щель просторных, богато убранных хором. Во сне Серов видел высокого мужчину и маленькую женщину. Их лица не были ему знакомы, но он почему-то знал их имена и кто они.

Ханна внимательно посмотрела на хозяина дома. Его плоское лицо было спокойно, а карие глаза непроницаемы. Даже она, со своими почти сверхестественными оккультными способностями, не могла разглядеть его душу.

— Никто не должен знать, что я была здесь, — голос Ханны был непреклонен.

Патриарх Никон сдержанно кивнул. Он был одет в простую белую тунику. Его безымянный палец был унизан сапфировым перстнем с белой астерией — шестиконечной звездой, символизирующей божественное прозрение.

Память Серова теперь медленно скользила вперёд во времени.

— Божественное 1 и смертное 6 находятся в постоянной борьбе за твою душу, — пророчествовала Ханна. — Сейчас идёт год 1666. В нём 1 противостоит числу 666, абсолютной силе дьявола. Если ты вскоре не раскроешь имени своего врага, ты навсегда лишишься власти.

Сильная встряска разбудила Серова. Самолёт приземлился.

Размышляя о только что увиденном сне, Андрей вспомнил об Анне, молча поблагодарив её за возможность взглянуть в далёкое прошлое и за своё знакомство с Татьяной. Затем он подумал об Инге, не забыв поблагодарить её ещё раз за то, что она помогла ему приподнять завесу в грядущее.

Пройдя паспортный контроль, Андрей и Иван подошли к выходу из аэропорта. Долговязый мужчина в бейсбольной кепке «Тигры Детройта» и куртке детройтовского хоккейного клуба «Красные Крылья» вышел из толпы и молча обнял каждого из них.

— Как дела, Бонин? — Серов и Шевчук приветствовали его в один голос.

Глава XXXXIV

В один из ярких, солнечных дней, когда отпуск Андрея и Ивана уже подходил к концу, Бонин привёл их к Исаакиевскому собору — духовному центру Санкт-Петербурга, да и, пожалуй, всей России. Построенный в форме креста и одетый в изысканный карельский мрамор, этот эпический дворец Божий с честью выдержал испытания времени и теперь красовался в своём нарядном убранстве перед тремя друзьями.

Глядя на 60-футовые красно-гранитные колонны и центральную ротонду, увенчанную монументальным куполом и 6-футовым крестом, Серов снова подсознательно ощутил, что это место имеет для него особое значение.

— Перед вами самый большой православный собор в мире, — голос Бонина долетел до Серова как бы издалека. — Здание возвышается над землёй на 333 фута.

Шевчук подмигнул Серову, но это не осталось без внимания Бонина:

— Да, Иван, да. 333 — это половина 666. В архитектуре знаменитых святынь хорошо известные тебе цифры-антагонисты 1 и 6 встречаются, на самом деле, довольно часто. Микеланджело, например, при строительстве базилики Святого Петра в Риме использовал 16 колонн и 16 каменных рёбер для поддержки купола, на котором буквами, высотой в 6,6 футов, выгравирована надпись: «Я дам тебе ключи от царства небесного...»

Серов и Шевчук переглянулись. Удовлетворённый Бонин продолжил рассказ.

Исаакий Далматский был канонизированным византийским монахом, осуждённым в 4 веке н. э. римским императором Валентом. Русский царь Пётр Великий родился в день памяти преподобного монаха. Это совпадение дало царю основание построить святыню и назвать её в честь Исаакия. Первый Исаакиевский собор был сооружён из дерева, а затем дважды перестроен при последующих правителях.

Честь возглавить четвёртое строительство — на этот раз из мрамора и гранита — была возложена императором того времени, Александром I, на французского архитектора Огюста де Монферрана.

— Монферран не спешил, — продолжал Бонин. — Пророк предсказал ему смерть вскоре после завершения проекта. От вколачивания огромных деревянных свай в болотистую почву, до возведения монументальных гранитных колонн и до золочения купола собор неспешно строился в течение долгих сорока лет.

Завершённое строение стало свидетелем правления нового царя, Александра II. Будучи любителем богатых церемоний, он решил устлать дорогу от своей резиденции — Зимнего дворца — до Исаакиевского собора красной дорожкой для празднования освящения. Александр вспомнил, что тысячи ярдов ковра были куплены для его коронации в Москве три года назад. Он отослал письмо барону Боде, распорядителю той покупки, попросив его отправить ковры в Санкт-Петербург. Барон ответил, что материя, к сожалению, была сильно подпорчена молью. Как выяснилось после расследования, ковры были проданы вскоре после коронации, а прибыль разделена между Боде и его помощниками. Покупка новых дорожек только увеличила и без того астрономическую сумму, затраченную на постройку собора.

Другое неприятное открытие ожидало царя во время церемонии освящения и состояло в том, что среди рельефных скульптур святых Монферран разместил свою собственную, в которой он был одет в тогу и держал модель собора, запечатлев таким образом на века свою индивидуальность в камне. На скульптуре Монферран был коленопреклонен, но он был единственным, кто не поклонился появлению Исаака.

— Разгневанный самовольством главного архитектора царь так и не пожал ему руку, — сказал Бонин. — Глубоко раздосадованный Монтферран заболел и вскоре умер, как и предсказал пророк. На смертном одре он подал прошение быть захороненным в склепе собора, однако это желание исполнено не было.

Пророк, предсказавший смерть Монтферрана, также предсказал, что вскоре после завершения строительства наступит конец династии Романовых. Точность первого прогноза заставила Александра II отнестись ко второму серьёзно, особенно после того, как в 1866 году на его жизнь было совершено покушение. Во избежание неприятностей монарх приказал оставить строительные леса вокруг уже достроенного собора.

— Несмотря на эту уловку, царь Александр был убит в «зеркальный», 1881, год, — добавил Бонин, заметив при этом, что Серов и Шевчук снова переглянулись.

Строительные леса были убраны лишь в 1916 году Николаем II. Вскоре после этого, как и было предсказано пророком, царь был свергнут с престола во время большевистской революции, а затем убит. Это не только оборвало династию Романовых, но и положило конец царству в стране.

XXX

Поднявшись по гранитным ступеням, Бонин, Серов и Шевчук оказались перед массивными дубовыми дверями в южном крыле собора. Покрытые витиеватой резьбой с изображением религиозных сцен, они создавали впечатление врат в другой мир.

Внутри собор был отделан мрамором тёплых тонов и украшен великолепной росписью и позолотой. Арка со скульптурой Иисуса Христа и мозаикой «Тайная вечеря» вела к великолепному алтарю, над которым растянулось до потолка эпическое витражное окно. Иконостас был обрамлён колоннами из малахита и лазурита. Здесь много лет назад Алексей Бонин впервые взглянул в зелёно-голубые глаза своей школьной возлюбленной, Марины Катаевой, теперь его жены.

— Для завершения интерьера этого собора потребовались 16 лет непосильного труда тысяч людей. На него ушло 600 квадратных метров мозаики и 16 тонн малахита, — перечислял Бонин. — Это сделало Исаакиевский собор одним из красивейших во всём мире.

На потолке была изображена Дева Мария в окружении святых и ангелов. Когда Андрей Серов встал в центр мозаичного солнца под сводом огромного купола, ему показалось, что он слышит стоны, доносящиеся откуда-то издалека.

Как рассказал Бонин, 90-футовый купол являлся центром его научных изысканий. После долгих поисков ему удалось найти важную информацию о своём предке, Викторе, — старшем архитекторе акустического дизайна купола и всего собора. Не кто иной, как Виктор, предложил заполнить внутренние полости купола сотней тысяч пустых керамических горшков, чтобы превратить его в огромный резонатор.

— Конструкция купола, использующая эффект резонанса гениальна сама по себе, — возбуждённо повествовал Бонин с гордостью за своего предка. — Но то, что я обнаружил совсем недавно, ещё более грандиозно. Пространство между внешней и двумя внутренними оболочками купола, оказывается, создаёт резонанс человеческого сознания!

В подтверждение своим словам Алекс подвёл друзей к бронзовой табличке, прикреплённой к одной из внутренних стен; на ней изображалось поперечное сечение купола и его трёх оболочек: внутренней сферической, средней конической и наружной параболической, как бы вложенных друг в друга и идеально вписывающихся в куб, образованный четырьмя башенками. Серов не мог поверить своим глазам, настолько этот чертёж

напомнил ему квадрат и круг в «Витрувианском человеке» Леонардо да Винчи. Это были зеркало мирское и
зеркало божественное, о которых ему однажды рассказала его бывшая жена Ольга Колецкая.

Сама же форма оболочек купола походила на па-
раболическое зеркало телескопа, который Андрей с отцом построили много лет назад. Повернувшись к Шевчуку, Андрей сказал вполголоса:

— Купол и ротонда похожи на телескоп, через
который изучают человеческие души.

Уже выйдя из здания, Бонин продолжал:

— Наружная оболочка купола покрыта позоло-
ченными медными листами. Золото легко отслаивалось,
пока Артемий Серов, руководитель позолотных работ,
не придумал натирать листы свинцом перед покрытием
ртутно-золотой амальгамой.

— Кто знает, может этот Артемий был моим предком, — вшутку сказал Андрей, не подозревая, насколько
он был прав на самом деле.

Бонин объяснил, что идея Артемия и стала зало-
гом успеха: натирание листов свинцом сделало позоло-
ту стойкой. Для сравнения, золотые покрытия на купо-
лах других знаменитых зданий, таких, например, как Дом
Инвалидов в Париже, пришлось со временем переделы-
вать.

Рассказ Бонина пробудил воспоминания Серова.
Чувство, что это место ему знакомо, становилось сильнее с каждой минутой.

— Золочение купола ртутно-золотой амальгамой
дорого обошлось строителям, — продолжал Алекс; в его
голосе зазвучали мрачные нотки. — 60 человек погибло
во время работ от ртутных паров. А из тех, кто выжил,
многие, в том числе и Артемий Серов, тяжело заболели.

Андрей слушал уже невнимательно. Какая-то на-
вязчивая мысль всё больше занимала его ум. Охваченный странными воспоминаниями, он огляделся вокруг,
смутно предчувствуя, что ключ к тайне всей его жизни

лежит где-то рядом. Все подробности, все числа, которые он только что услышал, казались ему до боли знакомыми, и всё же его разум отказывался осознать их. Ему даже подумалось, что это были воспоминания других людей.

В следующий момент четыре колокола собора пробили разом. Вздрогнув, Серов невольно перевёл свой взгляд наверх, на необыкновенный контраст между золочёным куполом и синим небом. Он едва не закричал в унисон золотому звону; глубокая уверенность в том, что именно здесь все его мысли сливались воедино, раздирала его сознание. Но лишь одно пришло ему на ум:

«Я никогда не был в этом городе, но я хорошо помню это место!»

В глазах Серова купол начал быстро превращаться в выпуклое зеркало, которое огромным золотым глазом нависло над недостроенной «пирамидой» — остовом собора. Через мгновение купол превратился в свечу, источающую неровный свет; крест поверх купола был фитилём этой свечи. Андрей снова сидел в доме Инги, глядя на призрачное отражение пламени, через которое его сознание перетекало взад и вперёд во времени.

Здесь, перед Исаакиевским собором речь его товарищей звучала медленно и неразборчиво. По мере того как всё вокруг становилось менее и менее различимым, длинный зияющий прогал, внезапно появившийся между листами купола, втянул в себя сознание Андрея. Массивные контуры воображаемых строительных лесов и золотильных мастерских выросли перед его затуманенным взором. Странный металлический привкус коснулся его губ, вызвав головокружение и резь в животе, но лишь на одно мгновение. Время снова потеряло свои границы, и Андрей очутился в маленькой комнате; там он увидел женщину в чёрном. Он никогда не встречал её, но точно знал, что она была целительницей душ и что её звали Ларой. Андрей знал также, что он был отравлен ядовитыми парами ртути и что тень Смерти коснулась его, лишь слегка задев душу. Он смотрел на своё отражение в шести зеркалах, расставленных вокруг его кровати. Отражённым в них он видел себя, но глазами другого человека.

В следующий момент отражение всех шести зеркал сжалось в каплю ртути, и Андрей увидел человека, одетого в зелёный костюм, и свою голубоглазую Татьяну рядом с ним. Затем цвет костюма мужчины, в ком он узнал Греблова, превратился в чёрный. Греблов и какой-то незнакомец, почти копия Алекса Бонина, стояли подле кровати Андрея; их взгляды были наполнены состраданием.

Когда все эти видения рассеялись, Андрей увидел мальчика, с испугом глядящего на него сквозь трещину в куполе. Это был он, Андрей, стоящий на кладбище и всматривающийся в глубину времени в трещине круглого венецианского зеркала...

Андрей вернулся из своих грёз только тогда, когда кто-то тряхнул его за плечо: это Иван Шевчук предлагал ему бутылку воды. Андрей сделал глоток, вспоминая свой неудачный опыт с коньяком на кладбище много лет назад.

А вот именно сейчас он как раз бы глотнул коньяку, а не воды.

ЭПИЛОГ

За выходными дверями собора Бонин, Серов и Шевчук были приветствованы небольшой группой людей, просивших милостыню. А у основания лестницы какой-то нищий спал на грязном, выцвевшем одеяле; у его ног, свернувшись, лежала собака. Когда трое друзей проходили мимо, собака громко залаяла.

— Что-то во мне ей явно не нравится, — посетовал Бонин. — Каждый раз, когда я прихожу сюда, она лает на меня.

Серова сразу же одолела жалость к бедному животному, которое напомнило ему о Царе. Он тут же вспомнил моменты, когда гладил Царя по его лоснящейся шерсти. Сибирский хаски всегда пристально смотрел на него, но уголком глаза часто заглядывал в зеркало, словно ему нравилось наблюдать за собой со стороны.

С возрастом Царь всё больше времени проводил в созерцаниях сверкающих точек в черноте ночного неба, которое, возможно, казалось ему уже не настолько чуждым и далёким. Внутри дома умный пёс нередко смотрел в зеркало, явно предчувствуя что-то неизбежное, ожидающее его по ту сторону стекла. Серову иногда казалось, что Царь также верил в связь разных миров; после своего случайного путешествия в Зеркало он не мог в это не верить! А в один из вечеров пёс странно наклонил голову направо, так же, как это делал Греблов.

Когда для души Царя пришло время отправиться в мир иной — без сомнения, в собачий рай — Татьяна и Андрей похоронили его вместе с маленьким зеркалом.

Андрей снова взглянул на несчастного пса, лежащего на грязном одеяле. Кожа да кости. Его сбившаяся в клочья шерсть была, казалось, насквозь пропитана пылью. И только в его умных синих глазах всё ещё тлел слабый огонёк надежды, хотя сознание ясно понимало, что жизнь уже безнадёжна. Но в этих глазах Андрей смог увидеть и то, чего другие не замечали: в них затаились не только отчаяние и страдание, но и доброта и прощение.

Пёс повилял хвостом, как бы приглашая опустить подачку для хозяина. Андрей вытащил из своего кошелька купюру и положил на одеяло подле бездомного. Он уже собирался уйти, как вдруг взгляд животного пригвоздил его к месту, где он стоял. Их глаза снова встретились. Во взгляде пса было нечто человеческое, что-то очень трепетное и... до боли знакомое. Пытаясь совладать с участившимся дыханием, Андрей внезапно осознал, что животное было охвачено страхом быть непонятым. Андрея снова пронзило ощущение дежавю, и его губы непроизвольно шевельнулись. Боясь, что друзья могут услышать его, он произнёс одно только слово.

Пёс, казалось, терпеливо ждал этого самого слова; завизжав от восторга, он теперь напоминал многих владельцев собак, понятых, наконец, их четвероногими питомцами.

— Царь?! — повторил Серов уже довольно громко.

Его поразил собственный голос, не лишённый ноток сумасшествия. Он отказывался поверить, что произнёс это имя вслух.

Находясь на грани умопомрачения, Серов сделал шаг вперёд, надеясь, что рассудок всё же найдёт объяснение происходящему. Пёс бросился ему навстречу и в несколько мгновений покрыл его одежду ручьями слюны.

— Царь! Царь!

Все окружающие, включая Бонина и Шевчука, обернулись, чтобы засвидетельствовать эту странную, но необыкновенно сентиментальную сцену.

Не удивительно, что в плену эмоций никто и не заметил, как хозяин пса медленно поднялся со своего одеяла. Он был не столько старым, сколько потрёпанным жизнью невысоким человеком с лысеющей головой и мясистым носом. Его лицо было обрамлено чёрными щетинившимися усами и бородой. Изодранные лохмотья, покрывающие его тощее тело, можно было назвать одеждой лишь из крайней вежливости.

Шевеля губами, человек ни на секунду не отрывал глаз от Андрея. Он, казалось, изо всех сил пытался собрать воедино разрозненные фрагменты памяти, внезапно наводнившие его сознание. Впавшие карие глаза, тусклые и безразличные ещё минуту назад, теперь быстро наполнялись разумом. Вдруг он перестал бормотать, и его голова странно склонилась набок. Он сделал несколько шагов вперёд, и уголки его потресканных губ слегка изогнулись вверх. Две крупные слезы катились по грязным щекам. Человек опустился на колени, поднял свой смиренный взгляд и благодарственно простёр руки к небу. Затем он обнял колени Андрея и прошептал, смешивая русские и английские слова:

— Где же ты был так долго, блудный сын?

XXX

— Сара. У нас появился новый сосед, — сказал мистер Гроссман, входя в свой дом. — Андрей нашёл своего дальнего родственника где-то в России и привёз его в США вместе с его собакой Царём. Его имя Мойша Волберг; я только что разговаривал с ним. Очень добрый и скромный человек, хоть и производит впечатление только что вернувшегося с того света.

— Что ты имеешь в виду? — заинтригованно спросила Сара.

Она давно подозревала, что после нелепой смерти Майкла Греблова и переезда Андрея в Татьянин дом номер 1666 странная история была далека от завершения.

Её муж пожал плечами.

— Не знаю. У меня просто было такое ощущение, что он недавно воскрес. Волберг в нашей стране всего несколько дней, но его английский уже довольно хорош. Он еврей, практикует кошерность, интересуется космологией и очень любит собак. В эти выходные я пригласил их троих на ужин.

Гроссман сделал долгую паузу.

— Мне кажется, что этот человек многое пережил. В конце нашего разговора он поднял глаза к небу и произнёс: «Наслаждайтесь лучшим моментом жизни именно сейчас, потому что за зерклалом «ОНИ» всегда смеются последними».

Некоторые организации и персонажи, описанные в этом романе, фиктивные. Их возможная схожесть с организациями и личностями в реальной жизни — прошлой или настоящей — является чистой случайностью.

Если вам понравилась эта книга, оставьте, пожалуйста, короткий отзыв здесь:
www.amazon.com/dp/069298903X

Издания этой книги на английском:
в мягком переплёте: www.amazon.com/dp/1976452252
электронная версия: www.amazon.com/dp/B01HFTVSN6

Свои пожелания и комментарии направляйте по адресу:
alexkmichigan@gmail.com

Всю информацию о книге и авторе вы найдёте здесь:
www.capsoul.weebly.com

<u>МИР РЕАЛИСТИЧНОЙ ФАНТАСТИКИ И ПРИКЛЮЧЕНИЙ</u>

Алексей Краснов

КАПСУЛА ДУШИ

Редактор Е. Журавлёва
Технический редактор И. Савельева

ISBN: 9780692989036 (на русском)
ISBN: 9781976452253 (на английском)

12.70 cm x 20.32 cm (5.0" x 8.0")